Knaur

Von Peter Mayle sind außerdem erschienen:

Trüffelträume
Toujours Provence
Geld allein macht doch glücklich
Das Leben ist nicht fair
Hotel Pastis
Encore Provence
Mein Jahr in der Provence / Toujours Provence

Über den Autor:

Peter Mayle war fünfzehn Jahre in der Werbebranche tätig, bevor er begann, Bücher zu schreiben. Seine Werke sind in siebzehn Sprachen übersetzt worden, und er hat für zahlreiche englische Zeitungen gearbeitet.

Peter Mayle

Mein Jahr in der Provence

Roman

Illustrationen von Judith Clancy

Aus dem Englischen
von Gerhard Beckmann

Knaur

Die Originalausgabe erschien unter dem Titel
A Year in Provence bei Alfred A. Knopf, New York

Besuchen Sie uns im Internet:
www.droemer-weltbild.de

Vollständige Taschenbuchausgabe Mai 2000
Droemersche Verlagsanstalt Th. Knaur Nachf., München
Dieser Titel erschien bereits unter der Bandnummer 03248.

Umschlaggestaltung: Agentur Zero, München
Satz: DTB ba · br
Druck und Bindung: Ebner & Spiegel, Ulm
Printed in Germany
ISBN 3-426-61744-7

8 10 9 7

Für Jennie,
mit Liebe und Dank

Januar

Das Jahr begann mit einem Mittagessen.
Silvester mit seinen Ausschweifungen vor Mitternacht und den vielen zum Scheitern verurteilten guten Vorsätzen war uns stets trostlos vorgekommen – besonders der Zwang zu Heiterkeit und schönen Wünschen und Küssen zum Jahreswechsel. Als wir erfuhren, daß der Eigentümer von *Le Simiane* im Dorf Lacoste – nur wenige Kilometer entfernt – seiner verehrten Kundschaft mittags ein Sechs-Gänge-Neujahrsessen mit Rosé-Champagner offerierte, schien uns das einen wesentlich fröhlicheren Anschub des nächsten Jahres zu verheißen.
Um halb eins war das kleine Restaurant mit den Steinwänden bereits voll. Es gab ein paar schwerwiegende Bäuche zu sehen – ganze Familien mit jener enormen Leibesfülle, die Frank-

reichs beliebtestem Ritual zu verdanken ist, den zwei bis drei Stunden, die Tag für Tag mit beflissentlich gesenktem Blick und aufgeschobener Unterhaltung bei Tisch verbracht werden. Der Eigentümer des Restaurants – ein Mann, der trotz seiner beachtlichen Größe die Kunst des Umherschwebens irgendwie perfekt beherrschte – trug zur Feier des Tages einen Samtsmoking mit Fliege. Sein pomadierter Schnurrbart zitterte vor Begeisterung, als er das Lob auf das Menü sang: *foie gras,* Hummermousse, Rindfleisch *en croute,* Salate in kaltgepreßtem Öl, handverlesene Käse, traumhaft leichte Desserts, *Digestifs.* Was er an jedem einzelnen Tisch vortrug, war eine gastronomische Arie, bei der er ständig seine Fingerspitzen küßte und wir uns fragten, ob er nicht allmählich Blasen an den Lippen bekäme.

Das letzte *»bon appétit«* erstarb, und ein geselliges Schweigen ließ sich über dem Restaurant nieder, während man sich mit gebührender Aufmerksamkeit den Speisen widmete. Meine Frau und ich dachten während des Essens an frühere Silvestertage, die wir meist unter undurchdringlichem Himmel in England verbracht hatten. Wir hatten Mühe, die Sonne und den tiefblauen Himmel draußen mit dem ersten Januartag in Einklang zu bringen, aber, so wurde uns von allen Seiten bestätigt, das war völlig normal. Wir befänden uns schließlich in der Provence.

Wir waren schon vorher oft hier gewesen, als Touristen mit Hunger auf unsere Jahresration von zwei bis drei Wochen richtiger Hitze und klaren Lichts. Und wenn wir mit pellender Nase und mit Bedauern Abschied nahmen, hatten wir uns jedesmal versprochen: Eines Tages werden wir hier wohnen. Während der langen grauen Winter und der feuchten grünen Sommer hatten wir darüber diskutiert, hatten mit der Sehnsucht von Süchtigen Fotos von Dorfmärkten und Weinbergen betrachtet, davon geträumt, morgens von der Sonne geweckt zu werden, die vom Fenster her schräg ins Schlafzimmer fällt. Nun hatten wir es – zu unserer eigenen Überraschung – tatsächlich geschafft. Wir hatten uns entschieden. Wir hatten ein Haus gekauft, Französischkurse genommen, Lebewohl gesagt, unsere beiden Hunde herübergeholt und lebten nun tatsächlich im Ausland.

Eigentlich war alles ganz schnell – überstürzt beinahe – gekommen: wegen des Hauses. Wir hatten es eines Nachmittags besichtigt und waren schon am Abend innerlich eingezogen. Es stand oberhalb der Landstraße, die zwischen den beiden mittelalterlichen Bergdörfern Ménerbes und Bonnieux verläuft, am Ende eines unasphaltierten Wegs, der durch Kirschbäume und Reben führt. Es war ein Bauernhaus, ein *Mas,* wie die Franzosen sagen, erbaut aus dem Gestein der Gegend, das über zwei Jahrhunderte durch Wind und Sonne zu einer undefinierbaren Farbe zwischen honighell und hellgrau verwittert war. Es hatte im 18. Jahrhundert zunächst aus einem Raum bestanden und war in der planlosen Art, die für landwirtschaftliches Bauen typisch ist, erweitert worden, um Kinder, Großmütter, Ziegen und Ackergerät zu beherbergen, bis schließlich ein unregelmäßiges dreistöckiges Haus daraus geworden war. Es war durch und durch solide. Die Wendeltreppe, die vom Weinkeller bis ins oberste Geschoß führte, war aus massiven Steinplatten gehauen. Die Mauern – einige einen Meter dick – waren errichtet, um die Mistralwinde fernzuhalten, die, wie man hier sagt, einem Esel die Ohren wegblasen können. Auf der Hinterseite schloß sich ein überdachter Hof an und dahinter ein Schwimmbecken aus gebleichtem weißen Stein. Es gab dort drei Brunnen, breite, schattige Bäume und schlanke grüne Zypressen, Rosmarinhecken und einen riesigen Mandelbaum. Das Haus mit seinen halb geschlossenen Fensterläden, die wie schläfrige Augenlider aussahen, war in der Nachmittagssonne unwiderstehlich gewesen.

Es war auch, so das bei einem Haus überhaupt möglich war, immun gegen die wuchernden Greuel der Baulanderschließung. Die Franzosen haben eine Schwäche für *jolies villas,* die sie überall, wo die Baubestimmungen es gestatten, errichten – manchmal auch an unerlaubten Stellen, vor allem in bislang unverdorbener, schöner Landschaft. Wir hatten dieses Phänomen in der Umgebung der alten Marktstadt Apt beobachtet, in Form von Kästen aus jenem eigenartigen, schreiend rosaroten Beton, der schreiend rosarot bleibt, das Wetter mag dagegen anschleudern, was es will – sie sehen aus wie eine scheußliche Fleischwunde. Nur ganz wenige Gegenden Frankreichs sind davor sicher, sofern sie nicht offiziell unter Landschaftsschutz stehen, und ein großer Reiz unseres Hauses lag darin, daß es sich innerhalb der Grenzen eines Nationalparks duckte, der als historisches Erbe Frankreichs heilig und für Betonmixer verboten war.

Unmittelbar hinter dem Haus ragen die Berge des Lubéron bis zu einer höchsten Erhebung von fast zwölfhundert Metern auf, und sie erstrecken sich in tiefen Falten fast siebzig Kilometer von Westen nach Osten. Zedern, Kiefern und Eichengebüsch halten die Berge stets grün und bieten Wildschweinen, Kaninchen und Vögeln Deckung. Wilde Blumen, Thymian, Lavendel und Pilze wachsen zwischen den Felsen und unter Bäumen, und an einem klaren Tag ist vom Gipfel zur einen Seite ein Blick möglich auf die Basses-Alpes und zur anderen aufs Mittelmeer.

Die meiste Zeit des Jahres kann man acht oder neun Stunden lang laufen, ohne einem Auto oder einem menschlichen Wesen zu begegnen. Es sind 247 000 Morgen Naturpark, zu dem sich unser Garten erweitert, ein Paradies für unsere Hunde, eine nicht zu überwindende Barrikade gegen unerwünschte Nachbarn.

Auf dem Lande gewinnen Nachbarn, wie wir entdeckt haben, eine Bedeutung, die sie in Städten auch nicht annähernd haben. Man kann jahrelang in einer Wohnung in London oder New York leben, ohne mit den Leuten, die zwanzig Zentimeter entfernt auf der anderen Seite der Wand wohnen, je zu sprechen. Auf dem Lande mag man vom nächsten Nachbarn Hunderte von Metern entfernt sein, trotzdem ist er ein Teil des eigenen Lebens, so wie man selbst zu seinem Leben gehört.

Falls man Ausländer ist – also eine Art Exot –, wird man mit mehr als dem üblichen Interesse inspiziert. Und wenn man außerdem ein seit langem bestehendes landwirtschaftliches Arrangement übernimmt, wird einem rasch klargemacht, daß die eigenen Einstellungen und Entscheidungen einen direkten Einfluß auf das Wohlergehen einer anderen Familie haben.

Mit den neuen Nachbarn hatte uns das Ehepaar bekanntgemacht, das uns das Haus verkauft hatte, und zwar während eines fünfstündigen Abendessens, das allseits durch einen immensen guten Willen, unsererseits aber durch enorme Verständnisschwierigkeiten gekennzeichnet war. Man sprach französisch – es war aber nicht das Französisch, das wir in unseren Büchern studiert und auf den Sprachkassetten gehört hatten; es war ein reiches, suppiges *patois,* das von irgendwo aus dem hinteren Kehlkopf kam und durch die

Nasengänge schlürfte, bevor es als Sprache ins Freie trat. Halbvertraute Laute konnten durch die Wirbel und Strudel des Provenzalischen verschwommen als Worte identifiziert werden: *Demain* wurde zu *demang, vin* wurde zu *vang, Maison* zu *Mesong.* Das allein wäre noch kein Problem gewesen, wenn die Worte im Tempo üblicher Konversation gesprochen und ohne weitere Ausschmückung geblieben wären. Sie wurden jedoch wie Kugeln aus einem Maschinengewehr abgefeuert und zum Schluß auf gut Glück oft noch mit einem zusätzlichen Vokal versehen. So kam das Angebot eines weiteren Stücks Brot – Stoff auf Seite eins für Anfänger – als ein einziges fragendes Sirren heraus. *Encoredupanga?*
Zu unserem Glück waren der Hunger und das freundliche Naturell unserer Nachbarn deutlich spürbar, selbst wenn das, *was* sie sagten, uns ein Rätsel blieb. Henriette war eine dunkelblonde, hübsche Frau mit Dauerlächeln, die wie eine Sprinterin jeden Satz in Rekordzeit hinter sich brachte. Ihr Mann Faustin – oder Faustang, wie wir seinen Namen wochenlang im Geiste buchstabiert hatten – war groß und sanft, bewegte sich bedächtig und sprach relativ langsam. Er war in diesem Tal geboren, er hatte in diesem Tal sein Leben verbracht, und er würde in diesem Tal sterben. Sein Vater, Pépé André, der gleich nebenan wohnte, hatte mit achtzig Jahren seinen letzten Eber geschossen und die Jagd aufgegeben, um Fahrradfahren zu lernen. Zweimal wöchentlich radelte er zum Einkaufen und zum Klatsch hinunter ins Dorf. Es schien eine zufriedene Familie zu sein.
Sie hatten allerdings eine Sorge, die uns betraf – nicht als Nachbarn, sondern als künftige Partner, und inmitten der Düfte von *marc* und im noch dichteren Nebel des Akzents kamen wir ihr schließlich auf die Spur.

Die sechs Morgen Grund, die wir mit dem Haus erworben hatten, waren größtenteils mit Reben bepflanzt und jahrelang nach dem herkömmlichen System der *Metayage* bewirtschaftet worden: Der Landeigentümer zahlt das Kapital für die neuen Reben und den Dünger, während der Bauer die Arbeit des Besprühens, Stutzens und Erntens übernimmt. Zum Ende der Saison erhält der Bauer zwei Drittel, der Eigentümer ein Drittel des Gewinns. Bei einem Eigentümerwechsel steht eine erneute Absprache zur Diskussion, und genau das war Faustins Sorge. Es war wohlbekannt, daß im Lubéron viele Liegenschaften als *résidences secondaires* für die Ferien und zum Vergnügen gekauft wurden, und der wertvolle Agrarboden wurde für kunstvoll bepflanzte Gartenanlagen zweckentfremdet. Es gab sogar Fälle der schlimmsten Form von Blasphemie – daß Reben herausgerissen worden waren, um Tennisplätzen zu weichen. Tennisplätze! Faustin zuckte ungläubig die Achseln. Schultern und Augenbrauen hoben sich einmütig beim Gedanken an die ausgefallene Idee, wertvolle Reben gegen den seltsamen Spaß zu tauschen, in der Hitze hinter einem kleinen Ball herzujagen.

Die Sorge hätte er sich sparen können. Wir liebten die Reben – die planvolle Regelmäßigkeit, mit der sie sich gegen die Hänge der Berge hoben, die Färbung von hellem zu dunklerem Grün über Gelb zu Rot, wenn Frühling zu Sommer und Sommer zu Herbst wurde, den blauen Rauch in der Stutzzeit, wenn die abgetrennten Teile verbrannt wurden, die zurückgeschnittenen Stumpen, die im Winter die nackten Felder spickten – sie gehörten hierher. Tennisplätze und Landschaftsgärten dagegen nicht. (Genausowenig wie unser Schwimmbecken, aber das hatte wenigstens keine Rebstöcke verdrängt.) Und außerdem lieferten sie uns Wein. Wir hatten die Wahl, unseren Anteil am Gewinn in bar oder in Naturalien zu erhalten; in einem durchschnittlichen Jahr betrug unser Anteil an der Ernte an die tausend Liter guten gewöhnlichen Roten und Rosé. So emphatisch, wie uns das mit unserem unsicheren Französisch möglich war, teilten wir Faustin mit, daß es uns ein Vergnügen wäre, die bestehende Abmachung weiterzuführen. Er strahlte. Ihm war klar, daß wir uns prächtig verstehen würden. Vielleicht würden wir uns eines schönen Tages sogar miteinander unterhalten können.

Der Eigentümer von *Le Simiane* wünschte uns ein glückliches neues Jahr und stand im Eingang, als wir in die enge Gasse hinaustraten und in die Sonne blinzelten.
»Nicht schlecht, eh?« sagte er mit einer Armbewegung – mit ihr vereinnahmte er das Dorf, hoch oben die Ruine der Burg des Marquis de Sade, die weite Aussicht zu den Bergen und den strahlend-klaren Himmel. Es war eine lässige, besitzergreifende Geste, als ob er uns ein Eckchen seines Privatgrundstückes zeigte. »Man hat Glück, in der Provence zu sein.«
Durchaus, dachten wir. Das hat man. Wenn das der Winter sein sollte, so würde die ganze Schlechtwetterausrüstung – die Stiefel und Mäntel und dicken Pullover –, die wir aus England mitgebracht hatten, überflüssig sein. Wir fuhren heim, warm, wohlgenährt, schlossen Wetten ab, wann wir zum erstenmal schwimmen würden, und empfanden ein selbstzufriedenes Mitleid für die armen Seelen in rauheren Klimazonen, die richtige Winter durchmachen mußten.
Knapp zweitausend Kilometer weiter nördlich nahm unterdes der Wind, der in Sibirien eingesetzt hatte, für das letzte

Stück seiner Reise Fahrt auf. Vom Mistral hatten wir so mancherlei gehört. Er macht Menschen und Tiere verrückt. Bei Gewaltverbrechen wird er als mildernder Umstand anerkannt. Er bläst oft fünfzehn Tage in einem fort, reißt Bäume aus, wirft Autos um, zerbricht Fenster, schleudert alte Damen in den Rinnstein, splittert Telegrafenmasten, heult durch Häuser wie ein kaltes und unheilvolles Gespenst, verursacht Grippe, Unfrieden im Haus, Arbeitsausfall, Zahnschmerzen, Migräne – kurzum: Alle Probleme in der Provence, die nicht den Politikern angelastet werden können, rühren vom *Sâcré Vent* her, von dem die Provenzalen in einer Art masochistischem Stolz sprechen.

Typisch gallische Übertreibung, dachten wir. Wenn sie mit den Stürmen fertig zu werden hätten, die vom Ärmelkanal herüberfegen und den Regen biegen, so daß er einem fast horizontal ins Gesicht schlägt, dann wüßten sie, was ein richtiger Wind ist. Wir hörten uns ihre Geschichten an und gaben uns – aus purer Höflichkeit gegenüber denen, die sie erzählten – beeindruckt.

So waren wir auf den ersten Mistral des Jahres schlecht vorbereitet, der durch das Rhônetal stürmte, nach links abbog und gegen die Westseite des Hauses toste, so stark, daß er vom Dach Ziegel ins Schwimmbecken abräumte und ein Fenster aus den Angeln riß, das leichtsinnigerweise offengestanden hatte. Die Temperatur fiel in vierundzwanzig Stunden um zwanzig Grad. Zunächst auf null, dann auf minus sechs. Messungen in Marseille zeigten eine Windgeschwindigkeit von 180 Kilometern in der Stunde. Meine Frau hatte beim Kochen einen Mantel an. Ich versuchte, mit Handschuhen auf der Maschine zu schreiben. Wir sprachen nicht mehr vom ersten Schwimmen und dachten statt dessen melancholisch an Zentralheizung. Und eines Morgens, zum Geräusch krachender Äste, platzte unter dem Druck des Wassers, das über Nacht gefroren war, ein Leitungsrohr nach dem anderen. Sie waren vom Eis blockiert und geschwollen und hingen schräg von den Wänden, und Monsieur Menicucci untersuchte sie mit dem beruflichen Scharfblick des Klempners.

»*O là là*«, sagte er. »*O là là*«. Er drehte sich nach seinem jungen Lehrling um, den er immer nur als *Jeune homme* oder *Jeune* ansprach. »Du weißt, womit wir es da zu tun haben, *Jeune*. Nackte Rohre. Ohne Isolierung. Côte-d'Azur-Rohre. Für Cannes, für Nizza mögen sie gut genug sein, aber hier ...« Er gab einen Gluckser der Mißbilligung von sich und wedelte *Jeune* mit dem Finger unter der Nase herum, um den Unterschied zwischen den milden Wintern an der Küste und der beißenden Kälte, in der wir hier standen, zu unterstreichen, und zog sich die Wollmütze fest über die Ohren. Er war klein und stämmig und zum Klempner gebaut, wie er erklärte, weil er sich in enge Räume hineinzwängen konnte, die ungehobelteren Männern gar nicht zugänglich wären. Während wir abwarteten, daß *Jeune* die Lötlampe aufsetzte, widmete uns Monsieur Menicucci die erste Vorlesung seiner gesammelten *Pensées*, denen ich dann das ganze Jahr über mit wachsendem Vergnügen zuhören sollte. An diesem Tag gab er eine geophysikalische Abhandlung über die zunehmende Härte provenzalischer Winter zum besten.

Drei Jahre schon waren die Winter spürbar härter gewesen als alle, an die man sich erinnern konnte – kalt genug, ehrlich, um uralte Olivenbäume abzutöten. Es war, um eine Wendung zu gebrauchen, die hier bei jedem Ausbleiben der Sonne auftaucht, *pas normal*. Aber wieso? Monsieur Menicucci ließ mir symbolische zwei Sekunden Zeit zum Nachdenken, bevor er seine Theorie explizierte und mich ab und an mit dem Finger stupste, um sicherzugehen, daß ich zuhörte.

Es sei klar, so behauptete er, daß die Winde, die die Kälte von Rußland herübertrugen, mit höherer Geschwindigkeit als früher in der Provence einträfen, also weniger Zeit brauchten, um ihr Ziel zu erreichen, und folglich weniger Zeit hätten, sich *en route* zu erwärmen. Und der Grund dafür – Monsieur Menicucci gestattete sich eine kurze, aber dramatische Pause – sei eine Veränderung in der Krümmung der Erdkruste. *Mais oui.* Irgendwo zwischen Sibirien und Ménerbes habe die Erdkrümmung sich verflacht und dem Wind somit eine direktere Südroute ermöglicht. Es war ganz und gar logisch. Leider wurde der zweite Teil dieser Vorlesung – warum die Erde flacher wird – vom Knacken eines weiteren geplatzten Leitungsrohres und meine Bildung zugunsten eines virtuosen Einsatzes der Lötlampe unterbrochen.

Die Wirkung des Wetters auf die Bewohner der Provence ist unmittelbar und offenkundig. Sie erwarten jeden Tag Sonnenschein, und ihr Wohlbefinden leidet, wenn er ausbleibt. Regen empfinden sie als persönliche Beleidigung. Sie schütteln die Köpfe und bemitleiden sich gegenseitig in den Cafés, blicken mit tiefstem Mißtrauen gen Himmel, als ob eine Heuschreckenplage drohe, und bahnen sich voller Abscheu ihren Weg durch die Pfützen auf dem Gehsteig. Wenn noch Schlimmeres als ein Regentag über sie hereinbrechen sollte – etwa ein Temperatursturz unter Null wie dieser –, so sind die Folgen erschreckend: Die Bevölkerung wird fast unsichtbar. Da die Kälte sich bis Mitte Januar festbiß, wurde es still in den Städten und Dörfern. Die Wochenmärkte, gewöhnlich übervoll und lärmig, waren skelettartig abgemagert – reduziert auf unerschrockenes Standpersonal, das, um den Lebensunterhalt zu verdienen, sogar bereit war, Frostbeulen zu riskieren, und sich die Füße vertrat und von Flachmännern nippte. Die Kunden bewegten sich zügig, kauften, gingen, nahmen sich kaum die Zeit, das Wechselgeld nachzuzählen. In den Bars waren Türen und Fenster dicht verschlossen; man ging seinen Geschäften in beißendem Tabakqualm nach. Von dem üblichen Herumtrödeln auf den Straßen war nichts geblieben.

Unser Tal lag im Winterschlaf. Mir fehlten all die Geräusche und Laute, die den Verlauf jeden Tages fast mit der Genauigkeit einer Uhr kennzeichneten: der Morgenhusten von Faustins Hahn; das durchgedrehte Klackern – als ob Schrauben und Muttern einer Keksdose entfliehen wollten – des Citroën-Kleinlasters, mit dem mittags jeder Bauer nach Hause fährt; das hoffnungsvolle Gewehrfeuer eines Jägers auf nachmittäglicher Patrouille in den Weinbergen am Hügel gegenüber; das ferne Wimmern einer Kettensäge im Wald; das Konzert der Hofhunde in der Dämmerung. Nun herrschte Schweigen. Stundenlang lag das Tal absolut still und ausgestorben da. Wir wurden neugierig. Was machten die Menschen nur?

Faustin, das wußten wir, reiste die umliegenden Bauernhöfe ab, als Wanderschlachter, schlitzte die Kehlen und brach die Hälse von Kaninchen und Enten und Schweinen und Gänsen, damit sie zu Pasteten und Schinken und *confits* werden konnten. Wir meinten, das sei eine unpassende Tätigkeit für einen weichherzigen Mann, der seine Hunde verwöhnte, aber er war dabei offenbar tüchtig und fix und, wie jeder echte Landmensch, ohne sentimentale Gefühle. Wir mögen ein Kaninchen als Haustier behandeln oder für eine Gans Anhänglichkeit empfinden, aber wir waren aus der Großstadt gekommen und Supermärkte gewöhnt, wo Fleisch hygienisch jeglicher Ähnlichkeit mit lebenden Kreaturen entrückt war. Ein Schweinskotelett in Plastikfolie gibt ein sanitäres, abstraktes Bild, das aber auch gar nichts mehr mit dem warmen, verdreckten, massigen Schwein zu tun hat. Hier draußen auf dem Lande war der direkte Zusammenhang zwischen Tod und Mahlzeit nicht zu umgehen, und wir sollten für Faustins winterliche Arbeit in Zukunft oft genug Dankbarkeit empfinden.

Aber was machten die anderen? Die Erde war zugefroren, die Reben zurückgeschnitten und tot. Zum Jagen war es zu kalt. Waren alle verreist, etwa auf Urlaub? Nein, bestimmt nicht. Hier gab es keine feinen Großgrundbesitzer, die den Winter auf Skihängen verbrachten oder auf Yachten in der Karibik. Hier verbrachte man die Ferien im August daheim, wenn man sich überaß, die Siestas genoß und sich vor den langen Arbeitstagen der Weinernte ausruhte. Es war uns ein Rätsel, bis wir erkannten, wie viele Menschen hier im September und Oktober Geburtstag hatten, und damit ergab sich eine mögliche, wenngleich nicht überprüfbare Antwort: Sie waren zu Hause, um Kinder zu zeugen. In der Provence hat alles seine Saison, und die ersten beiden Monate des Jahres müssen wohl der Fortpflanzung gewidmet sein. Nachzufragen haben wir uns allerdings nie getraut.

Die kalte Witterung brachte auch Freuden, die nicht so intimer Natur waren. Abgesehen von dem Frieden und der Leere der Landschaft hat der Winter in der Provence einen ganz eigenen Geruch, der durch den Wind und die trockene, klare Luft verstärkt wird. Auf meinen Wanderungen über die Hügel war ich oft in der Lage, ein Haus zu riechen, lange bevor ich es zu erblicken vermochte, wegen des Aromas von Holzrauch aus noch unsichtbaren Kaminen. Es ist einer der ursprünglichsten Gerüche des Lebens und folglich aus den meisten Städten verschwunden, so kommunale Richtlinien und Innenausstatter offene Kamine zu überbauten Löchern oder künstlich beleuchtetem »architektonischen Beiwerk« verfremdet haben. In der Provence wird das offene Feuer noch immer praktisch genutzt – es wird drauf gekocht, man sitzt drum herum, man wärmt sich die Füße und freut sich an den Flammen. Die Feuer werden morgens in der Frühe angelegt und den ganzen Tag über am Brennen gehalten mit Krüppeleichenholz vom Lubéron oder Buche vom Fuße des Mont Ventoux. Bei Anbruch der Dämmerung bin ich auf dem Rückmarsch mit den Hunden stets stehengeblieben, um von oben aufs Tal mit dem länglichen Zickzack von Rauchbändern hinunterzublicken, die von den Höfen aufstiegen, die an der Straße nach Bonnieux verstreut liegen. Es war ein Anblick, der mich an warme Küchen und gutgewürzten Eintopf denken ließ und mich jedesmal heißhungrig machte. Die allgemein bekannte provenzalische Küche ist Sommerkost. Melonen und Pfirsiche und Spargel, *courgettes* und Auberginen, Paprika und Tomaten, *aioli* und Bouillabaisse und Riesensalatschüsseln mit Oliven und Sardellen und Thunfisch und hartgekochten Eiern und Scheibchen von erdigen Kartoffeln auf buntem Salatbett in glänzendem Öl, frischer Ziegenkäse – das waren die Erinnerungen gewesen, die uns jedesmal kamen und quälten, wenn wir in englischen Geschäften das Angebot schlaffer und verschrumpelter Gemüse vor uns sahen. Wir waren nie auf die Idee gekommen, daß es eine Winterküche geben könnte, die völlig anders, aber nicht weniger köstlich war.

Die Kaltwetterküche der Provence ist Landmannskost. Sie soll auf den Rippen ansetzen, warmhalten, Kraft geben und einen mit vollem Bauch zu Bett schicken. Sie ist nicht schick und schön in dem Sinn, wie die winzigen, künstlerisch garnierten Portionen schön schick sind, die in modischen Restaurants serviert werden. Doch an einem frostkalten Abend, wenn der Mistral wie ein Rasiermesser auf einen zukommt, ist sie unüberbietbar. Und an dem Abend, als unsere Nachbarn uns zum Essen einluden, war es so kalt, daß wir den kurzen Weg zu ihrem Haus im Laufschritt zurücklegten.

Wir kamen durch die Tür, und meine Brille beschlug sich mit der Hitze vom Kamin, der den größten Teil der Wand am anderen Ende des Raums beanspruchte. Als der Nebel sich klärte, sah ich den großen Tisch, der mit kariertem Öltuch überzogen und für zehn Personen gedeckt war. Freunde und Verwandte wollten uns unter die Lupe nehmen. In der Ecke zwitscherte ein Fernseher. In der Küche schnatterte das Radio. Hunde und Katzen wurden aus dem Zimmer gescheucht, wenn ein Gast eintrat, nur um sich mit dem nächsten Gast wieder einzuschleichen. Ein Tablett mit Getränken wurde hereingetragen – *Pastis* für die Männer, gekühlter süßer Muskatwein für die Frauen. Wir gerieten mitten in ein Kreuzfeuer von lautstarken Klagen über das Wetter. War das in England genauso schlimm? Nur im Sommer, erwiderte ich. Einen Augenblick lang nahm man das ernst, bevor mir jemand aus der Verlegenheit half, indem er lachte. Mit einem ziemlichen Gerangel um Plätze – ich war mir nicht sicher, worum es dabei ging: so nah oder so weit weg von uns wie möglich – nahmen wir am Tisch Platz.

Es war ein Mahl, das wir nie vergessen werden. Genauer gesagt: Es waren mehrere Mahlzeiten, die wir nie vergessen werden; denn sie überstiegen qualitativ wie quantitativ alle bekannten gastronomischen Grenzen.

Mit hausgemachter Pizza fing es an – nein, nicht mit einer, sondern mit dreien: mit Sardellen, mit Pilzen, mit Käse, und von jeder mußten wir ein Stück nehmen. Die Teller wurden anschließend abgewischt mit Stücken, die man von dreiviertelmeterlangen Broten herunterriß. Der nächste Gang wurde hereingetragen. Es gab Kaninchen-, Wildschwein- und Drosselpasteten. Es gab eine Schweinsterrine mit größeren Stükken, die von *marc* durchzogen war. Es gab *saucissons* mit Pfefferkörnern. Es gab winzige süße Zwiebeln in einer Marinade von frischer Tomatensoße. Und wieder wurden die Teller gewischt. Danach gab es Ente. Die Scheibchen von *magret,* die in Fächerformation und mit einem eleganten Klecks Soße auf den noblen Tischen der Nouvelle Cuisine auftauchen – sie waren hier nirgends zu sehen. Wir hatten ganze Entenbrust, ganze Beine in einer dunklen, stark gewürzten Soße mit wilden Pilzen.

Wir lehnten uns zurück. Wir waren dankbar, daß wir es geschafft hatten, bis zum Ende durchzuhalten. Und wir sahen mit einem Gefühl fast wie Panik, daß die Teller noch einmal blankgerieben wurden und eine riesige, dampfende Casserole auf den Tisch kam: eine Spezialität von Madame, unserer Gastgeberin – ein *civet* von Kaninchen, das reichste, dunkelste Fleisch –, und unsere schwachen Bitten um kleine Portionen wurden lächelnd ignoriert. Wir aßen. Wir aßen den grünen Salat mit Stückchen von Brot, das in Knoblauch und Olivenöl gebraten war. Wir aßen die fetten, runden *crottins* von Ziegenkäse. Wir aßen den Mandelcremekuchen, den die Tochter des Hauses gebacken hatte. Wir aßen an diesem Abend für die Ehre Englands.

Zum Kaffee wurde eine ganze Reihe unförmiger Flaschen aufgetragen – eine Auswahl lokaler *digestifs*. Das Herz wäre mir gesunken, wenn noch Platz gewesen wäre, wohin es hätte sinken können, doch gegen die Hartnäckigkeit des Gastgebers war nichts zu machen. Ich mußte eine ganz besondere Tinktur probieren, die nach einem Rezept eines dem Alkohol ergebenen Mönchsordens in den Basses-Alpes aus dem elften Jahrhundert hergestellt war. Ich wurde gebeten, die Augen zu schließen, während eingeschenkt wurde, und als ich sie öffnete, stand vor mir ein großes Glas mit einer faserigen gelben Flüssigkeit. Ich sah mich voller Verzweiflung am Tisch um. Alle Augen ruhten auf mir; es gab keine Chance, das Zeug dem Hund zu geben oder es direkt in den Schuh tröpfeln zu lassen. Mit einer Hand suchte ich am Tisch Halt, mit der anderen griff ich nach dem Glas, machte die Augen zu, betete zum Schutzpatron der Verstopften und kippte es hinunter.

Nichts. Ich hatte im günstigsten Fall mit einer verbrannten Zunge, schlimmstenfalls mit abgetöteten Geschmacksnerven gerechnet, doch ich kriegte nichts als – Luft. Es war ein Trickglas, und es war in meinem Leben das erste Mal, daß ich Erleichterung empfand, keinen Drink zu bekommen. Als das Lachen der übrigen Gäste erstarb, wurden uns echte Drinks angedroht. Gerettet hat uns die Katze. Von ihrem Hauptquartier auf einem riesigen Wandschrank tat sie im Flug einen Sprung nach einer Motte und machte inmitten der Kaffeetassen und Flaschen auf dem Tisch eine Bruchlandung. Es schien der geeignete Moment, sich zu verabschieden. Wir schoben auf dem Heimweg unsere Bäuche vor uns her, ohne die Kälte zu spüren, waren unfähig zu sprechen und schliefen wie die Toten.

Selbst für provenzalische Maßstäbe war das kein alltägliches Mahl gewesen. Die Menschen, die auf dem Lande arbeiten, essen wahrscheinlich eher gut zu Mittag und abends sparsamer – eine Gewohnheit, die gesund und vernünftig und für unsereins völlig unmöglich ist. Wir haben entdeckt, daß uns für den Abend nichts so viel Appetit macht wie ein richtiges Mittagessen. Es ist geradezu alarmierend. Es muß mit der neuen Situation zu tun haben, damit, daß wir inmitten all dieser guten Sachen leben, unter Männern und Frauen, deren Interesse für Nahrung an Besessenheit grenzt. So genügt es etwa den Fleischern hier nicht, bloß Fleisch zu verkaufen. Sie werden Ihnen, während sich hinter Ihrem Rücken eine Schlange bildet, in aller Ausführlichkeit erzählen, wie Sie es kochen und servieren müssen und was man dazu ißt und trinkt.

Es passierte uns das erste Mal, als wir nach Apt gefahren waren, um für ein provenzalisches Eintopfgericht namens *pebronata* Kalbfleisch zu kaufen. Man empfahl uns einen Fleischer in der Altstadt, der ein wahrer Meister des Fachs und überhaupt *très sérieux* sein sollte. Sein Laden war klein. Seine Frau und er waren groß. Zu viert waren wir ein Gedränge. Er hörte konzentriert zu, als wir erklärten, daß wir dieses besondere Gericht zubereiten wollten – vielleicht hatte er von diesem Gericht schon gehört?

Er schnaufte entrüstet und begann so energisch ein großes Messer zu wetzen, daß wir einen Schritt zurücktraten. Ob uns klar sei, sagte er, daß wir einen Experten vor uns sähen, vielleicht die größte *pebronata*-Autorität im Vaucluse? Seine Frau nickte bewundernd. Also, sagte er und schwang fünfundzwanzig Zentimeter scharfen Stahls gegen unsere Gesichter, er habe ein Buch darüber geschrieben – ein *definitives*

Buch –, das zwanzig Variationen des Grundrezeptes enthielte. Seine Frau nickte erneut. Sie spielte neben diesem eminenten Chirurgen die Rolle der Operationsschwester, die vor der Operation frische Messer zum Schärfen reicht.
Wir müssen angemessen beeindruckt dreingeschaut haben, weil er dann ein anständiges Stück Kalbfleisch produzierte und einen professoralen Ton anschlug. Er schnitt das Fleisch, zerlegte es in Würfel, füllte ein Beutelchen mit zerhackten Kräutern, erklärte uns, wo wir den besten Paprika kaufen könnten – vier grüne und einen roten, der Farbkontrast hätte ästhetische Gründe –, ging das Rezept zweimal durch, um sicherzustellen, daß wir keinerlei *bêtise* begehen würden, und empfahl dazu einen passenden Côtes du Rhône. Es war eine gelungene Vorstellung.
Gourmets sind in der Provence dicht gesät, und gelegentlich kommen aus den unwahrscheinlichsten Ecken Perlen der Weisheit ans Licht. Wir gewöhnten uns daran, daß die Franzosen fürs Essen die gleiche Leidenschaft aufbringen wie andere Nationen für Sport oder Politik, doch trotzdem waren wir überrascht, als wir Monsieur Bagnols, den Bodenreiniger, Drei-Sterne-Restaurants begutachten hörten. Er war von Nîmes herübergekommen, um den Fußboden abzureiben, und es war von Anfang an klar, daß er nicht zu den Menschen zählte, die ihren Bauch auf die leichte Schulter nehmen. Jeden Tag pünktlich um zwölf wechselte er aus der Arbeitskluft in einen Anzug und begab sich für die nächsten zwei Stunden in eins der umliegenden Restaurants.
Er fand es nicht schlecht, aber natürlich nichts im Vergleich zum Beaumanière in Les Baux. Das Beaumanière hat drei Sterne im Michelin und im Gault-Millau 17 von 20 möglichen Punkten, und dort, so erzählte er, habe er einen wahr-

haft außergewöhnlichen Seebarsch *en croute* gegessen. Wohlgemerkt, sagte er, auch das Troisgros in Roanne sei ein vorzügliches Lokal, obwohl es natürlich von der Lage her, gegenüber dem Bahnhof, nicht so schön sei wie das in Les Baux. Das Troisgros hat drei Sterne im Michelin und ist im Gault-Millau mit 19 1/2 von 20 Punkten klassifiziert. Und so ging das fort, während er sich die Knieschoner zurechtrückte und den Boden abscheuerte – ein persönlicher Wegweiser zu fünf oder sechs der teuersten Restaurants in Frankreich, die Monsieur Bagnols auf seinen jährlichen Schlemmerreisen besucht hatte.

Einmal war er in England gewesen, wo er in einem Hotel in Liverpool Lammbraten gegessen hatte. Der war grau und lauwarm und ohne Geschmack gewesen. Aber, sagte er, es ist ja bekannt, daß die Engländer ihr Lamm zweimal töten; einmal beim Schlachten und das zweite Mal beim Kochen. Angesichts solch niederschmetternder Verachtung für die Kochkünste meines Landes zog ich mich zurück und überließ ihn seiner Arbeit am Boden und dem Traum von seinem nächsten Besuch bei Bocuse.

Die Witterung blieb hart, mit bitterkalten, doch herrlichen Sternennächten und spektakulären Sonnenaufgängen. Eines Morgens früh kam mir die Sonne abnorm niedrig und groß vor, und als ich ihr entgegenschritt, war alles grell oder aber in tiefstem Schatten. Die Hunde waren mir ein gutes Stück voraus, und ich hörte ihr Bellen, lang bevor ich sehen konnte, was sie gefunden hatten.

Wir hatten einen Teil des Waldes erreicht, wo das Land zu einer tiefen Mulde abfiel, in der vor hundert Jahren irgendein irrgeleiteter Bauer ein Haus gebaut hatte, das eigentlich immer nur in dem Schatten stand, den die umstehenden

Bäume warfen. Ich war schon oft daran vorbeigekommen. Die Fensterläden waren stets geschlossen, und das einzige Zeichen einer Bewohnung war der Rauch, der aus dem Schornstein in die Höhe kräuselte. Im Hof draußen waren zwei große und verfilzte Schäferhunde und eine schwarze Promenadenmischung ständig auf der Lauer, jaulten und zerrten an den Ketten in ihrem Bemühen, vorübergehende Menschen anzufallen. Man wußte, daß diese Hunde bösartig waren; einmal hatte sich einer von ihnen losgerissen und Großvater Andrés Beinen eine offene Wunde zugefügt. Meine Hunde, so tapfer sie ängstlichen Katzen gegenüber sein mochten, hatten klug und weise beschlossen, diesen drei feindlichen Gebissen nicht zu nahe zu kommen, und sich angewöhnt, einen Bogen ums Haus zu machen und über einen kleinen Steilhang auszuweichen. Dort oben standen und bellten sie nun auf die nervöse Tour, die Hunde annehmen, wenn sie auf vertrautem Grund Unerwartetem begegnen.

Auf der Hügelkuppe strahlte mir die Sonne voll ins Gesicht. Ich konnte jedoch unter den Bäumen die Silhouette einer Männergestalt ausmachen, einen hellen Schein von Rauch um seinen Kopf, die Hunde, die ihn aus sicherer Entfernung unruhig umschnüffelten. Als ich zu ihm herantrat, streckte er mir eine kalte Hornhand entgegen.

»*Bonjour.*« Er schraubte sich einen Zigarettenstummel aus der Ecke des Mundes und stellte sich vor. »Massot, Antoine.«

Er trug Kriegsausrüstung: eine fleckige Tarnjacke, ein militärisches Dschungelkäppi, einen Patronengurt und eine Schrotflinte. Sein Gesicht hatte die Farbe und Textur eines flüchtig gebratenen Steaks, mit einem keilförmigen Nasenvorsprung über einem unregelmäßigen, nikotingefärbten Schnauzer. Blaßblaue Augen lugten durch ein wild sprießendes Gewirr rötlicher Augenbrauen, und sein zerfallenes Lächeln hätte selbst einen optimistischen Zahnarzt zur Verzweiflung gebracht. Trotzdem, er hatte irgendwas verrückt Liebenswürdiges an sich.

Ich fragte, ob er bei der Jagd Erfolg gehabt hätte. »Ein Fuchs«, sagte er. »Zum Essen war er aber zu alt.« Er zuckte die Achseln und steckte sich schon wieder eine von diesen Boyards an, Zigaretten mit gelbem Maispapier, die wie ein junges Gestrüppfeuer in der Morgenluft stanken. »Immerhin«, sagte er. »Er wird mir nachts die Hunde nicht mehr wachhalten«, und er nickte in Richtung des Hauses unten in der Mulde.

Ich sagte, daß seine Hunde gefährlich wirkten, und er grinste. Nur verspielt, sagte er. Und was sei gewesen, als einer ausgerissen war und den alten Mann anfiel? Ach, das. Bei der schmerzlichen Erinnerung schüttelte er den Kopf. Das Problem sei, meinte er – man dürfe einem spielenden Hund nie den Rücken zukehren, und den Fehler hatte der alte Mann gemacht. *Une vraie catastrophe.* Einen Augenblick lang nahm ich an, er bedauere die Wunde, die Großvater André zugefügt worden war; in seinem Bein war eine Vene durchgebissen worden, und wegen der Spritzen und des Nähens hatte er das Krankenhaus aufsuchen müssen. Doch da irrte ich mich sehr. Das Traurige lag für Massot darin, daß er gezwungen gewesen war, sich eine neue Kette zu kaufen, und diese Räuber in Cavaillon hatten ihm 250 Francs abgeknöpft. Das war tiefer gegangen als Hundezähne.

Um ihm weitere Qualen zu ersparen, wechselte ich das Thema und fragte, ob er tatsächlich Fuchsfleisch äße. Er

schien über so eine dumme Frage erstaunt und betrachtete mich ein oder zwei Augenblicke lang, ohne zu antworten, als ob er den Verdacht hegte, ich könnte ihn zum Narren halten.
»Man ißt in England keinen Fuchs?« Ich sah die Mitglieder der Belvoir Hunt vor mir und ihre Leserbriefe in der *Times* und ihren kollektiven Herzkollaps angesichts einer so unfairen, typisch ausländischen Idee.
»Nein, in England ißt man Füchse nicht. Man putzt sich mit einem roten Jackett heraus und jagt ihn hoch zu Roß, mit mehreren Hunden, und dann schneidet man ihm den Schwanz ab.«
Er hob keck erstaunt den Kopf. *»Ils sont bizarres, les anglais.«* Und dann, mit riesigem Aplomb und einigen gräßlich eindeutigen Gesten, beschrieb er, was zivilisierte Menschen mit einem Fuchs machen.

Civet de Renard à la Façon Massot

Spüre einen jungen Fuchs auf und gib acht, ihm sauber in den Kopf zu schießen, der kulinarisch uninteressant ist. Schrotsplitter in den eßbaren Teilen des Fuchses kann ein Splittern der Zähne – Massot zeigte mir zwei seiner Zähne – und Verdauungsbeschwerden verursachen.
Häute den Fuchs und schneide seine *parties* ab. Hier machte Massot eine Schneidbewegung mit der Hand quer über die Leistengegend, dann drehte und zerrte er kompliziert mit der Hand, um das Ausweiden des Tieres anschaulich zu zeigen.
Den gesäuberten Tierkörper vierundzwanzig Stunden lang unter kaltfließendem Wasser lassen, um den *goût sauvage* zu beseitigen. Trocknen, in einem Sack bündeln

und über Nacht im Freien hängen lassen, am besten bei Frost.

Den Fuchs am Morgen danach in eine gußeiserne Casserole legen und mit einer Mischung aus Blut und Rotwein bedecken. Kräuter, Zwiebel und Knoblauchzehen dazugeben und ein bis zwei Tage köcheln lassen. (Massot entschuldigte sich für die ungenauen Angaben, sagte aber, daß die Zeit je nach Gewicht und Alter des Fuchses schwanke.)

In der guten alten Zeit aß man ihn dann mit Brot und Salzkartoffeln, doch dank dem Fortschritt und der Erfindung der Friteuse könne man sich das Ganze heutzutage auch mit Pommes frites munden lassen.

Inzwischen war Massot gesprächig geworden. Er lebe, so erzählte er mir, allein und habe im Winter selten Gesellschaft. Er habe sein ganzes Leben in den Bergen verbracht, aber vielleicht sei es an der Zeit, ins Dorf zu ziehen, wo er unter Menschen sein könnte. Natürlich, es wäre eine Schande, ein so schönes, so ruhig gelegenes Haus zu verlassen, das so ideal vor dem Mistral geschützt war, in so vollkommener Lage, um Schutz vor der heißen Mittagssonne zu bieten, ein Haus, in dem er so viele glückliche Jahre gelebt hatte. Es würde ihm das Herz brechen – er sah mich scharf an, aus blassen Augen, die vor Aufrichtigkeit wäßrig waren –, außer er könnte mir einen Dienst erweisen und einem meiner Freunde ermöglichen, das Haus zu erwerben.

Ich blickte auf das baufällige Anwesen in den Schatten hinab, wo die drei Hunde an ihren rostenden Ketten ruhelos hin und her liefen, und dachte, daß sich in ganz Frankreich schwerlich ein weniger reizvoller Wohnsitz aufspüren ließe. Da gab es weder Sonne noch Aussicht, kein Gefühl der Weite und sicherlich ein feuchtes und mieses Inneres. Ich versprach Massot, ich würde dran denken, und er zwinkerte mir zu. »Eine Million Francs«, sagte er. »Ein Geschenk.« Und in der Zwischenzeit, bis er diesen kleinen Paradiesflecken verließe, würde er mir mit seinem Rat gern zur Verfügung stehen, falls ich irgend etwas über das Leben auf dem Lande wissen wolle. Er kenne jeden Zentimeter dieses Waldes, wisse ganz genau, wo die Pilze wüchsen, wo der wilde Eber zur Tränke kam, welche Flinte die richtige sei, wie man einen Jagdhund ausbilde – es gäbe nichts, was er nicht wüßte, ich brauche ihn nur zu fragen. Ich dankte ihm. »*C'est normal*«, sagte er und stapfte hügelabwärts zu seiner Eine-Million-Residenz.

Als ich einem Freund im Dorf erzählte, ich sei Massot begegnet, lächelte er.

»Hat er Ihnen gesagt, wie man einen Fuchs zubereitet?« wollte er wissen.

Ich nickte.

»Hat er versucht, Ihnen sein Haus zu verkaufen?«

Ich nickte.

»Der alte *blagueur*. So ein Windmacher.«

Mir machte das nichts. Ich mochte ihn, und ich hatte das Gefühl, daß er eine reiche Quelle faszinierender und höchst suspekter Informationen sein würde. Wenn er mich in die Freuden ländlicher Lebensweise und Monsieur Menicucci mich in die mehr wissenschaftlichen Dinge einführen würde, so fehlte mir nur noch jemand, der mich durch die trüben Gewässer der französischen Bürokratie steuerte, die mit ihren vielseitigen Subtilitäten und Unannehmlichkeiten aus einem Maulwurfshügel einen Berg von Frustrationen machen kann.

Die Komplikationen beim Kauf des Hauses hätten uns eine Lehre sein sollen. Wir wollten kaufen, der Eigentümer wollte verkaufen, der Preis war vereinbart, alles war klar. Dann aber wurden wir zu zögerlichen Teilnehmern am Nationalsport des Sammelns von Dokumenten. Da wurden Geburtsurkunden erforderlich, um zu beweisen, daß wir existierten; Reisepässe, um nachzuweisen, daß wir Briten waren; Heiratsurkunden, um zu ermöglichen, das Haus auf unser beider Namen einzutragen; Scheidungsurkunden für eine frühere Ehe, um nachzuweisen, daß unsere Heiratsurkunden gültig waren; ein Nachweis, daß wir in England eine feste Adresse hatten. (Unsere Führerscheine, die klar aussagten, wo wir wohnten, wurden für unzureichend erklärt; ob wir keinen offizielleren Nachweis unseres Wohnsitzes besäßen – etwa eine alte Elektrizitätsrechnung?) Hin und her zwischen England und Frankreich gingen Berge von Papier – jeder nur denkbare Wisch von Information bis auf Blutgruppe und Fingerabdrücke –, ehe der Notar unser beider Leben in einem Dossier gesammelt hatte. Dann erst konnte die Transaktion über die Bühne gehen.

Wir suchten nach Entschuldigungen für die Franzosen, bemühten uns um Verständnis: Wir waren schließlich Ausländer, die ein Zipfelchen von Frankreich käuflich erwarben, und die nationale Sicherheit mußte natürlich gewährleistet sein. Weniger wichtige Geschäfte würden bestimmt rascher abgewickelt werden und nicht so viel Papierkram erfordern. Wir gingen ein Auto kaufen.

Es war die Standardausführung eines Citroën *Deux Chevaux*, ein Modell, das sich in den vergangenen 25 Jahren

kaum verändert hat. Infolgedessen waren in jedem kleinen Dorf Ersatzteile zu bekommen. Die Mechanik ist kaum komplizierter als bei einer Nähmaschine, und jeder Hufschmied, der sich auf sein Handwerk versteht, kann es reparieren. Er ist billig und hat eine beruhigend niedrige Höchstgeschwindigkeit. Abgesehen von der Tatsache, daß seine Federung aus Pudding ist, wodurch der Citroën das einzige Auto der Welt ist, das einen mit ziemlicher Sicherheit seekrank macht, handelt es sich um ein liebenswürdiges und praktisches Gefährt. Und die Garage hatte eins auf Lager.
Der Verkäufer schaute sich unsere Führerscheine an, die in allen EG-Ländern bis weit über das Jahr 2000 hinaus Gültigkeit besaßen. Mit einem Ausdruck unendlichen Bedauerns schüttelte er den Kopf und blickte uns an.
»*Non.*«
»*Non?*«
»*Non.*«
Wir zogen unsere Geheimwaffen hervor: unsere Reisepässe.
»*Non.*«
Wir wühlten in unseren Papieren. Was könnte er sehen wollen? Unsere Heiratsurkunden? Eine alte englische Elektrizitätsrechnung? Wir gaben auf. Wir fragten uns, was man eigentlich, außer Geld, noch brauchte, um ein Auto zu kaufen.
»Sie haben eine Adresse in Frankreich?«
Wir gaben sie ihm, und er notierte sie sorgfältig auf dem Kaufvertrag und prüfte zwischendurch immer wieder nach, ob der dritte Durchschlag noch lesbar war.
»Sie können nachweisen, daß dies hier Ihre Adresse ist? Eine Telefonrechnung? Eine Elektrizitätsrechnung?«
Wir erklärten, daß wir noch keine Elektrizitätsrechnung

erhalten hatten, weil wir ja eben erst eingezogen waren. Er erklärte, zum Ausstellen der *carte grise* – der Fahrzeugbrief des Eigentümers – sei eine Adresse vonnöten. Keine Adresse, keine *carte grise*. Keine *carte grise*, kein Auto.

Glücklicherweise triumphierte sein Instinkt als Verkäufer über seinen Spaß an einer bürokratischen Sackgasse, und er beugte sich zu uns herüber, mit einem Vorschlag zur Lösung des Dilemmas. Wenn wir ihm die Kaufurkunde für unser Haus überlassen könnten, könnte die Angelegenheit zu einem baldigen und zufriedenstellenden Abschluß gebracht werden. Die Kaufurkunde befand sich im Notariat, zwanzig Kilometer entfernt. Wir fuhren sie holen und pflanzten sie triumphierend auf seinen Schreibtisch, zusammen mit einem Scheck. Ob wir jetzt das Auto haben könnten?

»Malheureusement, non.« Wir müßten warten, bis der Scheck überprüft worden wäre, eine Verzögerung von vier oder fünf Tagen, obwohl er auf eine ortsansässige Bank ausgestellt war. Ob wir gemeinsam zur Bank hinübergehen und ihn klären lassen könnten? Nein, könnten wir nicht. Es war Mittagspause. Die zwei Bereiche, in denen Frankreich weltweit führend ist – die Bürokratie und die Gastronomie – hatten sich miteinander verbündet und uns auf unseren Platz verwiesen.

Wir litten danach unter einem milden Verfolgungswahn und verließen viele Wochen lang das Haus nie ohne Fotokopien von unserem Familienarchiv, wedelten mit Reisepässen und Geburtsurkunden herum, beim Kassenmädchen im Supermarkt wie bei dem alten Mann, der uns in der Winzerkooperative den Wein in den Wagen lud. Die Urkunden wurden stets aufmerksam betrachtet, weil Urkunden in Frankreich etwas Heiliges darstellen und Hochachtung verdienen. Wir wurden jedoch häufig gefragt, warum wir sie mit uns herumschleppen. Ob man in England dazu gezwungen würde? Was mußte das doch für ein merkwürdiges und langweiliges Land sein! Darauf konnten wir nur mit einem Achselzucken antworten. Wir übten uns im Achselzucken.

Die Kälte dauerte bis in die letzten Januartage an; dann wurde es spürbar wärmer. Wir sahen dem Frühling entgegen, und ich war begierig, eine fachmännische Wettervorhersage zu bekommen. Ich beschloß, den Weisen des Waldes zu befragen.

Massot zupfte nachdenklich an seinem Schnauzer. Es gäbe Anzeichen, sagte er. Ratten könnten das Nahen wärmeren Wetters früher spüren als die komplizierten Satelliten, und die Ratten auf seinem Dachboden waren in den vergangenen Tagen ungewöhnlich lebhaft gewesen. Sie hatten ihn sogar eine ganze Nacht über wachgehalten, und er hatte ein paar Schüsse in die Decke gejagt, damit sie Ruhe gaben. *Eh, oui.* Außerdem stünde Neumond bevor, und in dieser Jahreszeit brächte das oft einen Wetterwechsel. Auf der Grundlage dieser zwei bedeutsamen Vorzeichen sagte er einen frühen und warmen Frühling voraus. Ich eilte heim, um nachzusehen, ob am Mandelbaum schon Andeutungen von Knospen sichtbar wären und nahm mir vor, das Schwimmbecken zu reinigen.

Februar

Die Titelseite unserer Zeitung *Le Provençal* hat gewöhnlich ihre festen Themen – das Auf und Ab lokaler Fußballvereine, die windigen Kundgebungen kleiner Politiker, atemlos geschilderte Überfälle auf Supermärkte in Cavaillon – »*Le Chicago de Provence*« – und der gelegentliche gruselige Bericht vom plötzlichen Tod auf der Straße, weil Fahrer von kleinen Renaults Alain Proust nachmachen wollten.

Eines Morgens Anfang Februar war diese traditionelle Mixtur weggewischt, zugunsten eines Aufmachers, der mit Sport, Verbrechen oder Politik nichts zu tun hatte: *Die Provence unter einer Schneedecke!* schrie die Schlagzeile mit fröhlichem Unterton angesichts der Verheißung von Folgeberichten, die sich aus dem ganz und gar unsaisonablen Verhalten der Natur ergeben müßten. Da würden wie durch ein Wunder nach einer Nacht im verschneiten Auto Mütter und Babys noch am Leben sein, Greise durch das Einschreiten engagierter, wachsamer Nachbarn gerade noch vor dem Tod durch Unterkühlung gerettet, aus den Wänden des Mont Ventoux Bergsteiger von Hubschraubern aufgegriffen, Briefträger allen Gefahren zum Trotz Elektrizitätsrechnungen zustellen, Dorfälteste frühere Katastrophen in Erinnerung rufen – da war tagelang für Material gesorgt, und man sah den Verfasser des Aufmachers förmlich vor sich, wie er sich erwartungsvoll die Hände rieb, während er zwischen den Sätzen pausierte, um nach weiteren Gelegenheiten für Ausrufezeichen zu suchen.

Der festliche Text war mit zwei Fotos illustriert. Eins zeigte eine Reihe von weißen, fedrigen Regenschirmen – die schneeverhüllten Palmen der Promenade des Anglais in Nizza. Das andere zeigte eine vermummte Gestalt in Marseille, die ein tragbares Heizgerät am langen Seil hinter sich herzog – wie ein Mann mit einem knochigen, widerspenstigen Hund. Vom verschneiten Land gab es keine Fotos; das Land war abgeschnitten; der nächste Schneepflug befand sich nördlich von Lyon, dreihundert Kilometer entfernt; und ein provenzalischer Motorradfahrer, der auf der sicheren Bodenhaftung hartgebrannten Asphalts fahren gelernt hatte, mied, selbst wenn er ein noch so furchtloser Journalist war, die Schrecken des Tanzes auf dem Eis, indem er zu Hause blieb oder sich in einer Bar einigelte. Lange konnte es ja nicht dauern. Es handelte sich um einen Irrtum, einen kurzlebigen klimatischen Schluckauf, einen Vorwand für einen zweiten *café crème* und eventuell etwas Stärkeres, um das Herz anzukurbeln, bevor man sich ins Freie hinauswagte.

Während der kalten Januartage hatte unser Tal still dagelegen; jetzt war es vom Schnee mit einer weiteren Schicht des Schweigens überzogen, so, als wäre die ganze Gegend schalldicht verschlossen. Wir hatten den Lubéron ganz für uns. Unheimlich und schön war dieser Zuckerguß, Kilometer um Kilometer, nur gelegentlich von Eichhörnchen- und Kaninchenfährten markiert, die in zielbewußten Linien über den Weg führten. Bis auf die unsrigen gab es keine menschlichen Fußspuren. Die Jäger – bei wärmerem Wetter so auffallend mit ihren Waffen und ihrem Arsenal von Salamis, französischem Weißbrot, Bier, Gauloises und allem, was notwendig war, um der freien Natur einen Tag lang zu trotzen – waren in ihren Löchern geblieben. Die Geräusche, die wir für Gewehrschüsse hielten, kamen von Ästen, die unter der Last großer Schneemassen knackten. Ansonsten war es so still, daß, wie Massot später bemerkte, man eine Maus hätte furzen hören können.
Die Einfahrt bei uns daheim war zur Miniaturgebirgswelt geworden. Der Wind hatte den Schnee zu einer Kette kniehoher Hügel aufgeweht. Man konnte nur zu Fuß durch. Zum Kauf eines Brotes war eine Expedition erforderlich, die zwei Stunden beanspruchte. Auf dem Weg nach Ménerbes und zurück war nirgends ein fahrendes Fahrzeug zu sehen. Wie geduldige Schafe standen die weißen Hügel parkender Autos neben der Hangstraße, die zum Dorf hinaufführt. Das weihnachtliche Bilderbuchwetter hatte die Einwohner angesteckt. Sie amüsierten sich köstlich über die eigenen Anstrengungen, mit den steilen, tückischen Straßen zu Rande zu kommen, indem sie entweder von der Taille aufwärts riskant vorwärts torkelten oder, noch prekärer, rückwärts, wobei sie Fuß um Fuß so planmäßig unsicher setzten wie betrunkene Roll-

schuhläufer. Die Zufahrtswege zu lebenswichtigen Dienstleistungszentren – Fleischer, Bäcker, *épicerie* und Café – waren von der städtischen Straßenreinigung – bestehend aus zwei Männern mit Besen – geräumt worden, und die Dorfbewohner standen in kleinen Gruppen in der Sonne und gratulierten einander zur Seelenstärke angesichts dieses Unheils. Aus der Richtung des Rathauses tauchte ein Mann auf Skiern auf und stieß mit wunderbarer Unumgänglichkeit mit dem einzigen anderen Eigentümer eines Hilfsverkehrsmittels zusammen, einem Mann auf einem uralten Schlitten. Es war ein Jammer, daß der Journalist von *Le Provençal* nicht anwesend war und das sah: *Schnee fordert Opfer in Frontalzusammenstoß* hätte er melden und dazu noch alles vom verqualmten Komfort des Cafés aus beobachten können.

Die Hunde paßten sich dem Schnee an wie junge Bären, tauchten in die Verwehungen ein, um mit weißen Barthaaren wieder herauszukommen, und huckelten in riesigen, schaumigen Sprüngen über die Felder. Und eislaufen lernten sie auch. Das Schwimmbecken, das ich vor wenigen Tagen für ein baldiges Frühlingsschwimmen hatte säubern wollen, war ein blaugrüner Eisblock, der sie zu faszinieren schien. Und so gingen sie aufs Eis: die beiden Vorderpfoten zuerst, dann, versuchsweise, eine dritte Pfote, und schließlich kam mit dem letzten Bein der Rest des Hundes hinterher. Es gab einen oder zwei Momente der Meditation über die Kuriosität eines Lebens, in dem man etwas an einem Tag trinken und am nächsten fest unter den Füßen haben kann, bevor der Schwanz vor Aufregung zu schwirren begann und irgendein Fortschritt zustande kam. Ich hatte stets angenommen, daß Hunde nach dem Prinzip des Vierradantriebs gebaut seien und jedem Bein eine gleiche Fortbewegungskraft innewohne;

die Kraft scheint jedoch auf die Hinterbeine konzentriert zu sein. So mag die Vorderhälfte eines Hundes auf Eis die Absicht verfolgen, in einer geraden Linie vorwärtszukommen, aber die hintere Hälfte ist total außer Kontrolle geraten und schlägt wie ein Fischschwanz wild um sich und droht manchmal sogar zu überholen.

Das neue Erlebnis, in eine malerische weiße Seelandschaft verschlagen zu sein, war tagsüber ein großes Vergnügen. Wir unternahmen kilometerlange Wanderungen. Wir hackten Holz. Wir aßen mittags enorme Mengen. Wir hielten uns warm. Aber bei Nacht – trotz des Kaminfeuers und der Pullover und weiterem Essen – kroch aus den Steinfußböden und Steinmauern die Kälte hoch, machte die Zehen taub und verkrampfte die Muskeln. Wir waren abends oft um neun Uhr im Bett, und morgens über dem Frühstückstisch wurde unser Atem häufig in Wölkchen sichtbar. Falls die Menicucci-Theorie stimmte und wir tatsächlich auf einer flacheren Erde lebten, würden in Zukunft alle Winter so ausfallen. Es war an der Zeit aufzuhören, so zu tun, als ob wir in einem subtropischen Klima lebten, und der Versuchung nachzugeben, eine Zentralheizung einzubauen.

Ich rief bei Monsieur Menicucci an. Er erkundigte sich besorgt nach meinen Wasserrohren. Ich teilte ihm mit, sie hielten tapfer durch. »Das freut mich«, sagte er, »weil wir minus fünf Grad haben. Die Straßen sind gefährlich, und ich bin achtundfünfzig Jahre alt. Ich bleibe zu Hause.« Er machte eine Pause und fügte hinzu: »Ich werde Klarinette spielen.« Er spielte tagtäglich, um seine Finger gelenkig zu halten und sich geistig vom Tohuwabohu der Klempnerei zu entspannen, und ich hatte Mühe, das Gespräch wieder von seinen Barockkomponisten zurück zum erdnahen Thema unseres kalten Hauses zu steuern. Wir kamen schließlich überein, daß ich ihn aufsuchen sollte, sobald die Straßen frei wären. Er hätte sämtliche Arten von Heizinstallationen zu Hause, erklärte er – Gas, Öl, Elektrizität und, seine jüngste Errungenschaft, eine rotierende Solarscheibe. Er würde mir das alles vorführen, und ich könnte auch Madame, seine Frau, kennenlernen, eine vollendete Sopranistin. Mir stand also ein Musikerlebnis unter Heizkörpern und Sperrhähnen bevor.

Die Aussicht auf Wärme ließ uns an Sommer denken, und wir begannen Pläne zu schmieden – der ummauerte Hof hinter dem Haus sollte zu einem Freiluft-Wohnzimmer werden. Ein Grill und eine Bar waren schon da; was fehlte, war ein großer, solider Tisch, der dort das ganze Jahr über stehen bleiben könnte. Wir standen fünfzehn Zentimeter tief im Schnee und stellten uns ein Mittagessen im August vor und markierten mit Steinplatten – eineinhalb Meter im Quadrat – eine Fläche, die groß genug wäre, um acht gebräunten und barfüßigen Menschen und mittendrauf vielen Riesenschüsseln mit Salaten, Pasteten und Käse, kalten gebratenen Paprikaschoten, Olivenbrot und eisgekühlten Weinflaschen Platz zu bieten. Der Mistral blies über den Hof und tilgte die Formen im Schnee, aber da hatten wir uns bereits entschieden: Es sollte ein quadratischer Tisch mit einer Steinplatte aus einem Stück werden.

Wie die meisten Menschen, die in den Lubéron kommen, waren wir von der Vielfalt und der mannigfachen Verwendbarkeit des örtlichen Steins beeindruckt. Es kann *pierre froide* aus dem Steinbruch bei Tavel sein, seine Farbe ist ein glattes, feinkörniges helles Beige; es kann *pierre chaude* aus Lacoste sein, in einem grobkörnigeren, weicheren Weißton; oder einer von insgesamt zwanzig verschiedenen Tönen und

Texturen dazwischen. Es gibt je einen Stein für Kamine, für Schwimmbecken, für Treppen, für Mauern und Fußböden, für Gartenbänke und Küchenspülen. Er kann rauh oder poliert, kantig oder gerundet, viereckig oder in wollüstigen Kurven geschnitten sein. Er wird überall dort verwendet, wo ein Architekt in England oder in Amerika Holz oder Eisen oder Plastik nehmen würde. Er hat, wie wir zu entdecken begannen, nur einen einzigen Nachteil – im Winter ist er kalt. Was uns echt überraschte, war der Preis. Meter für Meter war Stein billiger als Linoleum, und wir waren von dieser einigermaßen irreführenden Entdeckung – die Kosten für das Steinauslegen hatten wir bequemerweise übersehen – dermaßen entzückt, daß wir beschlossen, den Naturelementen zu trotzen und den Steinbruch aufzusuchen, ohne auf den Frühling zu warten. Freunde hatten uns in Lacoste einen Mann namens Pierrot empfohlen, der gute Arbeit leiste und dessen Preise in Ordnung seien. Er wurde uns geschildert als *un original,* als Charakter, und wir machten einen Termin um 8.30 Uhr morgens aus, wenn der Steinbruch noch ruhig ist.

Wir folgten einem Schild, das uns von der Nebenstraße hinter Lacoste eine Fahrspur längs durch Krüppeleichen in offene Landschaft führte. Sie wirkte überhaupt nicht wie ein Industriegebiet, und wir wollten schon wieder umkehren, als wir fast hineingefallen wären – in ein Riesenloch, das aus dem Erdboden gebissen und mit Steinblöcken übersät war. Einige waren unbehauen, einige zu Grabmälern verarbeitet, zu Gedenksteinen, riesigen Gartenurnen, geflügelten Engeln mit furchterregenden blinden Augen, kleinen Triumphbögen oder stämmigen Rundsäulen. In einer Ecke verborgen stand eine Hütte mit Fenstern, die mit den Jahren vom Steinbruchstaub fast unsichtbar geworden war.

Wir klopften an und traten ein. Pierrot war da. Er hatte zerzauste Haare, einen wilden schwarzen Bart und mächtige Augenbrauen. Ein richtiger Pirat. Er hieß uns willkommen und klopfte die oberste Staubschicht von zwei Stühlen – mit einem zerbeulten Schlapphut, den er dann sorgfältig über das Telefon auf dem Tisch stülpte.

»Engländer, he?«

Wir nickten, und er beugte sich mit einem vertrauensvollen Ausdruck vor.

»Ich habe ein englisches Auto. Einen Oldtimer. Ein Aston Martin. *Magnifique.*«

Er küßte sich die Fingerspitzen, wobei er seinen Bart weiß puderte, und kramte unter den Papieren auf seinem Tisch, wobei überall eine Staubwolke aufstieg. Irgendwo mußte ein Foto liegen.

Das Telefon begann zu läuten. Pierrot befreite es von seinem Hut und lauschte mit wachsend ernster Miene, bevor er auflegte.

»Noch ein Grabstein«, sagte er. »Es ist das Wetter. Die Alten vertragen die Kälte nicht.« Er suchte seinen Hut, fand ihn auf seinem Kopf und deckte das Telefon wieder ab, um die schlechten Nachrichten zu verstecken.

Er kehrte zu dem laufenden Geschäft zurück. »Ich habe gehört, Sie brauchen einen Tisch.«

Ich hatte eine detaillierte Zeichnung von unserem Tisch angefertigt und alle Maße sorgsam in Metern und Zentimetern eingetragen. Es war – für jemanden mit der künstlerischen Fähigkeit eines Fünfjährigen – ein Meisterwerk. Pierrot warf einen kurzen Blick drauf, schielte nach den Zahlen, schüttelte den Kopf.

»*Non*. Für ein Stück Stein von der Größe muß es doppelt so

dick sein. Außerdem würde Ihr Tragwerk zusammenbrechen – *Pouf!* –, schon nach fünf Minuten, denn die Platte wird wiegen ...« Er kritzelte ein paar Berechnungen auf meine Zeichnung ... »zwischen dreihundert und vierhundert Kilo.« Er drehte das Papier und strichelte auf die Rückseite. »Da. So etwas brauchen Sie.« Er schob uns die Skizze herüber. Sie war viel besser als meine und zeigte einen eleganten Monolithen: einfach, quadratisch, wohlproportioniert. »Tausend Francs einschließlich Anlieferung.«

Wir besiegelten es per Handschlag, und ich versprach, im Laufe der Woche einen Scheck vorbeizubringen. Als ich wiederkam, am Ende eines Arbeitstages, fand ich Pierrot farblich völlig verändert. Er war vom Schlapphut bis zu den Stiefeln weiß in weiß, total verstaubt, als ob er sich beim Konditor in Puderzucker gewälzt hätte – der einzige Mann, dem ich je begegnet bin, der im Verlauf eines Arbeitstages um fünfundzwanzig Jahre gealtert war. Laut unseren Freunden, deren Mitteilungen ich aber nicht hundertprozentig traute, reinigte ihn seine Frau abends nach der Heimkehr mit dem Staubsauger, und in seinem Haus war das ganze Mobiliar von den Sesseln bis zum Bidet angeblich aus Naturstein. Jetzt fiel es uns nicht mehr schwer, das zu glauben. Der tiefe Winter in der Provence erzeugt eine seltsam unwirkliche Atmosphäre; die Kombination aus Schweigen und Leere läßt das Gefühl aufkommen, man sei von der übrigen Welt abgeschieden, dem normalen Leben entrückt. Wir konnten uns vorstellen, im Wald Trollen zu begegnen oder im Licht des Vollmonds Ziegen mit zwei Köpfen zu sehen, und für uns bildete das alles einen merkwürdig erfreulichen Kontrast zu der Provence, wie wir sie aus den Sommerferien kannten. Für andere bedeutete der Winter Langeweile und Depression oder Schlimmeres. Die Selbstmordrate im Vaucluse, so wurde uns versichert, sei die höchste in Frankreich, und das war plötzlich nicht wieder nur eine statistische Ziffer für uns, als wir erfuhren, daß jemand, der zwei Kilometer entfernt wohnte, sich nachts erhängt hatte.

Ein Todesfall im Ort bringt traurige kleine Ankündigungen mit sich, die in den Fenstern von Läden und Häusern ausgehängt sind. Da läuten die Kirchenglocken, und eine Prozession von Menschen in ungewohnt förmlicher Kleidung zieht ihren langen Weg hinauf zum Friedhof, der oft an den beachtenswertesten Ecken der Dörfer liegt. Ein alter Mann hat uns das einmal so erklärt: »Die Toten kriegen die beste Aussicht«, sagte er, »weil sie so lange dort sind.« Er gackerte über den eigenen Witz so laut, daß er einen Hustenanfall und ich Angst bekam, seine Zeit könnte gekommen sein, den Toten Gesellschaft zu leisten. Als ich ihm von Friedhöfen in Kalifornien erzählte, wo man für ein Grab mit schöner Aussicht mehr bezahlt als für bescheidenere Ruhestätten, war er nicht im mindesten überrascht. »Tot oder lebendig«, sagte er, »Narren wird's immer geben.«

Tage verstrichen. Vom Tauen keine Spur. Aber die Straßen zeigten inzwischen schwarze Streifen, wo Bauern und ihre Traktoren den schlimmsten Schnee beiseitegeschafft und durch die Verwehungen zu beiden Seiten eine einspurige Bahn freigelegt hatten. Da zeigte der französische Autofahrer sich von einer Seite, die ich nie zu sehen erwartet hatte; er zeigte Geduld oder zumindest eine Art Sturheit wie ein Maulesel, die von seiner üblichen Grand-Prix-Mentalität hinterm Steuer weit entfernt war. Ich beobachtete es auf den Straßen in Dorfnähe. Ein Wagen fuhr vorsichtig die geräumte mittlere Spur entlang und begegnete einem Wagen aus entgegengesetzter Richtung. Sie blieben stehen, Schnauze an Schnauze. Keiner setzte zurück und machte Platz. Keiner fuhr zur Seite und riskierte es, in der Schneewehe steckenzubleiben. Sie starrten sich durch die Windschutzscheiben an. Jeder verharrte in der Hoffnung, daß hinter ihm ein weiteres Auto auftauchen würde, wodurch ein klarer Fall von *Force Majeure* einträte, der das vereinzelte Fahrzeug zum Nachgeben verpflichten würde, damit die Mehrheit ihren Weg fortsetzen könnte.

Und so fuhr ich mit leichtem Fuß auf dem Gaspedal zu Monsieur Menicucci und seinem Schatz von Heizgeräten. Er kam mir im Eingang seines Lagerraums entgegen, die Wollmütze bis über beide Ohren, ein Halstuch bis ans Kinn gezogen, in Handschuhen und Stiefeln – das Bild eines Mannes, der die Aufgabe, sich warmzuhalten, als wissenschaftliche Studie in Selbstisolierung betrieb. Wir tauschten Höflichkeiten über meine Wasserrohre und seine Klarinette, und er geleitete mich nach innen, um die peinlich genau vorbereitete Auswahl an Rohren und Ventilen und in den Ecken mysteriöse kompakte Maschinen zu besichtigen. Menicucci war ein wandelnder Katalog, der Heizkoeffizienten und Thermen ausspuckte, die mich völlig überforderten, so daß mir nichts übrigblieb, als zu jeder neuen Offenbarung dumpf zu nicken.

Endlich fand die Litanei ein Ende. *»Et puis voilà«*, sagte Menicucci und sah mich erwartungsvoll an, als ob ich nunmehr das Universum der Zentralheizungen im Griff hätte und eine intelligente und informierte Auswahl zu treffen vermöchte. Mir fiel nichts ein, was ich hätte sagen können – außer der Frage, wie er denn sein eigenes Haus heize.

»Ah«, sagte er und klopfte sich mit spöttischer Bewunderung

an die Stirn, »das ist gar keine dumme Frage. Welches Fleisch ißt der Fleischer persönlich?« Und mit dieser Frage, die er unbeantwortet in der Luft hängen ließ, begaben wir uns nach nebenan. Sein Haus war unbestreitbar warm, beinahe schwül, und Monsieur Menicucci zog eine große Schau ab, als er zwei oder drei äußere Schichten Kleidung ablegte, sich dramatisch die Brauen wischte und die Mütze adjustierte, so daß seine Ohren mit der Luft in Berührung kamen.

Wir schritten zu einem Heizkörper und klopften ihm auf den Kopf. »Fühlen Sie mal«, sagte er, »Gußeisen, nicht wie diese *merde,* die man heutzutage für Radiatoren verwendet. Und der Boiler – sehen Sie sich den Boiler an. Aber *Attention* –« er hielt abrupt inne und drohte belehrend mit dem Finger – »das ist keine französische Arbeit. Nur die Deutschen und die Belgier wissen, wie man Boiler herstellt.« Wir traten in den Boiler-Raum, und ich bewunderte pflichtschuldigst die ältliche Maschine mit ihren eingelassenen Zifferblättern, die gegen die Wand ankeuchte und schnaufte. »Die liefert 21 Grad für das ganze Haus, sogar bei einer Außentemperatur von minus sechs«, und er riß die Ausgangstür auf, um auf Befehl Frischluft bei minus sechs hereinzulassen. Er hatte die Gabe aller guten Lehrer und verstand jede Bemerkung mit einer praktischen Demonstration zu veranschaulichen, als ob er mit einem besonders dümmlichen Kind spräche. (Was in meinem Fall, Klempnerei und Heizung betreffend, durchaus der Fall war.)

Nachdem ich mit dem Boiler Bekanntschaft gemacht hatte, kehrten wir zurück ins Haus, wo ich Madame kennenlernte, ein winziges weibliches Wesen mit einer sonoren Stimme. Ob ich *tisane* möchte, Mandelbiskuits, ein Gläschen Marsala? Eigentlich wollte ich nur Monsieur Menicucci mit der Wollmütze Klarinette spielen sehen, aber das mußte warten. In der Zwischenzeit hatte ich genug zum Nachdenken. Auf dem Weg zu meinem Wagen schaute ich hoch zum rotierenden Solarheizapparat auf dem Dach und bemerkte, daß er ganz zugefroren war. Ich spürte plötzlich ein Verlangen nach einem Haus voller gußeiserner Radiatoren.

Ich kam zu Hause an und entdeckte, daß hinter der Garage ein Miniaturmodell von Stonehenge aufgebaut worden war. Der Tisch war eingetroffen – einsfünfzig lang mal breit, gut zwölf Zentimeter dick, mit einem massiven Sockel in Form eines Kreuzes. Es lagen nur fünfzehn Meter zwischen dem Platz, wo er abgeliefert worden war, und dort, wo er stehen sollte – es hätten genausogut fünfzig Kilometer sein können. Der Eingang zum Hof war zu schmal für irgendeinen mechanischen Transport, und die hohe Mauer und der Ziegeldachvorsprung bildeten eine überdachte Ecke, die den Gebrauch eines Krans ausschlossen. Pierrot hatte uns gesagt, der Tisch würde zwischen sechs- und achthundert Pfund wiegen. Er wirkte viel schwerer.

Pierrot rief abends an.

»Sind Sie mit dem Tisch zufrieden?«

Doch, der Tisch sei wunderbar, ich hätte nur ein Problem.

»Haben Sie ihn schon aufgestellt?«

Nein, das sei ja das Problem. Ob er da einen nützlichen Vorschlag machen könnte?

»Ein paar Arme«, sagte er. »Denken Sie doch an die Pyramiden.«

Natürlich. Wir brauchten nur fünfzehntausend ägyptische Sklaven, und die Sache wäre im Nu erledigt.

»Also, bevor Sie verzweifeln – ich kenne die Rugbymannschaft in Carcassonne.«

Und dann lachte er und legte auf.

Wir gingen einen neuen Blick auf das Monstrum werfen, um herauszufinden, wie viele Menschen wohl erforderlich wären, um es mit Muskelkraft in den Hof zu hieven. Sechs? Acht? Er würde seitlich ausbalanciert werden müssen, damit wir ihn durch das Tor kriegten. Wir hatten Visionen von zerdrückten Zehen und Leistenbrüchen und begriffen recht spät, warum der Vorbesitzer des Hauses an dem Ort, den wir für unser Monument gedacht hatten, einen leichten Klapptisch aufgestellt hatte. Wir wählten den einzigen vernünftigen Weg, der uns übrigblieb – vor dem Kamin suchten wir Inspiration bei einem Glas Wein. Daß jemand den Tisch bei Nacht stehlen würde, war nicht sehr wahrscheinlich.

Wie sich zeigen sollte, war ein Quell möglicher Hilfe ganz nah. Wir hatten vor Wochen schon beschlossen, die Küche renovieren zu lassen, und viele erhellende Stunden mit unserem Architekten verbracht, der uns mit der Terminologie des französischen Bauwesens vertraut machte – er erzählte uns von *coffres* und *rehausses* und *faux-plafonds* und *videordures* bis hin zu *platrage* und *dallage* und *poutrelles* und *coins perdus*. Unsere anfängliche Begeisterung war ins Gegenteil umgeschlagen, als die Pläne immer mehr Eselsohren bekamen, und aus dem einen oder anderen Grund war die Küche unangetastet geblieben. Die Arbeit war verschoben worden wegen des Wetters, weil der Stukkateur zum Skifahren verreist war, der Maurerpolier sich beim Fußballspielen auf dem Motorrad den Arm gebrochen hatte und zu guter Letzt die örtlichen Lieferanten von Winterstarre erfaßt worden waren. Unser Architekt, ein Emigrant aus Paris, hatte uns gewarnt – in der Provence zu bauen sei vergleichbar mit dem Krieg in Schützengräben: Lange Perioden von Langeweile würden unterbrochen von Eruptionen gewaltsamer, lärmender Aktivitäten. Doch wir hatten die erste Phase inzwischen lange genug miterlebt, um der zweiten erwartungsvoll entgegenzuharren.

Eines Morgens – noch war die Dämmerung nicht dem Tageslicht gewichen – trafen mit einem ohrenbetäubenden Krach die Schocktruppen schließlich ein. Wir traten mit verschlafenen Augen ins Freie, um nachzusehen, was da wohl vom Dach herabgestürzt sein mochte, und konnten eben die Umrisse eines Lastwagens ausmachen, der mit Gerüsten gespickt war. Vom Fahrersitz kam ein fröhliches Bellen.

»Monsieur Mayle?«

Ich ließ ihn wissen, daß er das richtige Haus gefunden hatte.

»Ah bon. On va attaquer la cuisine. Allez!«

Die Tür öffnete sich. Ein Cockerspaniel sprang heraus. Ihm folgten drei Männer. Ein unerwarteter Hauch von After-Shave zog vorbei, als der Hauptpolier mir die Hand quetschte und sich und seine Mannschaft vorstellte: Didier; sein Leutnant, Eric; und der Gefreite, ein schwergebauter junger Mann namens Claude. Die Hündin Pénélopé erklärte das Baugrundstück für eröffnet, indem sie vor dem Haus reichlichst Wasser ließ. Die Schlacht begann.

So hatten wir Bauarbeiter noch nie bei der Arbeit erlebt. Alles geschah in Windeseile. Bevor die Sonne voll und rund am Himmel stand, waren das Gerüst und eine Bretterrampe aufgezogen. Minuten später waren das Küchenfenster und die Spüle verschwunden, und gegen zehn standen wir auf einer Feinschicht von Schutt. Da erläuterte Didier seinen Demontageplan. Didier war flink und zäh, mit einem Bürstenhaarschnitt wie beim Militär. Ich konnte ihn mir als Drillfeldwebel bei der Fremdenlegion vorstellen, wie er jungen Taugenichtsen den Marsch blies, bis sie um Gnade winselten. Er redete wie ein Maschinengewehr, benutzte unablässig lautmalerische Wörter wie *tok* und *crak* und *boum,* wie Franzosen sie bei der Schilderung von Zusammenstößen und -brüchen jedweder Art gern verwenden –, und von beiden sollte es mehr als genug geben. Die Decke kam herunter. Der Fußboden wurde aufgebrochen. Alle vorhandenen Armaturen wurden herausgerissen. Es ging ums Ausweiden: Die ganze Küche mußte evakuiert werden – *chut!* –, und zwar durch jenes Loch, das einmal ein Fenster gewesen war. Aus Polythenplanen wurde eine Wand festgenagelt, um die Ecke vom übrigen Haus abzuschirmen, und die Hauskantine wurde in den Hof transferiert.

Es war alarmierend zu beobachten und zu hören, mit welch fröhlicher Wildheit die drei Maurer alles in Reichweite ihrer Schlaghämmer zermalmten. Sie schlugen und pfiffen und sangen und fluchten zu herabstürzendem Mauerwerk und durchhängenden Balken, bis sie, wie mir schien, mit einigem Zögern, mittags eine Pause einlegten. Das Essen wurde mit der gleichen Energie weggeputzt wie die Trennmauer – und es handelte sich da nicht um bescheidene Butterbrotpakete, sondern um große Plastikbehälter mit Hähnchen und Wurst und *choucroute* und Salaten und ganzen Brotlaiben mit dem dazu nötigen Besteck. Alkohol trank zu unserer Erleichterung keiner. Die Vorstellung von einem angesäuselten Maurer mit einem Vierzigpfünder als Hammer war erschreckend. Die Männer waren nüchtern schon gefährlich genug.

Nach dem Mittagessen ging das Pandämonium von neuem los und ununterbrochen weiter fast bis sechs Uhr abends. Ich fragte Didier, ob er regelmäßig zehn bis elf Stunden am Tag arbeite. Nur im Winter, sagte er. Im Sommer waren es zwölf bis dreizehn Stunden an sechs Tagen in der Woche. Belustigt hörte er von der englischen Gewohnheit des späten Arbeitsbeginns und frühen -endes mit vielen Pausen. »*Une petite journée*« nannte er das und wollte wissen, ob ich englische Maurer kenne, die mit ihm zusammenarbeiten würden – nur um der Erfahrung willen. Ich konnte mir keinen Andrang von Freiwilligen vorstellen.

Als die Maurer gegen Abend gegangen waren, zogen wir uns entsprechend für ein Picknick in der Arktik an und begannen, uns in der Übergangsküche die erste Mahlzeit zuzubereiten. Es gab eine Feuerstelle zum Grillen und einen Kühlschrank. Eine Spüle und zwei Gasringe waren hinten in der Bar eingebaut. Sie hatte alle elementaren Erfordernisse – bis auf Wände, und bei einer Temperatur unter Null wären Mauern willkommen gewesen. Doch das Feuer aus Rebenhölzern brannte hell. Ein Duft von Lammkoteletts und Rosmarin lag in der Luft. Der Rotwein war ein nobler Ersatz für Zentralheizung. Wir kamen uns tapfer und abenteuerlustig vor, und die Illusion hielt während des Essens an – bis es Zeit wurde, ins Haus zu gehen und das Geschirr zu spülen.

Die ersten echten Anzeichen des Frühlings kamen nicht von frühen Knospen oder dem spielerischen Verhalten von Massots Ratten, sondern aus England. Die Londoner hatten den Trübsinn des Januars überstanden und schmiedeten Urlaubspläne, und es war überraschend, wie viele solcher Pläne die Provence betrafen. Es wurde immer normaler, daß das Telefon läutete, wenn wir uns eben zum Abendessen hinsetzen wollten – die Anrufer sahen beflissen über den einstündigen Zeitunterschied zwischen Frankreich und England hinweg –, und die kühle, halbwegs erinnerte Stimme eines entfernten

Bekannten pflegte sich zu erkundigen, ob wir schon am Swimmingpool lagen. Wir gaben darauf nie konkret Antwort. Es schien unfreundlich, sie der Illusion zu berauben durch die Mitteilung, daß wir uns in einer Dauerfrostzone befänden und der Mistral durch das Loch in der Küche kreischte und die Kunststoffplane wegzureißen drohte, die unseren einzigen Schutz gegen die Elemente darstellte.

Die Anrufe schlugen einen Kurs ein, der für uns bald vorhersehbar wurde. Wir wurden zunächst gefragt, ob wir zu Ostern oder im Mai, oder wann immer es dem jeweiligen Anrufer paßte, in der Gegend wären. War das einmal geklärt, so folgte der Satz, den wir bald fürchten sollten – »Wir dachten, daß wir um die Zeit mal herunterkämen ...« Meist blieb er erwartungsvoll und unvollendet in der Luft hängen und wartete umsonst auf irgendeine gastfreundliche Reaktion.

Es war schwer, sich auf Grund solch plötzlichen Interesses nach einem Wiedersehen geschmeichelt zu fühlen. Während all der Jahre, die wir in England verbracht hatten, hatten wir davon nichts gespürt. Und es war nun schwer damit umzugehen. So etwas Dickhäutiges wie einen Menschen auf der Suche nach Sonne und freier Logis gibt es sonst nicht auf der Welt; bei ihm nutzen die flüchtigen Ausflüchte nichts. Sie sind in *der* Woche ausgebucht? Keine Sorge – wir kommen die Woche danach. Sie haben das Haus voller Handwerker? Das macht uns gar nichts, wir werden uns sowieso am Schwimmbecken aufhalten. Sie haben Barracudas im Schwimmbecken ausgesetzt und in der Einfahrt eine Panzersperre errichtet? Sie sind Vegetarier geworden? Sie haben den Verdacht, daß Ihre Hunde Tollwut haben? Was wir auch anführten, es spielte keine Rolle. Man weigerte sich einfach,

es ernst zu nehmen. Man war wild entschlossen zu überwinden, was immer wir an schwachen Hinderungsgründen erfinden mochten.
Wir sprachen mit anderen Leuten, die in die Provence gezogen waren, über derartige angedrohte Invasionen. Alle hatten es durchgemacht. Der erste Sommer, so erklärten sie, sei unweigerlich die Hölle. Danach hätte man gelernt, nein zu sagen. Wer es nicht lernt, findet sich zwischen Ostern und September als Eigentümer eines kleinen und höchst unprofitablen Hotels wieder.
Ein kluger, aber deprimierender Rat. Wir warteten ganz nervös auf den nächsten Anruf.

Unser Leben hatte sich verändert. Die Maurer hatten es verändert. Solange wir vor 6.30 Uhr aufstanden, konnten wir in Ruhe frühstücken. Später machten die Geräusche aus der Küche jede Unterhaltung unmöglich. Eines Morgens, als die Bohrer und Hämmer aus voller Lunge sangen, sah ich, wie die Lippen meiner Frau sich bewegten, doch ihre Worte erreichten mich nicht. Schließlich schob sie mir eine Notiz zu: Trink deinen Kaffee, bevor er dreckig wird.
Aber es ging voran. Nachdem die Maurer die Küche zu einer leeren Hülse reduziert hatten, begannen die Maurer sie genauso geräuschvoll wieder neu aufzubauen. Sie hievten ihre Materialien die Bretterrampe hoch und durch eine fenstergroße Öffnung drei Meter über dem Erdboden. Sie zeigten eine außergewöhnliche Ausdauer, und Didier – halb Mensch, halb Gabelstapler – schaffte es irgendwie, gleichzeitig die Rampe hinaufzusprinten, einen Schubkarren mit nassem Beton zu schieben, in einer Seite des Mundes eine Zigarette zu halten und mit der anderen zu pfeifen. Ich werde nie

begreifen, wie diese Männer auf so engem Raum bei der Kälte unter solch schwierigen Umständen zusammenarbeiten und stets ihre ausgesprochen gute Laune behalten konnten.
Allmählich nahm die Küche Form an, und die nächste Schwadron traf ein, um zu inspizieren und die verschiedenen Arbeitsgänge zu koordinieren. Da war Ramon, der Gipser, mit seinem Radio und seinen Basketball-Stiefeln; Mastorino, der Anstreicher; Trufelli, der Fliesenleger; Zanchi, der Schreiner; und Monsieur Menicucci, der *chef-plombier* höchstpersönlich, mit *Jeune* an der unsichtbaren Leine zwei Schritte hinter ihm. Sie waren im ganzen sechs oder sieben und sprachen alle gleichzeitig inmitten der Trümmer, diskutierten Termine und Verfügbarkeit, während Christian, der Architekt, als Schiedsrichter fungierte.
Dabei kam uns folgendes in den Sinn: Falls all diese Energie vielleicht nur eine Stunde kanalisiert werden könnte, würden wir über genügend Körper und Bizepse verfügen, um den Steintisch in den Hof zu bugsieren. Als ich den Vorschlag machte, zeigte sich sofortig Kooperationswille. Warum nicht gleich? hieß es. Ja, warum nicht? Wir kletterten durchs Küchenfenster und versammelten uns um den Tisch, der von einer weißen, faltigen Frosthaut überzogen war. Zwölf Hände faßten die Platte; zwölf Arme spannten sich, sie zu heben. Sie rührte sich keinen Millimeter. Zähne wurden nachdenklich gelutscht. Alle wanderten um den Tisch, ihn genauer zu betrachten, bis Monsieur Menicucci den Finger auf das Problem legte. Der Stein ist porös, sagte er, er ist voll mit Wasser, wie ein Schwamm. Das Wasser ist gefroren, der Stein ist gefroren, der Boden ist gefroren. Er kann gar nicht bewegt werden. Man muß warten, bis es taut. Es gab mürrisches Gerede von Lötlampen und Brecheisen, doch Menicucci

machte dem allen ein Ende und fegte es als »*patati-patata*« vom Tisch – was ich als »Unsinn« deutete. Die Gruppe löste sich auf.

Bei dem Lärm und dem Staub, der das Haus sechs Tage die Woche füllte, war der Sonntag für uns eine Oase, die uns noch willkommener war als sonst. Wir konnten dem Luxus frönen, bis 7.30 Uhr im Bett zu bleiben, denn dann agitierten uns die Hunde für ihren Spaziergang, und wir konnten miteinander reden, ohne nach draußen gehen zu müssen, und wir konnten uns mit dem Gedanken trösten, daß das Chaos und die Störungen um eine Woche kürzer geworden waren. Eins war uns wegen der beschränkten Kochmöglichkeiten unmöglich – den Sonntag zu feiern, wie er in Frankreich stets begangen werden sollte: mit einem ausgedehnten und sorgsam überlegten Mittagessen. Und so nahmen wir unsere provisorische Küche als Vorwand und ließen uns kopfüber in die Gewohnheit fallen, sonntags außer Haus essen zu gehen.

Zur Appetitanregung pflegten wir die Orakelbücher zu Rate zu ziehen. Wir verließen uns dabei immer mehr auf den Gault-Millau. Der Michelin ist von unschätzbarem Wert, und niemand sollte in Frankreich ohne ihn reisen, aber er ist reduziert auf das blanke Gerippe von Preisen, Einstufungen und Spezialitäten – der Gault-Millau dagegen liefert dazu auch noch das Fleisch. Gault-Millau informiert über den *Chef* – ob er jung ist; wo er ausgebildet wurde; ob er schon etabliert ist; ob er sich auf seinen Verdiensten ausruht oder sich immer noch anstrengt. Er erwähnt die Frau des *Chefs* – ob sie einen wärmstens willkommen heißt oder *glaciale* ist. Er wird einem einige Hinweise zum Stil des Restaurants geben und ob es eine schöne Aussicht bietet oder über eine

Terrasse verfügt. Er wird die Bedienung kommentieren und die Kundschaft, die Preise und die Atmosphäre – und die Speisen und die Weinkarte häufig mit großer Ausführlichkeit. Er ist nicht unfehlbar, und er ist bestimmt nicht frei von Vorurteilen, aber er ist amüsant und stets interessant und, weil er in Umgangsfranzösisch geschrieben ist, eine gute Hausaufgabe für sprachliche Novizen, wie wir es waren.

Die Ausgabe für 1987 führt in einem brauchbar gebundenen und ausgestatteten Band 5000 Restaurants und Hotels auf, und beim Durchgehen stießen wir auf einen Eintrag aus unserer Umgebung, der unwiderstehlich war. Es war ein Restaurant in Lambesc, etwa dreißig Autominuten entfernt. Der *Chef* war eine Frau, »*L'une des plus fameuses cuisinières de Provence*«, ihr Spielraum eine umgebaute Mühle und ihre Küche »*pleine de force et de soleil*«. Das hätte als Empfehlung schon gereicht, doch was uns am meisten anzog, war das Alter der Köchin. Sie war achtzig.

Es war grau und windig, als wir in Lambesc ankamen. Uns plagten noch immer Gewissensbisse, wenn wir einen schönen Tag drinnen verbrachten. Aber dieser Sonntag war düster und jammervoll, die Straßen waren dreckig vom Altschnee, die Einwohner hasteten von der Bäckerei heim, preßten das Brot gegen die Brust und verkrampften die Schultern gegen die Kälte. Es war genau das richtige Wetter, um essen zu gehen.

Wir kamen zu früh. Der riesige, gewölbte Eßsaal war leer. Er war möbliert mit herrlichen provenzalischen Antiquitäten – schwer, dunkel und hochpoliert. Die Tische waren groß und großzügig über den Raum verteilt, so daß einer fernab stand vom nächsten – ein Luxus, der gewöhnlich vornehmen, förmlichen Restaurants vorbehalten ist. Aus der Küche hörte

man Stimmen und Töpfeklappern. Es roch ganz köstlich, aber wir waren ganz offensichtlich ein paar Minuten vor der Öffnungszeit hereingekommen. Auf Zehenspitzen begannen wir uns auf einen Drink in ein Café davonzustehlen.
»Wer sind Sie?« fragte eine Stimme.
Ein alter Mann war aus der Küche aufgetaucht und musterte uns gegen das Licht, das durch die Tür hereinströmte, so daß er die Augen anstrengen mußte. Wir erklärten ihm, wir hätten zu Mittag reserviert.
»Dann setzen Sie sich. Im Stehen können Sie nicht essen.« Er winkte zu den leeren Tischen hinüber. Wir setzten uns gehorsam und warteten, während er langsam mit zwei Speisekarten näherkam. Er setzte sich zu uns.
»Amerikaner? Deutsche?«
Engländer.
»Gut«, sagte er. »Ich habe im Krieg auf englischer Seite gekämpft.«
Wir spürten, daß wir die erste Prüfung bestanden hatten. Eine weitere richtige Antwort, und er mochte uns gestatten, die Speisekarte auch zu studieren, die er noch für sich behielt.
Ich fragte ihn, was er empfehlen könnte.
»Alles«, sagte er. »Meine Frau kocht alles gut.«
Er teilte die Karten aus und verließ uns, um ein anderes Ehepaar zu begrüßen, und wir schwankten vergnügt zwischen Lamm mit Kräuterfüllung, *daube,* Kalbfleisch mit Trüffeln und einem weniger klaren Gericht namens *Fantaisie du Chef*. Der alte Mann kam zurück, hörte sich die Bestellung an und nickte.
»Es ist immer dasselbe«, meinte er. »Es sind die Männer, die die *Fantaisie* mögen.«

Ich bestellte eine halbe Flasche Weißwein zum ersten Gang und für hinterher Rotwein.
»Nein«, sagte er, »da liegen Sie falsch.« Er sagte uns, was wir trinken sollten. Es war ein roter Côtes du Rhône aus Visan. Guter Wein und gute Frauen kämen aus Visan, behauptete er, stand auf und holte aus einem riesigen dunklen Schrank eine Flasche.
»Da. Er wird Ihnen gefallen.« (Später merkten wir, daß an allen Tischen der gleiche Wein getrunken wurde.)
Er verschwand in die Küche, der älteste Oberkellner der Welt, um unsere Bestellung an den vielleicht ältesten *Chef* Frankreichs weiterzugeben. Wir glaubten, aus der Küche eine dritte Stimme zu hören, aber es gab hier sonst keine Kellner, und wir fragten uns, wie zwei Menschen im Alter von zusammen über 160 Jahren die langen Arbeitsstunden und solch anstrengende Arbeit durchhalten konnten. Und doch gab es keinerlei Verzögerungen, als das Restaurant sich füllte, nicht einen Tisch, der vernachlässigt wurde. Auf seine ruhige, gediegene Art machte der alte Mann seine Runde und ließ sich von Zeit zu Zeit zu einem Plausch mit den Gästen nieder. Wenn eine Bestellung ausgeführt war, pflegte Madame in der Küche ein Glöckchen zu läuten, und ihr Mann pflegte in vorgetäuschter Irritation die Brauen zu heben. Falls er seine Unterhaltung fortsetzte, pflegte das Glöckchen noch einmal zu läuten, diesmal bestimmter, und da ging er auch schon und murmelte:
»J'arrive, J'arrive.«
Das Essen war ganz, wie der Gault-Millau versprochen hatte, und der alte Mann hatte recht gehabt mit dem Wein. Wir tranken ihn wirklich gern. Und als er die winzigen Röllchen Ziegenkäse servierte, die mit Kräutern in Olivenöl mariniert

waren, war unsere Flasche leer. Ich bestellte noch eine Flasche, eine kleine, und er sah mich mißbilligend an.
»Wer fährt?«
»Meine Frau.«
Er ging wieder zu dem dunklen Schrank. »Es gibt keine halben Flaschen«, sagte er. »Sie können bis dahin trinken.« Er zog mit seinem Finger halb unten auf der neuen Flasche eine imaginäre Linie.
Das Küchenglöckchen hatte zu läuten aufgehört, und Madame trat hervor mit einem Lächeln auf dem von der Hitze der Herde rosigen Gesicht, um sich zu erkundigen, ob wir gut gegessen hatten. Sie sah aus wie eine Frau um die sechzig. Die beiden standen nebeneinander. Seine Hand lag auf ihrer Schulter, während sie von den antiken Möbeln erzählte, die ihre Mitgift gewesen waren, und er unterbrach sie. Sie waren glücklich miteinander und liebten ihre Arbeit. Wir verließen das Restaurant in dem Gefühl, daß das hohe Alter vielleicht doch gar nichts so Schlechtes sei.

Ramon der Gipser lag auf einer prekären Plattform auf dem Rücken, eine Armlänge unter der Küchendecke. Ich reichte ihm ein Bier hoch, und er stützte sich zum Trinken seitlich auf einen Ellenbogen. Die Haltung schien zum Trinken wie zum Arbeiten nicht bequem zu sein, aber er meinte, das sei er so gewöhnt.
»Außerdem«, sagte er, »kann man doch nicht auf dem Boden stehen und das Zeug von unten an die Decke werfen. Der Kerl, der die Decke der Sixtinischen Kapelle gemalt hat – Sie wissen schon, dieser Italiener –, muß wochenlang auf dem Rücken gelegen haben.«
Ramon trank sein Bier aus. Es war an dem Tag sein fünftes.

Er reichte mir die leere Flasche herunter, rülpste einmal leicht und wandte sich wieder seiner Arbeit zu. Er hatte einen langsamen, rhythmischen Arbeitsstil, klatschte den Gips mit einer Kelle an die Decke und bearbeitete ihn mit einer Drehung des Handrückens zu einer körnigen glatten Fläche. Wenn er fertig wäre, sähe das Ganze aus, als ob es schon hundert Jahre so gewesen wäre, sagte er. Er hielt nichts von Walzen oder Sprühapparaten oder überhaupt von Geräten – ihm reichte seine Maurerkelle und für Linien und Kurven sein Augenmaß. Er habe, so behauptete er, ein untrügliches Auge. Als er eines Tages gegangen war, überprüfte ich seine Flächen mit einer Wasserwaage. Sie waren allesamt korrekt und genau und trotzdem unverkennbar das Werk von Menschenhand. Der Mann war ein Künstler und sein Bier wirklich wert.
Ein Lüftchen wehte durch das Loch in der Küchenmauer. Es war beinahe mild. Ich hörte etwas tropfen. Als ich nach draußen ging, entdeckte ich, daß ein Jahreszeitenwechsel eingetreten war. Der Steintisch dünstete Wasser aus. Es war Frühling geworden.

März

Der Mandelbaum stand kurz vor der Blüte. Die Tage wurden länger. Oft gingen sie mit großartigen Sonnenuntergängen am bauschig rosigen Himmel zu Ende. Die Jagdsaison war vorüber; die Jagdhunde und die Flinten waren für sechs Monate verschwunden. Die Weinberge waren wieder voller Leben, da die gut organisierten Winzer ihre Reben pflegten und ihre fauleren Nachbarn sich beeilten, das Schneiden zu besorgen, das sie im November versäumt hatten. Die Menschen der Provence grüßten den Frühling mit untypischer Agilität, als ob die Natur jedem Lebenskraft eingeimpft hätte.

Die Märkte änderten sich schlagartig. An den Ständen wurden die Fischereigeräte, die Patronengurte, wasserdichten Stiefel und langen Bürsten mit Stahlborsten für Amateurschornsteinfeger ersetzt durch Auslagen von ungetümartig wirkenden Ackerbaugeräten – Macheten und Instrumente zum Graben, Sensen und Hacken mit scharfen, gebogenen Zacken, Sprühausrüstungen, die Unkraut und Insekten den Tod garantierten, falls sie so tollkühn sein sollten, die Trauben zu gefährden. Blumen und Pflanzen und winziges Gemüse der Saison allerorten. Cafétische und -stühle schossen auf den Gehsteigen aus dem Boden. Da lag ein Sich-Regen und Planen in der Luft, und ein oder zwei Optimisten kauften bereits *espadrilles* von den bunten Ständen draußen vor den Schuhgeschäften.

Im Gegensatz zu diesem geschäftigen Treiben war die Arbeit am Haus zum Stillstand gekommen. Einem uralten Trieb des Frühlings folgend, waren die Handwerker auf Wanderschaft gezogen und hatten uns symbolisch Gipssäcke und Sandhaufen hinterlassen als Zeichen ihrer Absicht wiederzukommen – eines schönen Tages –, um zu beenden, was sie fast schon zu Ende gebracht hatten. Das Phänomen des verschwindenden Bauarbeiters ist weltweit bekannt, doch in der Provence hat es seine eigenen Spezialformen und Frustrationen – wie auch seine ganz klar umrissene Saison.

Dreimal jährlich – zu Ostern, im August und zu Weihnachten – flüchten die Eigentümer von Ferienhäusern aus Paris und Zürich und Düsseldorf und London, um für einige Tage oder Wochen einfachen Landlebens herunterzukommen. Und bevor sie kommen, denken sie jedesmal unweigerlich an irgendwas, das für den Erfolg ihrer Ferien essentiell ist: ein Paar Bidets von Courrèges, Unterwasserbeleuchtung für den Swimmingpool, eine neugeflieste Terrasse, ein neues Dach für die Unterkunft der Bediensteten. Wie könnten sie auch ihr rustikales Zwischenspiel ohne diese notwendigen Dinge genießen? In ihrer Panik rufen sie bei den Baufirmen und Handwerkern der Umgebung an. Erledigen Sie das – ja, es *muß* sein, *unbedingt* –, bevor wir eintreffen. Bei diesen dringenden Instruktionen ist das Einverständnis vorausgesetzt, daß mit großzügiger Bezahlung zu rechnen ist, falls die Arbeit sofort erledigt wird. Zeit ist alles; Geld spielt keine Rolle.

Die Versuchung ist zu groß. Das darf man nicht ignorieren. Jeder erinnert sich an den Regierungsantritt von Mitterrand; die Reichen zeigten finanzielle Lähmungserscheinungen und hockten auf ihrem Bargeld. Damals waren Bauaufträge in der Provence rar, und wer weiß, wann die schlechten Zeiten wiederkehren? Also werden die Aufträge angenommen, und weniger aufdringliche Kunden sehen sich plötzlich mit stillstehenden Betonmixern alleingelassen und vor allem mit unfertigen Räumen. Angesichts dieser Situation gibt es zwei Möglichkeiten, sich zu verhalten. Keine bringt sofortige Resultate, aber die eine reduziert die Frustration, die andere steigert sie noch.

Wir probierten es mit beiden. Zunächst gaben wir uns Mühe, in unserer Einstellung zur Zeit philosophischer zu werden, auf Verzögerungen um Tage und Wochen nach provenzalischer Art zu reagieren – also, uns über die Sonne zu freuen und nicht mehr wie Stadtmenschen zu denken. Ob in diesem Monat oder im nächsten – was soll's? Trinken wir einen *Pastis.* Entspannen! Ein bis zwei Wochen ging das ganz gut. Dann bemerkten wir, daß die Baumaterialien hinter dem Haus vom ersten Unkrautwuchs des Frühlings grünten. Wir beschlossen, unsere Taktik zu ändern und unserem kleinen und fundierten Team von Arbeitern feste Termine abzuringen. Wir fanden die Erfahrung sehr informativ.

Wir lernten, daß Zeit in der Provence ein dehnbarer Begriff ist, auch wenn die Angaben noch so klar und präzise sind. *Un petit quart d'heure* heißt: irgendwann im Laufe des Tages. *Demain* heißt: irgendwann diese Woche. Und *die* elastische Zeiteinheit überhaupt, *une quinzaine,* kann drei Wochen, zwei Monate oder nächstes Jahr bedeuten, aber nie und nimmer zwei Wochen. Wir lernten auch die Sprache der Hände deuten, die zu jeder Termindiskussion dazugehört. Wenn ein Provenzale einem in die Augen schaut und mitteilt, er werde am nächsten Dienstag an Ihre Tür pochen, um ganz bestimmt mit der Arbeit zu beginnen, dann sind seine Gesten entscheidend. Wenn die Hände ruhig sind oder er einem beruhigend auf den Arm klopft, kann man am Dienstag mit ihm rechnen. Wenn eine Hand in Hüfthöhe erhoben bleibt, den Handteller nach unten, und von einer Seite zur anderen schwenkt, kalkulieren Sie eine Verschiebung auf Mittwoch oder Donnerstag ein. Wenn das Schwenken in ein beunruhigtes Wackeln übergeht, spricht er in Wahrheit von nächster Woche oder weiß Gott wann, je nach Umständen, die sich seinem Einfluß entziehen. Diese unausgesprochenen Dementis, die instinktiv zu sein scheinen und daher mehr zu verstehen geben als Worte, werden gelegentlich durch das Zauberwort *normalement* unterstrichen – eine äußerst vielseitige Ausnahmeklausel, die einer Versicherungspolice würdig wäre. *Normalement* – vorausgesetzt, daß es nicht regnet, daß der Lastwagen keinen Defekt hat, daß der Schwager den Werkzeugkasten nicht ausborgt – ist das Äquivalent des provenzalischen Bauunternehmers für das Kleingedruckte eines Kaufvertrages, und wir sollten ihm mit bodenlosem Mißtrauen zu begegnen lernen.

Trotz ihrer fröhlichen Verachtung für Pünktlichkeit und

ihrer absoluten Weigerung, das Telefon zu gebrauchen, um mitzuteilen, daß sie nicht kommen oder wann sie nicht kommen, konnten wir ihnen nie lange böse sein. Sie waren immer entwaffnend gutgelaunt, und wenn sie einmal da waren, arbeiteten sie ausdauernd und hart und leisteten vorzügliche Arbeit. Schlußendlich lohnte es sich, auf sie zu warten. Also kehrten wir nach und nach wieder zur philosophischen Einstellung zurück und gewöhnten uns an den provenzalischen Zeitsinn. Von jetzt an, so sagten wir uns, wollen wir davon ausgehen, daß nichts dann geschieht, wenn wir damit rechnen; wir wollen uns mit der Tatsache begnügen, daß es überhaupt geschieht.

Faustin benahm sich seltsam. Seit zwei oder drei Tagen war er auf seinem Traktor auf und ab gerattert, mit einem Ungetüm im Schlepptau, das nach beiden Seiten Kunstdünger ausspuckte, während er zwischen den Rebstockreihen entlangfuhr. Er hielt immer wieder an, stieg vom Traktor, ging zu einem Feld herüber, das zur Zeit unbestellt und überwuchert lag – davor waren dort Melonen gewachsen. Er untersuchte das Feld vom einen Ende her, kletterte wieder auf seinen Traktor, sprühte noch ein paar Reben und lief zurück, um das andere Ende des Feldes zu untersuchen. Er schritt es ab. Er grübelte. Er kratzte sich am Kopf. Als er mittags heimfuhr, spazierte ich zu dem Feld hinüber, um zu sehen, was ihn dort so fasziniert haben mochte. Aber mir kam es vor wie alle anderen brachliegenden Melonenäcker – ein bißchen Unkraut, ein paar Fetzen von Plastik, das von den Streifen übriggeblieben war, die die Ernte des Vorjahres geschützt hatten: ein nichtssagender halber Morgen. Ich fragte mich, ob Faustin dort wohl einen verborgenen Schatz vermutete, weil wir ganz in der Nähe unseres Hauses schon zwei goldene Napoléons ausgegraben hatten und er daraufhin gemeint hatte, wahrscheinlich wären da noch mehr zu finden. Aber Bauern verstecken ihre Schätze nicht in der Mitte eines bestellten Ackers, wenn es unter Steinplatten oder in einem Brunnen viel sicherer gehortet werden kann. Die Sache war merkwürdig.

An dem Abend kam er uns mit Henriette besuchen. Er wirkte ungewohnt herausgeputzt und geschäftsmännisch in seinen weißen Schuhen und im orangefarbenen Hemd und brachte uns Krüge mit hausgemachter Kaninchenpastete. Nach dem ersten halben Glas *Pastis* lehnte er sich vertraulich vor. Ob uns bekannt sei, daß der aus den Reben unserer Weinberge hergestellte Wein – Côtes du Lubéron – demnächst als *appellation controlée* aufgewertet würde? Er lehnte sich zurück, nickte bedächtig und sagte *»eh oui«*, mehrmals, während wir die Mitteilung auf uns einwirken ließen. Es wäre doch klar, sagte Faustin, daß der Wein teurer und die Weinbergbesitzer mehr verdienen würden. Und – klar – je mehr Reben einer hätte, desto mehr wäre zu verdienen.

Dagegen gab es nichts einzuwenden. Faustin widmete sich also seinem zweiten *Pastis* – er hatte eine effiziente, unauffällige Art zu trinken und sein Glas stets rascher geleert, als ich erwartete – und trug seinen Vorschlag vor. Er hatte den Eindruck, daß unser Melonenfeld profitabler genutzt werden könnte. Er inhalierte etwas von dem *Pastis,* während Henriette ein Dokument aus ihrer Tasche hervorzog. Es handelte sich um ein *droit d'implantation,* das uns das Recht einräumte, Reben anzupflanzen, ein Privileg, das uns direkt von der Regierung zugebilligt wurde. Während wir uns das Papier ansahen, mokierte sich Faustin über die unsinnige Idee, weiterhin Melonen anzubauen – mit einer Bewegung seines

Glases verwarf er Melonen als zu anspruchsvoll, was den Zeitaufwand und Wasserkonsum betraf. Außerdem wären sie stets durch Angriffe wilder Eber bedroht, die im Sommer von den Bergen herunterkämen. So hatte Faustins Bruder Jacky erst im vergangenen Jahr ein Drittel seiner Melonenernte verloren. Von Wildschweinen gefressen! Ein Gewinn, der im Bauch eines Schweins verschwunden war! Faustin schüttelte den Kopf bei dieser schmerzlichen Erinnerung und brauchte zur Wiederbelebung ein drittes, großes Glas *Pastis*. Zufällig, sagte er, habe er ein paar Berechnungen angestellt. Auf unserem Feld hätten anstelle der langweiligen Melonen 1300 neue Reben Platz. Meine Frau und ich sahen uns an. Wir schätzten Wein sehr, und Faustin mochten wir ebenfalls, und sein Herz schlug offenbar für Fortschritt und Expansion. Wir stimmten zu, daß zusätzliche Reben uns eine prima Idee erschienen, dachten aber weiter nicht darüber nach, als er gegangen war. Faustin ist ein Grübler, der nichts übereilt, und zudem tut sich in der Provence nie etwas auf die Schnelle. Er würde sich vielleicht im Frühjahr darauf an die Sache machen.

Um sieben Uhr am nächsten Morgen pflügte ein Traktor den Melonenacker um, und zwei Tage später traf der Pflanztrupp ein – fünf Männer, zwei Frauen und vier Hunde unter der Leitung des *chef des vignes*, Monsieur Beauchier, eines Mannes mit vierzig Jahren Erfahrung im Anbauen von Wein im Lubéron. Er führte den kleinen Pflug hinter dem Traktor höchstpersönlich, um sicherzustellen, daß die Furchen gerade und im rechten Abstand verliefen; auf und ab schleppte er sich in seinen Stoffstiefeln mit einem vor Konzentration entrückten Ledergesicht. Die Furchen wurden an beiden Enden mit Bambusstäben abgesteckt und durch Schnüre

markiert. Das Feld war also geräumt und konnte zum Weinberg werden.
Die neuen Reben, groß wie mein Daumen und mit rotem Wachs betupft, wurden aus den Kleinlastern geladen, während Monsieur Beauchier die Pflanzgeräte überprüfte. Ich hatte angenommen, daß maschinell gepflanzt würde, doch alles, was ich an Maschinen sehen konnte, waren hohle Stahlstangen und ein großes Holzdreieck. Der Pflanztrupp versammelte sich. Jeder erhielt seine Aufgabe zugewiesen, dann begab man sich akkurat in Formation.
Beauchier führte mit dem Holzdreieck, das er wie ein dreiseitiges Steuer benutzte, um Punkte in gleichem Abstand in den Erdboden einzumarkieren. Ihm folgten zwei Männer mit Stahlstäben, die sie in die Markierungen hineinstießen, um Löcher für die Reben zu machen, die von der Nachhut eingesetzt und gefestigt wurden. Die zwei Frauen – Faustins Frau und Tochter – lieferten Reben, Ratschläge und Modekommentare zu den verschiedenen Hüten, die die Männer trugen, besonders zu Faustins neuer, ein wenig fescher Yachtmütze. Die Hunde freuten sich ihres Lebens, indem sie allen in den Weg kamen, Tritten auswichen und sich in den Schnüren verfingen.
Mit fortschreitendem Tage wuchs der Abstand zwischen den Pflanzern. Beauchier war dem letzten oft zweihundert Meter voraus. Die Unterhaltung behinderten solche Entfernungen aber nicht. Es scheint zum Ritual zu gehören, daß längere Diskussionen immer zwischen den beiden Menschen geführt werden, die am weitesten auseinander sind, während die Truppmitglieder dazwischen auf die Hunde fluchen und darüber ratschlagen, wie gerade nun die Schnüre sind oder nicht sind. Und so schritt die lautstarke Prozession voran.

Immer feldauf – feldab, bis in den vollen Nachmittag, als Henriette zwei große Körbe brachte und die Arbeit für eine provenzalische Variante der Kaffeepause unterbrochen wurde.

Der Trupp setzte sich auf eine Grasböschung oberhalb der Reben. Es war wie eine Szene aus Cartier-Bressons Skizzenheft. Man attackierte den Inhalt der Körbe. Es gab vier Liter Wein und einen enormen Haufen von gezuckerten Scheiben gebratenen Brots, die *tranches dorées* genannt werden – dunkelgoldfarbig, knackig und köstlich. Großvater André traf ein, um die geleistete Arbeit zu begutachten, und wir sahen ihn mit seinem Stock kritisch in die Erde pieken und mit dem Kopf nicken. Er kam auf ein Glas Wein herüber und setzte sich in die Sonne wie ein gutmütiger alter Eidechserich, der mit dem Ende seines erdigen Stocks einem Hund den Bauch kraulte und Henriette fragte, was es zum Abendessen gäbe. Er wollte früh essen, damit er sich *Santa Barbara* ansehen konnte, seine Lieblingsschnulzenserie im Fernsehen. Der Wein war ausgetrunken. Die Männer reckten sich, wischten sich die Krümel vom Mund und machten sich wieder an die Arbeit. Am frühen Abend war alles getan, und das ruppige alte Melonenfeld war nicht wiederzuerkennen. Die winzigen Pünktchen von neuen Reben waren gegen die untergehende Sonne gerade noch erkennbar. Der Trupp sammelte sich in unserem Hof, um sich die Rücken zu entspannen und *Pastis* zu konsumieren, und ich nahm Faustin beiseite, um ihn wegen der Bezahlung zu fragen. Wir hatten den Traktor drei Tage lang gebraucht, dazu Dutzende von Arbeitsstunden. Was schuldeten wir ihnen? Faustin war offenbar so begierig, es mir zu erklären, daß er sogar sein Glas absetzen mußte. Wir würden für die Reben zahlen, erklärte er mir, alles andere übernehme das System, nach dem das Tal bewirtschaftet wurde, wonach bei einer größeren Neupflanzung jeder seine Zeit umsonst beisteuerte. Dabei kämen zu guter Letzt alle auf ihre Kosten, sagte er, und es erspare Papierkram und mühsames Verhandeln mit *les fiscs* wegen der Steuern. Er lächelte und tippte sich mit dem Finger an die Nasenwand, und dann fragte er, als ob es sich um eine Kleinigkeit handelte, die eigentlich gar nicht erwähnenswert wäre, ob wir vielleicht gern 250 Spargelpflanzen gesetzt bekämen, da der Traktor und die Leute nun schon mal da seien. Das wurde dann gleich am nächsten Tag besorgt. Soviel zu unserer Theorie, daß in der Provence nichts auf die Schnelle passieren kann.

Der Lubéron klang im Frühling völlig anders. Vögel, die den ganzen Winter über verborgen gewesen waren, kamen aus ihren Verstecken, weil die Jäger verschwunden waren, und statt der Schüsse war nun ihr Zwitschern zu hören. Das einzige störende Geräusch, das sich auf dem Weg zur Massotschen Residenz vernehmen ließ, war ein wütendes Hämmern, und ich fragte mich, ob er sich entschlossen hatte, in Erwartung der kommenden Touristensaison ein Schild *»Zu verkaufen«* anzunageln.

Ich fand ihn auf der Fahrspur jenseits des Hauses in Betrachtung eines 1,80 Meter hohen Pfahls, den er am Rande einer Lichtung in die Erde getrieben hatte. An die Spitze des Pfahls hatte er ein rostiges Stück Blech geschlagen, darauf stand in weißer Farbe nur ein wütendes Wort: *»Privé!«* Drei weitere Pfähle und Schilder lagen noch am Weg, neben einem Haufen Steinen. Massot hatte offensichtlich die Absicht, die Lichtung zu verbarrikadieren. Er grunzte ein »Guten Morgen«, hob

den nächsten Pfahl auf und schlug ihn in den Boden, als ob er soeben seine Mutter beleidigt hätte.
Ich wollte wissen, was er da täte.
»Die Deutschen fernhalten«, sagte er und begann Felssteine in den groben Kordon zwischen den Pfählen zu rollen.
Das Stück Land, das er abriegelte, lag in einiger Entfernung zu seinem Haus auf der Waldseite des Pfads. Es konnte unmöglich ihm gehören, und ich erklärte ihm, meiner Meinung nach gehöre das Land zum Nationalpark.
»So ist es«, antwortete er, »aber ich bin Franzose. Es gehört mir also mehr als den Deutschen.« Er rollte einen weiteren Felsbrocken. »Jeden Sommer kommen sie hierher, errichten ihre Zelte und hinterlassen *merde* im ganzen Wald.«
Er reckte sich und steckte sich eine Zigarette an. Die leere Schachtel warf er in den Wald. Ich fragte ihn, ob er daran gedacht hätte, daß ein Deutscher vielleicht sein Haus kaufen könnte.
»Deutsche, die zelten, kaufen nichts außer Brot«, sagte er mit einem Ausdruck der Verachtung. »Sie sollten mal deren Autos sehen – vollgestopft mit deutschen Würsten, deutschem Bier, Dosen von Sauerkraut. Die bringen alles mit. Geizig? Richtige *pisses-vinaigres* sind das.«
In seiner neuen Rolle als Landschaftsschützer und Autorität für die ökonomischen Aspekte des Tourismus erläuterte Massot anschließend das Problem des provenzalischen Bauern. Er gab zu, daß Touristen – sogar deutsche – Geld in die Gegend bringen und daß Leute, die Häuser kaufen, den örtlichen Bauunternehmern Arbeit verschaffen. Aber was haben sie mit den Bodenpreisen gemacht! Es war ein Skandal. Kein Bauer konnte soviel bezahlen. Wir mieden es sorgsam, über Massots eigene Bemühungen in Sachen Bodenspekula-

tion zu sprechen. Er seufzte tief über die ganze Ungerechtigkeit. Dann besserte sich seine Laune, und er erzählte mir die Geschichte von einem Hauskauf, der zu seiner vollen Zufriedenheit geendet hatte.

Da gab es einen Bauern, der hatte jahrelang seines Nachbarn Haus begehrt; nicht wegen des Hauses, das eher eine Ruine war, sondern wegen des Lands, das dazugehörte. Er bot an, das Anwesen zu kaufen, aber sein Nachbar, der das starke Ansteigen der Grundstückspreise nutzte, nahm ein höheres Angebot an – von einem Pariser.

Während des Winters investierte der Pariser Millionen von Francs, um das Haus zu renovieren und einen Swimmingpool zu installieren. Schließlich waren die Arbeiten abgeschlossen und der Pariser kam mit seinen schicken Freunden zum langen Wochenende um den Ersten Mai herunter. Alle sind von dem Haus begeistert und amüsieren sich über den komischen alten Bauern, der nebenan wohnt, vor allem über seine Gewohnheit, abends um acht Uhr schlafen zu gehen.

Um vier Uhr in der Frühe werden die Pariser geweckt von Charlemagne, dem großen, lauten Hahn des Bauern, der zwei Stunden lang pausenlos kräht. Der Pariser beschwert sich beim Bauern. Der Bauer zuckt die Achseln. Man ist hier auf dem Land. Hähne müssen krähen. Das ist ganz normal.

Am nächsten Morgen, und auch am Morgen darauf, ist Charlemagne wieder früh um vier wach und kräht. Das verdirbt die gute Laune, und die Gäste kehren früher nach Paris zurück, um Schlaf nachzuholen. Der Pariser beschwert sich noch einmal beim Bauern, und der Bauer zuckt erneut mit den Schultern. Die Parteien trennen sich feindlich.

Im August kommt der Pariser zurück. Das Haus ist voller Gäste. Charlemagne weckt sie jeden Morgen pünktlich um

vier. Bemühungen um ein Nachmittagsnickerchen werden vom Bauern vereitelt, der an seinem Haus zu arbeiten hat – mit einem Schlaghammer und einem lauten Betonmischer. Der Pariser besteht darauf, daß der Bauer seinen Hahn zum Schweigen bringt. Der Bauer weigert sich. Nach mehreren hitzigen Auseinandersetzungen bringt der Pariser den Bauern vor Gericht, um eine Verfügung gegen das laute Krähen des Hahns zu erwirken. Das Urteil ergeht zugunsten des Bauern, und der Hahn setzt seine morgendlichen Serenaden fort.
Der Besuch des Hauses wird am Ende so unerträglich, daß der Pariser es zum Verkauf anbietet. Dem Bauern, der einen Freund als Strohmann vorschickt, gelingt es, den größten Teil des Grunds zu erwerben.
Am Sonntag, nachdem der Kauf über die Bühne ist, feiern der Bauer und sein Freund mit einem riesigen Mittagessen. Als Hauptgericht gibt es Charlemagne, der zu einem köstlichen *coq au vin* geworden ist.
Das sei eine feine Geschichte, meinte Massot – Niederlage für den Pariser, Sieg und mehr Land für den Bauern, ein gutes Mittagessen, da fehle nichts. Ich fragte ihn, ob sie sich wirklich so zugetragen hätte, und er sah mich von der Seite her an und saugte am fransigen Ende seines Schnauzers. »Es zahlt sich nicht aus, einen Bauern zu ärgern.« Mehr sagte er nicht, und ich überlegte: Wenn ich ein deutscher Zelttourist wäre, würde ich es in diesem Sommer lieber mit Spanien versuchen.

Da das Wetter mild blieb, gab es mit jedem Tag neue Zeichen von Wachstum und Grün, und eine der besonders grünen Flächen war der Swimmingpool, der nun giftgrün im Sonnenlicht lag. Es war an der Zeit, Bernard *le pisciniste* mit seinem Algenbekämpfungsgerät herbeizurufen, bevor das Pflanzenleben aus der Tiefe nach oben und durch die Tür ins Haus wuchern würde.

So ein Auftrag wird in der Provence nie einfach mit einem Telefonanruf und fernmündlicher Absprache geregelt. Vielmehr ist ein vorhergehender Inspektionsbesuch erforderlich – das Problem muß abgeschritten werden, es bedarf eines Kopfnickens, man trinkt ein Gläschen oder auch zwei und verabredet sich für ein zweites Mal. Es handelt sich um eine Art Aufwärmübung, auf die nur in wirklichen Notfällen verzichtet wird.

Am Abend, als Bernard eintraf, um sich den Pool anzusehen, schrubbte ich eben die Grüngirlande ab, die sich just über dem Wasserspiegel gebildet hatte, und er sah mir ein paar Augenblicke zu, bevor er sich auf seinen Hacken niederließ und mir mit einem Finger unter der Nase herumfuchtelte. Ich hatte irgendwie eine Ahnung, was sein erstes Wort sein würde. »*Non*«, sagte er, »Sie dürfen nicht schrubben. Sie müssen es behandeln. Ich werde ein Produkt bringen.« Wir überließen den grünen Pelz sich selbst und begaben uns zu einem Gläschen ins Haus. Bernard erläuterte, warum es ihm nicht möglich gewesen war, früher zu kommen. Er hatte unter Zahnweh gelitten, aber in der näheren Umgebung keinen Zahnarzt finden können, der bereit gewesen wäre, ihn zu behandeln, und zwar wegen des seltsamen Reflexes, unter dem er litt: Er biß Zahnärzte. Er könne sich nicht zurückhalten. Es sei ein unheilbarer Reflex. In dem Moment, da er einen forschenden Finger in seinem Mund fühlt – *tak!* –, beißt er zu. Er hatte den einzigen Zahnarzt in Bonnieux und vier Zahnärzte in Cavaillon schon einmal gebissen und nach Avignon fahren müssen, wo er in Dentistenkreisen unbekannt war. Glücklicherweise hatte er einen Zahnarzt gefunden, der sich zu wehren wußte und Bernard für die Dauer der Behandlung mit Anästhesie völlig lahmgelegt hatte. Der Zahnarzt hatte ihm hinterher erklärt, er hätte ein Gebiß aus dem 18. Jahrhundert.

18. Jahrhundert hin oder her – die Zähne schienen äußerst weiß und gesund im Farbkontrast zu dem schwarzen Bart, während Bernard lachte und redete. Er war ein Mann mit großem Charme und, obwohl er in der Provence geboren war, überhaupt kein ländlicher Einfaltspinsel. Er trank Scotch, je älter, desto besser, lieber als *Pastis,* und hatte ein Mädchen aus Paris geheiratet, das, wie wir vermuteten, wahrscheinlich für seine Garderobe mitverantwortlich war. Stoffstiefel und alte Blauhosen und ausgefranste, ausgeblichene Hemden, wie wir sie gewohnt waren – das war nichts für ihn. Bernard war modisch gekleidet von seinen weichen Lederschuhen bis zu seiner Riesenauswahl an Designer-Sonnenbrillen. Wir fragten uns, in welchem Aufzug er wohl zum Chloren und Bassinsäubern erscheinen würde. Beides war erforderlich, bevor das Becken wieder menschlichem Gebrauch zugeführt werden konnte.

Der Tag des Frühjahrsputzes rückte heran, und Bernard kam mit Sonnenbrille in grauen Flanellhosen und Blazer die Treppe hoch und wirbelte mit einem Regenschirm herum für den Fall, daß der Regen, den die Wettervorhersage angesagt hatte, unsere Gegend tatsächlich erreichen sollte. Ihm folgte mit einiger Mühe – und lüftete somit das Geheimnis von Bernards dauernder Eleganz – ein kleiner, schruppiger Mann, gebückt unter der Last von Töpfen mit Chlor, Bürsten und einer Saugpumpe. Es war Gaston, der die eigentliche Arbeit verrichten würde – unter der Aufsicht von Bernard.

Am späteren Morgen ging ich hinaus, um nachzusehen, wie die Arbeit vorankam. Ein feiner Nieselregen hatte eingesetzt. Der durchnäßte Gaston rackerte sich mit der Saugpumpe ab, während Bernard, den Blazer unterm Regenschirm nonchalant über die Schultern gehängt, die Operation vom Trockenen aus dirigierte. Das ist ein Mann, dachte ich, der etwas vom Delegieren versteht. Wenn irgendwer wüßte, wie wir den Steintisch in den Hof bekamen, dann Bernard. Ich rief ihn von seinen Pflichten am Rand des Schwimmbeckens fort. Wir gingen die Lage studieren.

Mit der Unkrautgarnierung sah der Tisch größer, schwerer und dauerhafter aus als je zuvor, aber das raubte Bernard nicht den Mut. »*C'est pas méchant*«, meinte er. »Ich kenn jemand, der kriegt das in einer halben Stunde hin.« Ich stellte mir einen schweißtriefenden Riesen vor, der nach Wettkämpfen und Tauziehen mit Pferdegespannen zur Abwechslung die großen Steinplatten hievte, aber es war viel prosaischer. Bernards Mann hatte soeben eine Maschine angeschafft, *un bob,* die Miniaturausführung eines Gabelstaplers und schmal genug, um die Eingangstür zum Hofe passieren zu können. *Voilà!*

Der Besitzer von *le bob* wurde angerufen und traf innerhalb einer halben Stunde ein und war darauf erpicht, seine neue Maschine in aktiven Dienst zu stellen. Er maß die Breite der Toreinfahrt und schätzte das Gewicht des Tisches. Kein Problem; *le bob* würde es schaffen. Hier und da wäre eine kleine Adjustierung erforderlich, aber das könne ein Maurer besorgen. Man müsse nur den Fenstersturz über dem Torbogen entfernen – nur für fünf Minuten, der nötigen Höhe wegen, damit der Transport darunter durchkam. Ich schaute zum Fenstersturz empor. Es war ein weiteres Stück Stein, über einen Meter breit, mehr als zwanzig Zentimeter dick und tief in die Seitenwand des Hauses eingelassen. Es hätte eine größere Demolierung bedeutet – soviel war selbst meinen Laienaugen ersichtlich. Der Tisch blieb, wo er war.

Das verdammte Ding war zum täglichen Frust geworden. Da waren wir nun im warmen Klima, und die Jahreszeit, da man im Freien essen konnte, stand unmittelbar bevor – all die Tage, von denen wir im fernen England und den ganzen Winter über geträumt hatten –, und wir hatten nirgends die Möglichkeit, eine Schüssel mit Oliven hinzustellen, ganz zu schweigen von einem Essen mit fünf Gängen. Wir dachten ernsthaft daran, Pierrot im Steinbruch anzurufen und ihn zu bitten, uns mit der Rugbymannschaft in Carcassone bekannt zu machen, aber dann schaltete sich die Vorsehung ein – mit quietschenden Bremsen und einem verstaubten Cockerspaniel.

Didier hatte an seinem Haus auf der anderen Seite von Saint-Rémy zu tun gehabt und war von einem uniformierten Gendarm angesprochen worden. Ob, so wollte der Gendarm wissen, wohl irgendwo Interesse bestünde an einer Ladung von verwitterten Steinen, alten, überwachsenen Steinen, die einer Mauer sofort ein gewisses Alter geben würden? Nun fügte es der Zufall, daß eine der Arbeiten auf der langen Auftragsliste Didiers im Errichten von eben so einer Mauer vor unserem Haus bestand, und deshalb hatte er gleich an uns denken müssen. Der Arm des Gesetzes wünschte *au noir* bezahlt zu werden, aber Steine dieser Art seien gar nicht so leicht zu finden. Ob wir sie haben wollten?

Wir hätten mit dem größten Vergnügen sogar eine halbe Tonne Vogelkot genommen, nur um Didier und seine Gefolgschaft wieder herzubekommen. An die hatten wir als

Träger für unseren Tisch oft gedacht; sie schien wie ein Wink des Himmels. Doch, die Steine nähmen wir, und ob er uns bei diesem Tisch dort eine Hand reichen könnte? Er warf einen Blick darauf und grinste. »Vierzehn Hände«, sagte er. »Ich komme am Samstag mit zwei Männern, wenn ich die Steine bringe. Die übrigen müssen Sie auftreiben.« Abgemacht – endlich würden wir unseren Tisch haben. Meine Frau begann unsere erste Freiluftmahlzeit des Jahres zu planen.

Wir lockten drei mehr oder weniger körperlich tüchtige junge Männer mit dem Versprechen von Speis und Trank herbei, und als Didier mit seinen Assistenten eintraf, nahmen wir zu siebt unsere Positionen rund um den Tisch ein, um mit dem Ritual des In-die-Hände-Spuckens anzufangen und zu überlegen, wie wir die Fünfzehn-Meter-Strecke angehen sollten. In solchen Situationen ist jeder Franzose ein Fachmann, und so gab es verschiedene Theorien: Der Tisch sollte auf Pfählen gerollt werden; nein, er sollte auf einer Holzdrehscheibe gerollt werden; Unsinn, für das große Stück Weg konnte er vom Laster geschoben werden. Didier ließ jeden ausreden, und dann befahl er uns, zwei Männern auf jeder Seite, den Tisch anzuheben; er selbst übernahm die vierte Seite allein. Mit einem zögerlich saugenden Geräusch löste der Stein sich vom Boden, und wir taumelten die ersten fünf Meter vorwärts. Die Adern traten von der Anstrengung hervor. Didier gab ununterbrochen Anweisungen. Weitere fünf Meter, dann mußten wir den Stein drehen, damit er durch die Toreinfahrt paßte.

Das Gewicht war brutal. Wir waren bereits ins Schwitzen gekommen. Wir litten, und wenigstens einer von uns dachte, er wäre für solche Arbeiten langsam wohl doch ein bißchen alt. Aber dann ruhte der Tisch auf der Seite, um behutsamst in den Hof vorgerückt zu werden.

»Jetzt«, sagte Didier, »wird es lustig.« Es gab auf beiden Seiten des Tisches nur Platz für zwei Männer, und sie mußten das Gewicht halten, während die anderen schoben und zogen. Zwei riesige Schweißgurte wurden unter dem Tisch durchgezogen, und wieder wurde in die Hände gespuckt. Meine Frau verschwand im Innern des Hauses. Sie brachte es nicht übers Herz mitanzusehen, wie Füße zermanscht wurden und vier Männer gleichzeitig einen Leistenbruch bekamen. »Macht, was ihr wollt«, sagte Didier, »nur loslassen dürft ihr nicht. *Allez!*« Und mit Flüchen und weißen Knöcheln und im Grunzchor, der einem Elefantenweib in den Wehen Ehre gemacht hätte, kriegten wir den Tisch schließlich durchs Tor und in den Hof.

Wir verglichen unsere Wunden und Verrenkungen, bevor wir den Sockel aufstellten – eine relativ unbedeutende Konstruktion mit einem Gewicht von nur drei Zentnern – und ihn mit Beton überzogen. Ein letztes Anheben, und die Platte saß, aber Didier war nicht zufrieden – sie saß nicht auf den Millimeter genau in der Mitte. Eric, der Hauptassistent, mußte auf allen vieren unter dem Tisch knien. Er trug das Hauptgewicht auf seinem Rücken, während die Platte genau in die Mitte gerückt wurde, und ich überlegte nur, ob ein Tod durch Zermalmen auf meinem Anwesen von der Versicherung gedeckt wurde. Zu meiner Erleichterung kam Eric ohne sichtliche Verletzung wieder nach oben, obwohl, wie Didier fröhlich bemerkte, es die inneren Verletzungen sind, die einen Mann seiner Art von der Arbeit fernhalten. Ich hoffte, er scherzte.

Bier machte die Runde. Der Tisch wurde bewundert. Er sah

ganz genau so aus, wie wir ihn uns an jenem Februarnachmittag vorgestellt hatten, als wir seine Umrisse in den Schnee gezeichnet hatten. Er hatte die richtige Größe und paßte zum Stein der Hofmauer. Die Schweißflecken und Blutspuren würden rasch trocknen – und dann konnte das Essen aufgetragen werden.

In unsere freudige Erwartung der Mahlzeiten draußen im Freien mischte sich nur ein leises Bedauern. Es war just das Ende der Saison für jenen häßlichen, aber köstlichen Pilz, der beinahe in Gold aufgewogen zu werden verdient – den frischen Trüffel aus dem Vaucluse.

Den Trüffel umgibt eine Geheimwelt. Fremde können von ihr einen flüchtigen Eindruck gewinnen, indem sie eins der Dörfer in der Umgebung von Carpentras aufsuchen. Die Cafés dort machen rasche Umsätze mit Frühstücksschwenkern von *marc* und Calvados, und ein unbekanntes Gesicht in der Tür bringt die Gespräche im Flüsterton schlagartig zum Stocken. Draußen stehen Männer dichtgedrängt und voll konzentriert beieinander, mustern, schnüffeln und wiegen warzige, verkrustete, erdbedeckte Stücke, die mit Ehrfurcht und Sorgfalt gehalten werden. Geld wechselt die Hände – fette, schmuddlige Packen von Scheinen, Ein-, Zwei- und Fünfhundertfrancscheinen, die mit vielerlei Daumenlecken doppelt nachgezählt werden. Die Aufmerksamkeit Außenstehender ist unerwünscht.

Dieser inoffizielle Markt ist ein Frühstadium in jenem Prozeß, der auf den Tischen von Drei-Sterne-Restaurants und auf den Ladentheken von ruinös teuren Pariser Delikatessengeschäften wie Fauchon und Hédiard endet. Doch selbst inmitten von Nirgendwo, wo man direkt von Männern mit Dreck unter den Fingernägeln und einem Mundgeruch nach

Knoblauch, mit verbeulten, altersschwachen Autos, mit alten Körben und Plastiktüten statt der smarten Attachéköfferchen kauft – selbst hier sind die Preise, wie es so schön heißt, *très sérieux*. Trüffel werden nach Gewicht verkauft. Maßeinheit ist das Kilo. Nach dem Stand von 1987 kostete ein Kilo Trüffel auf dem Dorfmarkt mindestens 2000 Francs; gezahlt wird bar. Schecks werden nicht akzeptiert. Quittungen gibt es nicht, weil der *truffiste* nicht scharf darauf ist, bei dem verrückten Spiel mitzumachen, das unter dem Begriff Einkommensteuer von der Regierung veranstaltet wird.

Der Basispreis beläuft sich also auf 2000 Francs das Kilo. Mit ein bißchen Massage durch verschiedene Mittelsmänner steigt der Preis wahrscheinlich aufs Doppelte, bis die Trüffel ihre ideale Heimat in den Küchen von Bocuse oder Troigros erreichen. Bei Fauchon könnte er leicht auf 5000 Francs gestiegen sein, aber dort akzeptiert man immerhin Schecks.

Es gibt zwei Gründe, warum solch absurde Preise noch immer gezahlt werden und weiterhin steigen – der erste, klar, ist der, daß nichts auf Erden so gut riecht oder schmeckt wie frische Trüffel. Der zweite ist der, daß es den Franzosen allen Anstrengungen und Geistesblitzen zum Trotz, die sie diesem Problem gewidmet haben, nicht gelungen ist, Trüffel anzubauen. Sie geben nicht auf. Es ist nicht ungewöhnlich, im Vaucluse auf Felder zu stoßen, wo neben Schildern mit der Warnung *Zutritt verboten* Trüffeleichen gepflanzt worden sind. Doch die Vermehrung von Trüffeln scheint eine risikoreiche Sache, auf die sich nur die Natur versteht – die damit zur Rarität und zum hohen Preis das ihre beisteuert. Menschliche Versuche, Trüffel zu züchten, haben nicht viel gebracht. Deshalb gibt es vorläufig nur eine Möglichkeit, Trüffel zu genießen, ohne dafür ein kleines Vermögen auszugeben: Man muß selbst welche finden.

Wir waren glücklich, einen Experten gewissermaßen als Dauergast bei uns zu haben und von ihm eine kostenlose Einführung zu bekommen. Ramon der Gipser kannte sich aus. Er hatte über die Jahre alles ausprobiert und gab zu, bescheidene Erfolge erzielt zu haben. Er war großzügig mit seinem Rat, und während er seinen Gips glattstrich und sein Bier trank, sagte er uns genau, was wir zu tun hätten. (Er sagte uns allerdings nicht, *wo* wir suchen müßten, aber das hätte uns kein Trüffelkenner verraten.)

Es kommt alles nur, so erklärte er, auf den richtigen Moment, auf Kenntnis und Geduld an, sowie auf ein Schwein oder einen abgerichteten Hund oder einen Stock. Trüffel wachsen einige Zentimeter unter der Erde an den Wurzeln bestimmter Eichen oder Haselnußbäume. Während der Saison von November bis März kann man sie mit der Nase aufspüren, vorausgesetzt, man hat das richtige Modell. Der optimale Trüffeldetektor ist das Schwein mit seiner angeborenen Liebe für den Geschmack von Trüffeln. Der Geruchssinn von Schweinen ist in diesem Punkt dem des Hundes überlegen. Da gibt es allerdings ein Problem: Das Schwein gibt sich im Erfolgsfall nicht damit zufrieden, mit dem Schwanz zu wedeln. Es will die Trüffel auch fressen. Es ist absolut wild darauf, sie zu fressen. Und, wie Ramon erklärte, mit einem Schwein am Rande gastronomischer Ekstase ist nicht zu reden. Es läßt sich nicht leicht ablenken, und es ist auch nicht von einer Größe, daß man es mit der einen Hand fernhalten kann, während man die Trüffel mit der anderen vor ihm in Sicherheit bringt. Da steht es nun, fest entschlossen, mit den Maßen eines Minitraktors, und weigert sich, von den Trüffeln zu lassen. Angesichts dieses elementaren Strukturfehlers überraschte uns Ramons Mitteilung nicht, der leichter gebaute und folgsamere Hund erfreue sich bei der Trüffelsuche wachsender Beliebtheit.

Im Unterschied zu Schweinen graben Hunde nicht instinktiv nach Trüffeln. Sie müssen dazu trainiert werden. Ramon bevorzugte die Würstchenmethode. Man nimmt ein Stück Wurst und reibt es mit einem Trüffel oder tunkt es in Trüffelsaft, damit der Hund den Trüffelgeruch mit dem Geschmack himmlischer Freßfreuden verbindet. Schritt für Schritt – oder, wenn der Hund intelligent und ein Gourmet ist, in großen Sätzen – wird der Hund Ihre Begeisterung für Trüffel teilen und zu Feldstudien bereit sein. Wenn das Training gründlich gewesen ist, Ihr Hund für solche Arbeit das richtige Temperament mitbringt und Sie wissen, wo man zu suchen hat, so könnten Sie Glück haben und sich in Gesellschaft eines *chien truffier* finden, der Ihnen den Weg zum vergrabenen Schatz weist. Und in dem Moment, wenn er zu graben beginnt, bestechen Sie ihn mit einem Stück trüffelbestrichener Wurst, um selbst freizulegen, was sich hoffentlich als ein Klumpen des schwarzen Goldes erweist.

Ramon hatte sich persönlich für eine andere Methode entschieden, nämlich für die Stocktechnik, die er uns vorführte, indem er auf Zehenspitzen, einen imaginären Stab vor sich her tragend, die Küche durchschritt. Und auch dabei muß man natürlich wissen, wo man zu suchen hat, aber außerdem die richtige Witterung abwarten. Wenn die Sonne auf die Wurzeln einer wahrscheinlich richtigen Eiche scheint, nähern Sie sich behutsam. Sie stochern sanft am Fuß des Baums herum. Falls eine aufgescheuchte Fliege senkrecht aufsteigen sollte, so markieren Sie den Fleck und beginnen zu graben.

Sie haben eventuell eine Angehörige jener Fliegenfamilie erschreckt, die genetisch programmiert ist, ihre Eier auf den Trüffel zu legen. (Womit sie zweifellos ein gewisses *je ne sais quoi* an Geschmacksqualität beisteuert.) Viele Bauern im Vaucluse haben diese Technik gewählt, weil das Herumwandern mit einem Stock weniger auffallend ist, als mit einem Schwein herumzulaufen; so können sie ihre Tätigkeit leichter geheimhalten. Trüffeljäger möchten ihre Quellen gern schützen.

So zufällig und unvorhersehbar das Auffinden von Trüffeln auch sein mag – es scheint eine ehrliche und geradlinige Angelegenheit zu sein, im Vergleich mit der Gaunerei, die beim Verkauf und Vertrieb der Trüffel vorherrscht. Ramon weihte uns mit häufigem Augenzwinkern und mancherlei Rippenstößen in die gängigsten trüben Geschäftsmethoden ein. Natürlich ist in Frankreich alles eßbar. Doch gewisse Gegenden haben den Ruf, beste Qualität hervorzubringen – die besten Oliven kommen aus Nyons, der beste Senf aus Dijon, die besten Melonen aus Cavaillon, die beste Sahne aus der Normandie. Die besten Trüffel kommen nach allgemeiner Übereinstimmung aus dem Périgord. Für die zahlt man natürlich mehr. Wie wollen Sie aber wissen, daß die Trüffel, die Sie in Cahors kaufen, in Wirklichkeit nicht ein paar hundert Kilometer weiter weg im Vaucluse gefunden wurden? Entweder Sie *wissen* es und vertrauen Ihrem Lieferanten, oder Sie können da keineswegs sicher sein. Ramons Insiderinformationen liefen darauf hinaus, daß fünfzig Prozent der Trüffel, die im Périgord verkauft werden, anderswo ausgegraben werden und anschließend »adoptiert« worden sind.

Dann gibt es die komische Sache mit den Trüffeln, die auf irgendeine Weise zwischen dem Verlassen des Erdbodens und der Ankunft auf der Waage an Gewicht zulegen. Es könnte sein, daß sie mit einer Extraschicht Erde als Geschenkpackung eingewickelt worden sind. Andererseits ist es möglich, daß eine viel schwerere Substanz ihren Weg ins Innere der Trüffel gefunden hat – unsichtbar, bis Ihr Messer auf ein Stückchen Metall stößt. *Ils sont vilains, ces types!* Selbst wenn Sie bereit sein sollten, auf das Aroma frischer Trüffel zu verzichten und Trüffel in der Dose kaufen – selbst dann können Sie nicht absolut sicher sein. Es gibt da Gerüchte. Es hat Hinweise gegeben, daß gewisse französische Döschen in Wirklichkeit italienische oder spanische Trüffel enthalten. (Was, wenn es stimmt, eine der gewinnträchtigsten und am wenigsten propagierten Kooperationen innerhalb des Gemeinsamen Marktes sein dürfte.)

Und doch, trotz all des Flüsterns über Tricks und Preise, die Jahr für Jahr lächerlicher werden, folgen die Franzosen ihren Nasen und greifen in die Taschen, und wir taten es auch, als wir hörten, daß die letzten Trüffel der Saison in einem unserer Lieblingsrestaurants der Umgebung serviert wurden. *Chez Michel* ist die Dorfbar von Cabrières und das Hauptquartier des Clubs der *Boules*-Spieler und ohne die Art von Mobiliar oder steife Förmlichkeit, die bei den Prüfern des Guide Michelin große Aufmerksamkeit erregen könnte. Vorn spielen alte Männer mit Karten; die Gäste des Restaurants essen vorzüglich im hinteren Raum. Der Chef kocht selbst. Madame, seine Frau, nimmt die Bestellungen entgegen. Familienmitglieder helfen an den Tischen und in der Küche. Es ist der Typ des gemütlichen Bistros nebenan, ohne offenkundige Absicht, das kulinarische Karussell mitzumachen, das begabte Köche in Markenzeichen und angenehme Restaurants in Tempel von Spesenrittern verwandelt.

Madame wies uns einen Tisch zu und brachte uns zu trinken, und wir erkundigten uns nach den Trüffeln. Sie rollte mit den Augen und verzog fast schmerzhaft das Gesicht. Einen Augenblick lang glaubten wir schon, sie seien ausgegangen. Es handelte sich aber nur um ihre Reaktion auf die Unfairneß des Lebens, die sie uns anschließend erklärte.
Ihr Mann Michel liebt das Kochen mit frischen Trüffeln. Er hat seine Lieferanten, und er zahlt, wie jedermann zahlen muß, bar auf die Hand, ohne dafür eine Quittung zu bekommen. Für ihn ist das ein wesentlicher und legitimer Kostenfaktor, den er aber nicht gegen die Einnahmen verrechnen kann, weil es keinen Papierbeleg gibt, der die Ausgaben dokumentiert. Außerdem weigert er sich, selbst bei Speisen, die mit Trüffeln gespickt sind, die Preise über ein Niveau anzuheben, das seine regulären Kunden beleidigen würde. (Im Winter hat er nur örtliche Kundschaft, die sparsam mit ihrem Geld umgeht; die großen Spendierer kommen meist nicht vor Ostern in die Gegend.)
Das war das Problem, und Madame tat, was sie konnte, es philosophisch hinzunehmen, als sie uns eine Kupferkanne zeigte, die steuerlich unverrechenbare Trüffel im Wert von einigen tausend Francs enthielt. Wir wollten wissen, warum Michel das machte, und sie gab die klassische Antwort: Schultern und Brauen zogen sich gleichzeitig hoch, die Ecken des Mundes fielen herab. *»Pour faire plaisir«,* sagte sie.
Wir aßen Omelettes. Sie waren saftig, fett und schaumig, mit einem winzigen, tiefschwarzen Korn Trüffel in jedem Bissen – ein letzter reicher Geschmack von Winter. Wir wischten unsere Teller mit Brot aus und versuchten zu raten, was so ein Traum wohl in London kosten würde; wir kamen zu dem Schluß, daß wir soeben ein Vermögen verzehrt hatten. Ein

Vergleich mit Londoner Preisen ist eine sichere Methode, um in der Provence jede Extravaganz rechtfertigen zu können.

Michel kam aus der Küche, um die Runde zu machen, und bemerkte unsere Teller – sauber wie abgenagte Knochen. »Waren sie gut, die Trüffel?« Besser als gut, sagten wir. Er berichtete, der Händler, der sie ihm verkauft hatte – einer der alten Gauner des Geschäfts –, sei eben erst ausgeraubt worden. Der Einbrecher hatte einen Pappkarton mitgehen lassen, der mit Bargeld vollgestopft war, alles in allem über 100 000 Francs. Der Händler hätte aber nicht gewagt, den Verlust zu melden, aus Angst, daß es zu unangenehmen Fragen kommen könnte, woher er denn das Geld gehabt hätte. Jetzt beklage der Mann seine Armut. Und im nächsten Jahr würden die Trüffel noch teurer. *C'est la vie.*

Wir kamen nach Hause und hörten das Telefon klingeln. Das ist ein Geräusch, das uns beiden zuwider ist. Es verursacht stets ein gewisses Wetteifern darin, wer von uns beiden es schafft, nicht antworten zu müssen. Wir sind, was Telefonanrufe betrifft, zutiefst mißtrauisch; sie kommen irgendwie immer im falschen Moment, und sie kommen zu plötzlich und schleudern einen in ein Gespräch, auf das man nicht vorbereitet ist. Briefe sind dagegen ein reines Vergnügen; nicht zuletzt deswegen, weil sie einem Zeit lassen, über die Antwort nachzudenken. Aber die Leute schreiben keine Briefe mehr. Sie sind zu beschäftigt, sie haben es zu eilig, oder aber – und damit verunglimpfen sie einen Dienstleistungsbetrieb, dem es doch immerhin gelingt, *Rechnungen* zuzustellen – sie mißtrauen der Post. Wir haben gelernt, dem Telefon nicht zu trauen, und ich nahm den Hörer ab, als müßte ich einen längst toten Fisch anfassen.

»Wie ist das Wetter?« fragte eine Stimme, die ich nicht erkannte.
Ich sagte, das Wetter sei schön. Das muß den Ausschlag gegeben haben, weil der Anrufer sich daraufhin als Tony vorstellte. Er war kein Freund von uns, nicht einmal der Freund eines Freundes, sondern bloß ein Bekannter eines Bekannten. »Suche da unten nach'm Haus«, sagte Tony mit der bellenden Zeit-ist-Geld Stimme, die Manager annehmen, wenn sie über Autotelefon mit ihrer Frau sprechen. »Dachte, Sie könnten helfen. Will vor dem Osterverkehr unten sein. Bevor die Franzis die Preise hochtreiben.«
Ich bot an, ihm die Namen von Grundstücksmaklern zu besorgen. »Kleines Problem«, sagte er. »Kann kein Französisch. Reicht nur für Restaurants. Mehr nicht.« Ich bot an, ihm den Namen eines zweisprachigen Maklers zu liefern, aber damit war es auch nicht getan. »Will nicht an einen Makler gebunden sein. Strategisch unklug. Kein Verhandlungsspielraum.«
Wir hatten im Gespräch den Punkt erreicht, wo ich – erwartungsgemäß – meine persönlichen Dienste anbiete oder aber die aufknospende Beziehung abbreche, bevor sie sich entfalten könnte. Die Chance hatte ich nicht.
»Muß aufhören. Keine Zeit. Holen wir nach, wenn ich nächste Woche unten bin.« Und dann diese entsetzlichen Worte, die jeder Hoffnung ein Ende bereiteten. »Keine Sorge. Hab Ihre Adresse. Werde Sie finden.«
Die Leitung war tot.

April

Es war einer von diesen Tagen, an denen unter einem Streifen blauen Himmels der Frühnebel in nassen Tüchern im Tal hängt, und als wir von unserem Morgenspaziergang heimkehrten, waren die Hunde feuchtglatt, und ihre Barthaare glitzerten in der Sonne. Sie bemerkten den Fremden zuerst, tigerten um ihn herum und taten so, als ob sie gefährlich seien.

Er stand am Swimmingpool, wehrte ihre Aufmerksamkeit mit einer maskulin gestylten Handtasche ab und kam dabei dem tiefen Ende des Beckens immer näher. Er schien erleichtert, uns zu sehen.

»Hunde in Ordnung? Ja? Keine Tollwut oder so?« Die Stimme war unverkennbar. Es war Tony aus London. Er leistete uns mitsamt seiner Handtasche beim Frühstück Gesellschaft. Er war hochgewachsen, mit einer gut gepolsterten Gürtellinie, trug eine getönte Brille, sorgsam gewelltes Haar und die Freizeitkleidung, wie sie Engländer, ohne Rücksicht auf das Wetter, in der Provence tragen.

Er nahm Platz und holte einen dicken Filofax aus seiner Aktentasche hervor, einen Goldfüllfederhalter, eine Schachtel *Duty-Free*-Zigaretten der Marke Cartier und ein goldenes Feuerzeug. Auch die Armbanduhr war aus Gold. Ich war mir sicher, daß in seinen Brusthaaren Goldmedaillons nisteten. Er erklärte, er sei in der Werbung tätig.

Er gab uns einen kurzen, doch extrem schmeichelhaften Abriß seines beruflichen Werdegangs. Er hatte eine eigene Werbeagentur gegründet, sie aufgebaut – »Ein hartes Geschäft. Verdammt scharfe Konkurrenz.« – und eben die Mehrheit seiner Anteile verkauft, für schweres Geld, wie er sagte, und einen Fünfjahresvertrag als Geschäftsführer. Jetzt, so behauptete er, könne er endlich ausspannen – obwohl wir wirklich nie darauf gekommen waren, daß er jemand war, der die geschäftlichen Probleme in London zurückgelassen hatte. Er war unruhig, sah ständig auf die Uhr, sortierte die Gegenstände vor sich auf dem Tisch um und wieder um, rückte die Brille zurecht, rauchte mit tiefen, unkonzentrierten Zügen. Plötzlich stand er auf.

»Okay, wenn ich kurz anrufe? Welche Vorwahl hat London?«

Meine Frau und ich hatten das als unvermeidlichen Bestandteil eines Besuchs aus England zu verstehen gelernt. Er kommt herein, er bekommt einen Drink oder eine Tasse Kaffee, er tätigt einen Anruf, um sich zu vergewissern, daß seine Firma während der ersten Stunden seiner Abwesenheit nicht zusammengebrochen ist. Die Routine ist immer die gleiche, und genauso vorhersehbar wie diese Routine ist auch der Inhalt des Telefonats.

»Hallo. Ich bin's. Ja, ich rufe aus der Provence an. Alles in Ordnung? Irgendwelche Nachrichten? Ach so. Gar keine? David hat nicht zurückgerufen? Scheiße. Hör zu, ich bin heut viel unterwegs. Du kannst mich aber erreichen (was ist Ihre Nummer?). Hast du's? Was? Ja, das Wetter ist herrlich. Ruf später wieder an.«

Tony legte den Hörer auf und versicherte uns, in seiner Firma sei alles in Ordnung. Sie käme ohne ihn einigermaßen zurecht. Er sei jetzt in der Lage, seine – und unsere – Kräfte dem Erwerb einer Immobilie zu widmen.

Ein Hauskauf in der Provence ist nicht ohne Komplikationen, und es wird rasch verständlich, warum vielbeschäftigte und effiziente Manager aus Großstädten, die rasche Entscheidungen und rasch ausgehandelte Geschäfte gewohnt sind, nach Monaten umständlicher Verhandlungen, die nirgends hinführen, oft aufgeben. Die erste Überraschung – eine von vielen –, die jedesmal mit Beunruhigung und Unglauben zur Kenntnis genommen wird, ist die Tatsache, daß jeder Besitz mehr kostet, als in der Annonce angegeben ist. Das ist hauptsächlich deshalb so, weil die französische Regierung bei solchen Transaktionen immer rund acht Prozent kassiert. Dann kommen die hohen Notariatskosten hinzu. Und manchmal erfolgt der Kauf unter der Bedingung, daß der Makler vom Käufer drei bis fünf Prozent des Kaufpreises als Gebühr erhält. Ein Käufer muß, wenn er Pech hat, manchmal bis zu knapp fünfzehn Prozent über dem angegebenen Kaufpreis zahlen.

Es gibt allerdings ein weitverbreitetes Ritual ehrbaren Betrugs, das den doppelten Vorteil hat, der allen Franzosen lieb und teuer ist – Geld zu sparen und die Regierung zu foppen. Es handelt sich um den Kauf mit zwei Preisen. Ein typisches Beispiel sähe folgendermaßen aus: Monsieur Rivarel, ein Geschäftsmann aus Aix, möchte ein altes Landhaus verkaufen, das er geerbt hat. Er will dafür eine Million Francs. Da es sich nicht um seinen Hauptwohnsitz handelt, muß er den Gewinn aus dem Verkauf versteuern – ein für ihn schmerzlicher Gedanke. Also faßt er den Entschluß, daß der offizielle, dokumentierte Kaufpreis – der *prix declaré* – 600 000 Francs beträgt, und dafür zahlt er zähneknirschend die Steuern. Er tröstet sich damit, daß ihm die Differenz in Höhe von 400 000 Francs bar ausgehändigt wird, unter dem Tisch. Das, so führt er aus, ist nicht nur für ihn eine *affaire intéressante,* sondern auch für den Käufer, weil alle offiziellen Gebühren und Abgaben auf dem niedrigeren Preis basieren, also dem offiziell deklarierten Preis. *Voilà!* Und alle sind glücklich.

Die praktische Seite solcher Arrangements erfordert ein Gespür für den richtigen Moment und ein hohes Taktgefühl auf seiten des Notars, wenn der Zeitpunkt zur Unterschrift gekommen ist. Alle interessierten Parteien – der Käufer, der Verkäufer und der Grundstücksmakler – haben sich im Notariatsbüro versammelt; der Kaufvertrag wird laut vorgelesen, Zeile für (endlos wirkende) Zeile. Der im Vertrag bezifferte Preis ist 600 000 Francs. Die 400 000 Francs in bar, die der Käufer mitgebracht hat, müssen dem Verkäufer überreicht werden. Es wäre jedoch höchst unschicklich, wenn das in Anwesenheit des Notars geschähe. Der Notar verspürt daher ein dringendes Bedürfnis und bleibt auf dem WC, bis die Scheine gezählt sind und den Besitzer gewechselt haben. Dann kann er zurückkehren, den Scheck für den deklarierten Preis akzeptieren und die Unterzeichnung überwachen, ohne seinen juristischen Ruf zu kompromittieren. Es ist, ziemlich unfreundlich, bemerkt worden, die Grundvoraussetzungen eines Notars auf dem Lande seien ein blindes Auge und eine diplomatische Blase. Vor dem Besuch des Notars gilt es jedoch viele Hürden zu überwinden, und eines der Hauptprobleme besteht in der mehrfachen Eigentümerschaft. Nach französischem Recht wird Eigentum normalerweise den Kindern vererbt, wobei jedes Kind gleiche Anteile hat. Alle müssen ihre Zustimmung geben, bevor ihr Erbe verkauft wird, und je mehr Kinder es gibt, desto unwahrscheinlicher wird ein Verkauf, wie im Fall eines Bauernhauses in unserer Nachbarschaft. Es ist von einer Generation auf die nächste übergegangen, und in seinen Besitz teilen sich inzwischen vierzehn Vettern und Kusinen, von denen drei korsischer Herkunft sind, mit denen deshalb also laut unseren französischen Freunden eine Einigung unmöglich ist. Verschiedene Kaufinteressenten haben ihre Angebote gemacht, doch bei jeder möglichen Gelegenheit waren neun Vettern und Kusinen dafür, zwei unentschlossen und die Korsen dagegen. Das Bauernhaus ist noch immer nicht verkauft und wird zweifellos auf die achtunddreißig Kinder der vierzehn Vettern und Kusinen übergehen, um am Ende 175 entfernten Verwandten zu gehören, die einander nicht trauen.

Selbst wenn ein Besitz nur einem einzigen habsüchtigen Bauern wie Massot gehört, ist eine problemlose Transaktion nicht unbedingt gewährleistet. Der Bauer mag einen Preis fordern, den er für absurd hoch hält – eine Summe, die ihn bis ans Ende seiner Tage mit Essen und Trinken versorgen würde. Ein Käufer erscheint und akzeptiert diesen inflationären Preis. Der Bauer vermutet sofort einen Trick. Das ging ihm zu rasch. Der Preis muß zu niedrig sein. Er nimmt das Haus vom Markt, um es sechs Monate später noch einmal mit einem höheren Preis zu versuchen.

Und dann gibt es da die winzigen Unannehmlichkeiten, die ganz nebenbei in letzter Minute erwähnt werden: ein Nebengebäude, das beim Kartenspiel an den Nachbarn verloren wurde; ein altes Wegerecht, das praktisch ganzen Ziegenherden zweimal jährlich den Durchzug mitten durch die Küche erlaubt; ein Rechtsstreit über Brunnenwasser, der sich seit 1958 bitter und ungelöst hinzieht; der betagte Dauermieter, der ganz bestimmt noch vor dem kommenden Frühjahr sterben wird – irgendeine unerwartete Sache gibt es immer, und ein Käufer braucht Geduld und Humor, um die Verhandlungen bis zum Ende durchzustehen.

Ich versuchte, Tony auf diese regionalen Eigenheiten hinzuweisen, während wir zum Büro einer Grundstücksmaklerin fuhren, mit der meine Frau und ich bekannt waren. Die Mühe hätte ich mir jedoch sparen können. Tony war, nach eigenem bescheidenen Bekenntnis, ein durchtriebener und mit allen Wassern gewaschener Meister im Verhandeln. Er hatte mit den großen Jungs von der Madison Avenue hart gepokert, und um ihn auszuspielen brauchte es ein wenig mehr als französische Bürokratie oder einen Bauern. Mir kamen Zweifel, ob es vernünftig gewesen war, ihm überhaupt eine Maklerin zu empfehlen, die ohne Autotelefon und elektronisches Notizbuch auskam.

Die Maklerin kam uns am Eingang ihres Büros entgegen und reichte uns zwei dicke Akten mit Fotos und Daten von Häusern. Sie sprach kein Englisch, und Tony sprach rudimentärstes Französisch, und da eine direkte Kommunikation unmöglich war, benahm er sich so, als wäre die Maklerin gar nicht da. Es war eine besonders arrogante Form schlechten Benehmens, die noch unerträglicher wurde, weil Tony annahm, daß man sich einer beleidigenden Ausdrucksweise bedienen kann, wenn man ohnehin nicht verstanden wird. Ich hatte eine extrem unangenehme halbe Stunde, während Tony die Akten durchblätterte. Er murmelte in Abständen »leck mich am Arsch« und »die haben einen Knall«, während ich schwache Versuche unternahm, seine Kommentare in irgendwelchen Unsinn zu übersetzen – er sei von den Preisen überrascht etc.

Er war von dem festen Vorsatz ausgegangen, ein Häuschen mitten im Dorf zu kaufen, ohne Grund und Boden. Er war viel zu beschäftigt, um sich mit einem Garten abzugeben. Als er jedoch die Immobilien studierte, wurde mir deutlich, daß er sich als provenzalischen Edelmann mit Weinbergen und Olivenhainen zu betrachten begann. Zum Schluß plagte ihn die Überlegung, wo er einen Tennisplatz einrichten könnte. Zu meiner Enttäuschung gab es drei Anwesen, die er seiner Aufmerksamkeit für würdig hielt.

»Die sehn wir uns am Nachmittag an«, verkündete er, machte sich in seinem Filofax Notizen und sah auf die Uhr. Ich fürchtete schon, er wollte das Telefon der Maklerin für einen internationalen Anruf beschlagnahmen. Er reagierte aber nur auf ein Signal seines Magens. »Jetzt fallen wir über ein Restaurant her«, meinte er. »Um zwei sind wir zurück.« Die Maklerin lächelte und nickte, als Tony ihr mit zwei Fingern winkte. Damit verließen wir die völlig erschöpfte Frau.

Beim Mittagessen machte ich Tony klar, daß ich ihn und die Maklerin am Nachmittag nicht begleiten würde. Er war überrascht, daß ich etwas Besseres zu tun haben könnte, bestellte jedoch eine zweite Flasche Wein und verkündete, Geld sei ein internationales Verständigungsmittel, und er rechne mit keinerlei Schwierigkeiten. Als die Rechnung kam, stellte er leider fest, daß weder seine goldene American-Express-Karte noch sein Bündel Reiseschecks, die einzulösen er nicht die Zeit gefunden hatte, beim Eigentümer des Restaurants auf Interesse stießen. Ich zahlte und ließ eine Bemerkung über gewisse internationale Verständigungsmittel fallen. Tony fand das gar nicht lustig.

Ich verließ ihn mit einer Mischung aus Erleichterung und Schuldgefühl. Lümmel sind immer unangenehm, doch wenn man sich im Ausland befindet und sie gleicher Nationalität sind, fühlt man sich irgendwie verantwortlich. Am Tag darauf rief ich bei der Maklerin an, um mich zu entschuldigen. »Keine Angst«, sagte sie. »Pariser sind oft genauso schlimm. Ich konnte wenigstens nicht verstehen, was er gesagt hat.«

Die endgültige Bestätigung, daß die warme Witterung von Dauer war, lieferte Monsieur Menicuccis Garderobe. Er war wegen der vorbereitenden *études* für sein Sommerprojekt gekommen – unsere Zentralheizung. Seine Wollmütze war durch ein leichtes Baumwollmodell mit einem Werbespruch für sanitäre Anlagen ersetzt worden, und statt der Thermalschneestiefel trug er braune Stoffstiefel. Sein Assistent, *Jeune*, kam in Guerilla-Ausrüstung mit militärischer Kluft und Dschungelkäppi. Die beiden marschierten zusammen durch unser Haus und nahmen die Maße, wobei Menicucci seine gesammelten Gedanken und Denkwürdigkeiten zum besten gab.

Hauptthema war diesmal die Musik. Er hatte mit seiner Frau

eben erst an einem offiziellen Essen der Handwerker- und Klempnerinnung teilgenommen, dem ein Ball folgte, und Tanzen war eine seiner vielen Fähigkeiten. »Jawohl, Monsieur Peter«, sagte er, »wir haben bis sechs Uhr früh getanzt. Ich hatte Beine wie ein Achtzehnjähriger.« Ich konnte mir die beiden vorstellen – wie er, agil und korrekt, Madame über den Tanzboden wirbelte – und fragte mich, ob er für solche Anlässe wohl extra eine Ballmütze besäße, weil man sich ihn barhäuptig unmöglich vorstellen konnte. Bei dem Gedanken muß ich wohl gelächelt haben. »Ich weiß«, sagte er. »Sie glauben, Walzer ist keine richtige Musik. Echte Musik haben nur die großen Komponisten geschrieben.«
Er trug daraufhin eine bemerkenswerte Theorie vor, die ihm in den Sinn gekommen war, als er während eines Stromausfalls, wie die französischen Elektrizitätswerke ihn in regelmäßigen Abständen durchführen, Klarinette gespielt hatte. Elektrizität, so meinte er, sei eine Sache von Wissenschaft und Logik. Klassische Musik sei eine Sache von Kunst und Logik. *Vous voyez?* Da wird gleich ein gemeinsamer Nenner deutlich. Und wenn man dem disziplinierten und logischen Fortgang einiger Werke Mozarts folge, wäre eine Schlußfolgerung unausweichlich: Mozart hätte einen hervorragenden Elektriker abgegeben.
Der Notwendigkeit, darauf zu antworten, enthob mich *Jeune,* der durchgezählt hatte, wie viele Heizkörper wir brauchen würden, und dabei auf zwanzig gekommen war. Menicucci nahm die Nachricht mit einem Zucken entgegen, als ob er sich die Finger verbrannt hätte. »*Oh là là.* Das wird mehr als ein paar *centimes* kosten.« Er sprach von mehreren Millionen Francs, sah mein erschrockenes Gesicht und teilte dann die Zahl durch hundert; er hatte in *anciens francs*

gerechnet. Aber auch so handelte es sich um einen anständigen Betrag. Da waren die hohen Kosten von Gußeisen plus die Mehrwertsteuer von 18,6 Prozent, die ihn veranlaßte, eine irrsinnige steuerliche Unregelmäßigkeit zu erwähnen, die für die Gaunerei von Politikern typisch sei.

»Sie kaufen ein Bidet«, sagte er und stieß mir mit seinem Zeigefinger in die Rippen, »und dafür zahlen Sie die volle Mehrwertsteuer. Das gleiche bei einer Waschmaschine oder einer Schraube. Aber ich will Ihnen etwas sagen, das *scandaleux* und völlig falsch ist. Sie kaufen einen Topf Kaviar, und dafür werden Sie nur sechs Prozent Mehrwertsteuer zahlen, weil er als *nourriture* eingestuft ist. Nun sagen Sie mir eins: Wer ißt Kaviar?« Ich plädierte auf unschuldig. »Ich will es Ihnen sagen. Es sind die Politiker, die Millionäre, die *grosses légumes* in Paris – das sind die Kaviar-Esser. Es ist eine Schande.« Er wütete gegen Kaviarorgien im Élysée-Palast, als er davonstapfte, um *Jeunes* Heizkörper-Arithmetik zu überprüfen.

Der Gedanke, daß Menicucci hier fünf oder sechs Wochen lang alles in Beschlag nehmen und sich mit einem Bohrer, der fast so dick wäre wie er, durch die dicken Mauern drillen und die Luft mit Staub und seinen laufenden Kommentaren füllen könnte, erfüllte mich nicht mit Freude. Es würde ein dreckiger und langwieriger Arbeitsprozeß sein, der praktisch jedes Zimmer im Haus erfaßte. Doch eine der Freuden des Lebens in der Provence, sagten wir uns dann, bestand darin, daß man unterdessen im Freien leben kann. Selbst so früh im Jahr waren die Tage schon fast heiß, und als die Sonne durchs Schlafzimmerfenster fiel und uns um sieben Uhr weckte, beschlossen wir, die Freiluftsaison ernsthaft am kommenden Sonntag zu beginnen.

Zu jedem anständigen Sonntag gehört ein Besuch des Markts. Um acht waren wir in Coustellet. Auf dem Platz hinter dem unbenutzten Bahnhof standen Reihen ältlicher Laster und Transporter; vor jedem stand ein Aufstelltisch. Eine Schiefertafel gab die Tagespreise für die Gemüse bekannt. Die Standhalter, bereits gebräunt vom Aufenthalt auf den Feldern, aßen Croissants und Brioches von der Bäckerei gegenüber, die noch warm waren. Wir beobachteten einen alten Mann, der ein Baguette längs aufschnitt, auf das er in einer cremigen Schicht frischen Ziegenkäse strich, bevor er sich aus einer Literflasche, die ihm bis zum Mittagessen reichen würde, ein Glas Rotwein einschenkte.

Der Markt in Coustellet ist klein im Vergleich zu den Wochenmärkten in Cavaillon, Apt und Isle-sur-la-Sorgue und noch nicht in Mode gekommen. Statt der Kameras trugen die Kunden hier Körbe, und nur im Juli und August kann man gelegentlich einer arroganten Pariserin im Trainingsanzug von Dior mit ihrem nervösen Hündchen begegnen. Für den Rest der Saison trifft man nur auf Leute aus der Umgebung und Bauern, die herbringen, was sie ein paar Stunden zuvor von den Feldern oder aus den Gewächshäusern geholt haben.

Wir gingen langsam an den Reihen der Aufstelltische entlang und bewunderten die erbarmungslose französische Hausfrau bei ihrer Arbeit. Im Unterschied zu uns gibt sie sich nicht damit zufrieden, ein Erzeugnis anzuschauen, bevor sie kauft. Sie prüft wirklich – drückt Auberginen, beriecht Tomaten, knackt zwischen ihren Fingern streichholzdünne *haricots verts*, stochert argwöhnisch im feuchten grünen Herz von Salaten, kostet Käse und Oliven – und wenn es ihren persönlichen Maßstäben nicht entspricht, wirft sie, bevor sie anderswo kaufen geht, dem Mann am Stand einen Blick zu, als hätte er sie betrogen.

Am einen Ende des Marktes standen um einen Kleintransporter der Winzer-Kooperative Männer, die ihre Zähne nachdenklich im neuen Rosé spülten. Daneben verkaufte eine Frau Freiland-Eier und lebende Kaninchen. Hinter ihr waren die Tische hoch bepackt mit Gemüsen, kleinen duftenden Büscheln von Basilikum, Gläsern mit Lavendelblütenhonig, großen grünen Flaschen mit erstgepreßtem Olivenöl, Tabletts mit Gewächshauspfirsichen und Töpfen mit schwarzer *tapénade* und Blumen, Kräutern, Marmeladen und Käse – das alles sah in der frühen Morgensonne ganz köstlich aus.

Wir kauften rote Paprika zum Grillen, frische braune Eier, Basilikum, Pfirsiche, Ziegenkäse und rosagestreife Zwiebeln. Und als der Korb mehr nicht faßte, gingen wir über die Straße, um einen halben Meter Brot zu kaufen – das *gros pain,* mit dem man Reste von Olivenöl oder Sauce Vinaigrette auf dem Teller optimal aufsaugen kann. Die Bäckerei war gedrängt voll und lärmig und roch nach warmem Teig und nach Mandeln, die früher am Morgen in die Kuchen verarbeitet worden waren. Während wir warteten, mußten wir daran denken, daß die Franzosen von ihrem Einkommen angeblich so viel auf ihren Magen verwenden wie die Engländer für ihre Autos und Stereo-Anlagen. Es war nicht zu übersehen.

Alle schienen für ein ganzes Regiment einzukaufen. Eine rundliche, frohgelaunte Frau kaufte sechs Brote – drei Meter Brot! –, ein Schokoladenbrioche von der Größe eines Huts und ein ganzes Rad Apfelkuchen mit den dünnen Apfelscheiben in konzentrischen Ringen unter der Glasur einer Apriko-

sensauce. Wir spürten plötzlich, daß wir völlig vergessen hatten zu frühstücken.
Wir kompensierten es mit dem Mittagessen: kalte gegrillte Paprika mit Olivenöl und frischem Basilikum, winzige Muscheln in Speckringen auf Spießen gegrillt, Salat und Käse. Die Sonne schien heiß, und der Wein machte uns schläfrig. Und dann hörten wir das Telefon klingeln.
Wenn an einem Sonntag zwischen zwölf und drei Uhr nachmittags das Telefon läutet, ist am anderen Ende der Leitung immer ein Engländer; ein Franzose würde nicht im Traum auf die Idee kommen, bei der entspanntesten Mahlzeit der ganzen Woche zu stören. Ich hätte es läuten lassen sollen. Der Tony aus der Werbebranche meldete sich zurück, und dem fehlenden Krackeln in der Leitung nach zu urteilen war er verdammt nah.
»Wollte nur Bodenkontakt aufnehmen.« Ich konnte hören, wie er einen tiefen Zug von der Zigarette inhalierte, und beschloß, einen Anrufbeantworter anzuschaffen, der mit allen fertig würde, die sonntags Bodenkontakt aufnehmen wollten.
»Glaube, ich hab was gefunden.« Er wartete die Wirkung seiner Verlautbarung gar nicht ab und konnte nicht spüren, wie mir das Herz sank. »Ziemlich weit von Ihnen entfernt. Näher zur Küste.« Ich sagte, ich sei entzückt; je näher der Küste, desto besser. »Braucht eine Menge Änderungen. Werde weniger zahlen als verlangt. Denke meine Bauleute rüberzuschicken. Haben das Büro in sechs Wochen geschafft. Von oben bis unten. Iren, aber verdammt gut. Würden das hier in einem Monat umkrempeln.«
Ich war versucht, ihm abzuraten. Die Vorstellung, ein irischer Bautrupp sei den Versuchungen einer Baustelle in der

Provence ausgesetzt – der Sonne, dem billigen Wein, endlosen Gelegenheiten, die Arbeit hinauszuschieben, während der Hauseigentümer viel zu weit weg war, um einzuschreiten – war einfach grotesk. Ich sah Mr. Murphy und seine irischen Kumpane vor mir, wie sie die Arbeit bis in den Oktober hinein ausdehnten und ihre Familien für Ferien im August vielleicht sogar aus Donegal herüberkommen ließen und sich überhaupt eine schöne Zeit machten. Ich ließ Tony wissen, er wäre gut beraten, Arbeitskräfte aus der Umgebung zu verwenden. Er solle sich einen Architekten suchen, der sie ihm beschaffe.

»Brauch keinen Architekten«, sagte er. »Weiß genau, was ich will.« Typisch. »Warum teures Geld ausgeben für ein paar Skizzen?« Ihm war einfach nicht zu helfen. Er wußte alles besser. Ich fragte, wann er nach England zurückfliege. »Heut abend«, sagte er und geleitete mich dann durch die nächsten hektischen Seiten seines Filofax: ein Kundentermin am Montag, drei Tage in New York, eine Verkaufskonferenz in Milton Keynes. Er leierte das mit dem spöttischen Gelangweilt-Tun eines unersetzlichen Topmanagers herunter. Ich gönnte ihm jede Minute. »So oder so«, sagte er. »Wir halten Kontakt. Werde den Vertrag die nächsten ein bis zwei Wochen nicht abschließen. Werde Sie informieren, sobald die Tinte trocken ist.«

Meine Frau und ich saßen am Swimmingpool und fragten uns nicht zum erstenmal, warum wir beide es so schwer fanden, dickhäutige und unzivilisierte Menschen loszuwerden. Von der Sorte würden wir im Laufe des Sommers mehr begegnen. Sie würden betteln um Essen und Trinken, ein Schlafzimmer, das Schwimmen im Pool und einen Chauffeur zum Flughafen. Wir hielten uns nicht für unsozial oder einsiedlerisch, doch unser Erlebnis mit dem dynamischen Tony hatte gereicht, uns daran zu erinnern, daß wir in den kommenden Monaten Festigkeit und List brauchen würden. Und einen Anrufbeantworter.

Der bevorstehende Sommer hatte offenbar auch Massot bewegt, weil ich ihn einige Tage später im Walde eifrig seine Anti-Camper-Kampagne vervollständigen sah. Unter den Schildern, die er mit der Aufschrift *Privé* angenagelt hatte, befestigte er jetzt eine kurze, aber alarmierende Warnung: *Attention vipères!* Es war die perfekte Abschreckungsmethode – das klang gefährlich, ohne sicht- oder hörbar dokumentiert werden zu müssen wie etwa bei Warnungen vor bissigen Hunden, elektrischen Zäunen und Wachmännern mit Maschinenpistolen. Selbst der entschlossenste Camper würde sich's überlegen, bevor er sich in einen Schlafsack einwickelte, unter dem sich Schlangen am Boden ringeln könnten. Ich fragte Massot, ob es im Lubéron tatsächlich Schlangen gäbe. Er schüttelte ob dieses neuerlichen Zeichens von Unwissenheit bei Ausländern nur den Kopf.

»*Eh oui*«, sagte er, »nicht groß –« er hielt seine Hände hoch und etwa fünfundzwanzig Zentimeter auseinander –, »aber wer gebissen wird, muß innerhalb von fünfundvierzig Minuten beim Arzt sein oder ...« Er schnitt mit seitlich geneigtem Kopf eine gräßliche Grimasse und rollte die Zunge im Mund. »Es heißt: Wenn eine solche Schlange einen Mann beißt, stirbt der Mann. Wenn sie aber eine Frau beißt –« er beugte sich vor und wackelte mit den Augenbrauen –, »stirbt die Schlange.« Er schnaufte belustigt und bot mir eine von seinen dicken gelben Zigaretten an. »Man sollte hier nie ohne Stiefel herumlaufen.«

Laut Professor Massot meidet die Lubéronviper für gewöhnlich Menschen. Sie greift nur an, wenn sie provoziert wird. Falls das passiert, so empfiehlt Massot, im Zickzack davonzusausen, möglichst bergauf, weil eine wütende Schlange auf ebenem Boden in kurzen Sprüngen geradeaus fast so schnell wie ein Mann sprinten könnte. Ich sah mich nervös um. Massot lachte. »Sie können sich aber natürlich immer mit einem alten Bauerntrick helfen: Packen Sie sie hinter dem Kopf und drücken Sie zu, bis ihr der Mund offensteht. Spucken Sie ihr in den Mund, und – *plok!* – sie ist tot.« Er spuckte zur Illustrierung aus und pochte einem meiner Hunde auf den Kopf. »Am besten«, sagte Massot, »nehmen Sie immer eine Frau mit. Frauen können nicht so schnell rennen wie Männer. Da schnappt die Schlange zuerst die Frau.« Er ging zum Frühstück ins Haus zurück, und ich bahnte mir unter äußerster Vorsicht meinen Weg durch den Wald und übte mich im Spucken.

Das Osterwochenende kam. Unsere Kirschbäume – wir hatten rund dreißig – standen in Blüte. Von der Straße her sah es so aus, als ob unser Haus auf einem rosaweißen See schwämme. Autofahrer hielten an, um Fotos zu machen oder ein Stück die Einfahrt hochzukommen, bis das Bellen der Hunde sie zur Umkehr veranlaßte. Eine Gruppe, die abenteuerlustiger war als die übrigen, fuhr bis vors Haus. Ihren Wagen mit Schweizer Nummernschild parkten sie am Straßenrand. Ich ging hinaus, um zu sehen, was sie wollten.
»Wir werden hier unser Picknick machen«, erklärte der Fahrer.
»Tut mir leid. Das ist Privatgrund.«
»Nein, nein«, erklärte er und wedelte mit einer Landkarte. »Das ist der Lubéron.«

»Nein, nein«, widersprach ich, »*das* ist der Lubéron«, und deutete auf die Berge.
»Aber da kann ich mit dem Auto nicht hin.«
Schließlich fuhr er wutschnaubend davon und hinterließ in dem Gras, aus dem wir einen Rasen zu machen versuchten, tiefe Reifenspuren. Die Tourismussaison hatte begonnen.
Am Ostersonntag war der Parkplatz oben im Dorf voll. Kein einziges Auto hatte ein Nummernschild aus der näheren Umgebung. Die Besucher gingen in den engen Gassen auf Entdeckungsreise, blickten neugierig in die Wohnräume anderer Menschen hinein und gruppierten sich vor der Kirche für Fotos. Der junge Mann, der den ganzen Tag über auf einer Haustreppe neben der *épicerie* saß, bettelte jeden Vorübergehenden um zehn Francs fürs Telefonieren an, die er dann im Café versetzte.
Das Café du Progrès hat sich beharrlich und mit Erfolg jeglicher modernen Verschönerung widersetzt. Für Innenarchitekten muß es ein Alptraum sein, mit Tischen und Stühlen, die nicht zueinander passen, mit düsterem Wandputz und einem WC, das gleich neben einem Eiskremschrank blubbert und gluckst. Der Eigentümer ist unfreundlich. Seine Hunde haben ein unvorstellbar dreckiges Fell. Aber von der Terrasse mit ihren Glasfenstern, gleich neben dem WC, hat man eine spektakuläre, weite Aussicht und trinkt dort gern ein Bier, um das Spiel des Lichts über den Hügeln und Dörfern zu beobachten, die sich bis hin zu den Basses-Alpes erstrecken.
Ein Schild warnt, keine Zigarettenstummel aus dem Fenster zu werfen – es hatte Beschwerden von Kunden des druntergelegenen Freiluftrestaurants gegeben –, doch sofern man diese Vorschrift beachtet, hat man seine Ruhe. Die Stamm-

gäste bleiben an der Bar. Die Terrasse ist für Touristen da. Am Ostersonntag war sie gedrängt voll.
Da waren die gesunden Holländer in Wanderstiefeln mit ihren Rucksäcken; die mit Leicas und schwerem Modeschmuck behängten Deutschen; die verächtlichen schicken Pariser, die ihre Sonnenbrillen nach Bakterien absuchten; ein Engländer in Sandalen und im offenen, gestreiften Hemd, der auf dem Taschenrechner sein Urlaubsbudget nachkalkulierte, während seine Frau an die Nachbarn daheim Postkarten schrieb. Die Hunde schnüffelten unter den Tischen nach Zuckerwürfeln, was die hygienebewußten Pariserinnen zum Rückzug veranlaßte. Das Radio versuchte – umsonst – mit einem Yves-Montand-Chanson gegen sanitäre Geräuscheffekte anzukommen. Die Stammgäste aus dem Ort knallten ihre leeren *Pastis*-Gläser auf die Theke und trollten sich zum Mittagessen nach Hause.
Vor dem Café standen drohend drei Autos. Wenn eins von ihnen zehn Meter zurückgesetzt hätte, hätten sie aneinander vorbeifahren können, aber ein französischer Automobilist betrachtet es als moralische Niederlage zu weichen, so wie er es als moralische Verpflichtung empfindet, immer dort zu parken, wo er ein Maximum an Ärger verursacht. Wichtig ist ihm auch, in unübersichtlichen Kurven zu überholen. Man sagt, die Italiener seien gefährliche Autofahrer, doch wenn es um wahrhaft mörderischen Wahnsinn geht, setze ich mein Geld auf einen Franzosen, der mit hungrigem Magen und Verspätung trotz starkem Gegenverkehr rücksichtslos die N100 hinunterdüst.
Ich fuhr aus dem Dorf hinaus und hatte gerade den ersten Unfall dieser Saison verpaßt. Ein alter weißer Peugeot war am Ende der Ausfahrt rückwärts gegen einen Telegraphen-

mast gefahren und zwar mit genügend Karacho, um den Holzmast abzuknicken. Nirgends ein anderer Wagen. Die Fahrbahn war trocken; Kurven hatte die Straße nicht. Man konnte sich eigentlich gar nicht vorstellen, wie die Rückseite des Autos und der Mast mit solcher Kraft aneinandergeraten waren. Ein junger Mann stand mitten auf der Straße und kratzte sich am Kopf. Er grinste, als ich anhielt.

Ich fragte, ob er verletzt sei. »Ich bin in Ordnung«, sagte er, »aber das Auto ist wohl *foutu.*« Ich sah auf den Telegraphenmast, der sich über den Wagen neigte und nur von der durchhängenden Telefonleitung gehindert wurde, noch weiter herabzusinken. Der war auch *foutu.*

»Wir müssen uns beeilen«, sagte der junge Mann. »Keiner darf was erfahren.« Er legte einen Finger über die Lippen. »Können Sie mich bis nach Hause mitnehmen? Es liegt am Weg. Ich brauche den Traktor.« Er stieg ein, und mir wurde die Unfallursache gleich klar. Er roch, als ob er in Ricard mariniert worden wäre. Er erklärte, sein Wagen müsse rasch und heimlich fortgeschafft werden. Wenn die Post herausfände, daß er einen ihrer Masten attackiert hätte, würde er zahlen müssen. »Keiner darf was erfahren«, wiederholte er und stieß wie zur Betonung ein- oder zweimal auf.

Ich lieferte ihn ab und fuhr heim. Eine halbe Stunde später fuhr ich wieder los, um zu sehen, ob das heimliche Fortschaffen des Autos geklappt hatte. Es stand aber noch da, umringt von einer Gruppe von Bauern im lebhaften Gespräch. Außerdem zwei weitere Autos und ein Traktor, der die Straße blockierte. Während ich zuschaute, kam noch ein Auto, dessen Fahrer auf die Hupe drückte, damit der Traktor ihm Platz machte. Der Traktorfahrer deutete auf das Wrack und zuckte die Schultern. Die Hupe tutete erneut, diesmal mit einem Dauerplärren, das von den Bergen zurückhallte und bestimmt noch im zwei Kilometer entfernten Ménerbes zu hören war. Der Auflauf hielt sich eine weitere halbe Stunde, bis der Peugeot endlich aus dem Graben gehoben wurde, in Richtung der örtlichen Reparaturwerkstatt entschwand und der Telegraphenmast, der in der Hitze bedrohlich knackte, allein zurückblieb. In der Woche darauf trafen Postarbeiter ein, um ihn zu ersetzen. Sie lockten ein paar Schaulustige an. Sie fragten einen der Bauern, was passiert sei. Er zuckte unschuldig die Schulter. »Wer weiß?« sagte er. »Holzwürmer?«

Unser Freund aus Paris musterte sein leeres Weinglas mit einem Erstaunen, als ob der Drink sich verflüchtigt hätte, als er nicht hinschaute. Ich schenkte nach. Er machte es sich im Sessel bequem, mit dem Gesicht zur Sonne.

»In Paris haben wir noch die Heizung an«, sagte er und nahm einen Schluck des kühlen süßen Weins aus Beaume de Venise. »Es hat wochenlang geregnet. Ich kann verstehen, warum es dir hier gefällt. Aber für mich wär das nichts.«

Es schien ihm trotzdem zu gefallen, dies Sonnenbad nach dem Essen in der Wärme, aber ich wollte mich mit ihm darüber nicht streiten.

»Du fändest es unerträglich«, sagte ich. »Von der Sonne würdest du wahrscheinlich Hautkrebs bekommen und vom vielen Weintrinken Leberzirrhose. Und falls du dich hier je wohl fühlen solltest, würde dir das Theater fehlen. Und außerdem – was würdest du hier den ganzen Tag über tun?«

Er blinzelte mich schläfrig an und setzte sich die Sonnenbrille auf. »Genau.«

Es war Teil einer längst vertrauten Litanei: Fehlen dir denn nicht deine Freunde?
Nein. Sie kommen mich hier besuchen.
Fehlt dir denn das englische Fernsehen nicht?
Nein.
Aber es muß doch etwas in England geben, was dir fehlt.
Orangenmarmelade.
Und dann würde die eigentliche Frage folgen, die immer halb ernst, halb humorvoll gestellt wird: Aber was machst du eigentlich den ganzen Tag? Unser Freund aus Paris faßte es in andere Worte: »Wird dir nicht langweilig?«
Uns war nicht langweilig. Dafür war nie Zeit. Wir fanden die Alltagskuriositäten des französischen Landlebens amüsant und interessant. Wir hatten Spaß am allmählichen Umbau unseres Hauses – damit es unseren Wünschen und Bedürfnissen entsprach. Da war der Garten, der geplant und bepflanzt werden mußte. Der Platz fürs *Boules*-Spiel mußte angelegt werden. Es gab eine neue Sprache zu lernen, Dörfer und Weinberge und Märkte zu entdecken. Die Tage vergingen schnell genug ohne sonstige Ablenkungen, an denen es übrigens nie fehlte. Die vorausgegangene Woche war voller Ablenkungen gewesen.
Sie begannen am Montag mit dem Besuch von Marcel, dem Briefträger. Er war ganz aus dem Häuschen, nahm sich kaum die Zeit, uns die Hand zu schütteln, weil er wissen wollte, wo ich den Briefkasten versteckt hätte. Er mußte seine Route beenden, es war fast zwölf, wie konnte ich von ihm erwarten, daß er Briefe zustellte, wenn er *cache-cache* mit dem Briefkasten spielen mußte. Wir hatten ihn nicht versteckt. Soweit mir bekannt war, befand er sich am Ende der Auffahrt fest und sicher an einem Stahlrohr. »*Non*«, sagte der Briefträger.

»Er ist versetzt worden.« Da half nichts, als mit ihm gemeinsam die Einfahrt hinunterzugehen und unter den Büschen fünf Minuten nach dem Briefkasten zu suchen. Umsonst – unter den Büschen war kein Anzeichen dafür zu finden, daß es je einen Briefkasten gegeben hatte – bis auf das Loch des Briefkastenrohrs in der Erde. »*Voilà!*« sagte der Briefträger. »Genau, wie ich gesagt habe.« Es machte mir Mühe, zu glauben, daß jemand einen Briefkasten gestohlen haben könnte, aber da war er anderer Meinung. »Das ist völlig normal«, sagte er. »Hier in der Gegend sind die Leute *mal fini.*« Ich fragte, was das Wort bedeute. »Verrückt.«

Wir gingen zum Haus zurück, um mit einem Gläschen seine gute Laune wiederzubeleben und die Einrichtung eines neuen Briefkastens zu besprechen, den er mir gern verkaufen wollte. Wir kamen überein, daß der Briefkasten in den Rand eines alten Brunnens eingebaut werden sollte, in der vorgeschriebenen Höhe von siebzig Zentimetern über dem Boden, so daß der Postbote Briefe abwerfen konnte, ohne aus seinem Kombi aussteigen zu müssen. Der Brunnen mußte selbstverständlich studiert und abgemessen werden, und dann war es Zeit, zu Mittag zu essen. Um zwei Uhr wurden dann die Postgeschäfte wieder aufgenommen.

Ein paar Tage später wurde ich durch ein Hupen aus dem Haus gerufen und fand die Hunde vor, wie sie einen neuen weißen Mercedes umkreisten. Der Fahrer war nicht willens, die Sicherheit des Wageninneren aufzugeben, ließ sich jedoch auf das Risiko ein, sein Fenster zur Hälfte herunterzulassen. Ich schaute ins Innere des Wagens und sah ein kleines, braungebranntes Paar, das mich nervös anstarrte. Die beiden beglückwünschten mich zu meinen wilden Hunden und baten um Erlaubnis auszusteigen. Beide trugen Stadtkleidung, der Mann einen eng geschnittenen Anzug, seine Frau Hut und Mantel und Lackschuhe.

Welch ein Glück, daß sie mich daheim anträfen, erklärten sie. Und was für ein wunderschönes Haus! Ob ich schon lang hier wohne? Nein? Dann könnte ich gewiß ein paar echte Orientteppiche brauchen. Das sei für mich wirklich ein Glückstag, weil sie soeben von einer wichtigen Teppichmesse aus Avignon zurückkehrten, und zufällig hätten sie noch einige unverkaufte Prachtstücke bei sich. Vor der Rückkehr nach Paris – wo Leute von Geschmack sich um sie reißen würden – hätten sie noch ein wenig durchs Land fahren wollen, und so hätte das Schicksal sie zu mir geführt. In Anbetracht dieses glücklichen Zufalls seien sie bereit, mich aus ihren exquisiten Schätzen wählen zu lassen – zu interessanten Preisen, wie sie anmerkten.

Während der quecksilbrige kleine Mann mir die frohe Botschaft verkündete, hatte seine Frau Teppiche aus dem Wagen geladen und kunstvoll an der Einfahrt ausgebreitet und laut den Reiz des einen oder anderen kommentiert – »Ach, welch eine Schönheit!« oder: »Sehen Sie sich doch nur die Farben im Sonnenlicht an!« oder: »Dieser hier – ach, wird mir das weh tun, mich von ihm zu trennen.« Sie trat in ihren glitzernden Lackschuhen einen Schritt zurück und wieder vor und sah mich gemeinsam mit ihrem Mann erwartungsvoll an.

Teppichhändler haben in der Provence keinen guten Ruf; einen Mann *marchand de tapis* zu nennen bedeutet bestenfalls, daß er unzuverlässig, schlimmstenfalls, daß er skrupellos unehrlich ist. Man hatte mir auch gesagt, daß Teppichhändler eine Gegend oft für ihre diebischen Kompagnons auskundschaften. Und es war stets möglich, daß die Teppiche nicht echt oder gar gestohlen waren.

Sie sahen allerdings nicht unecht aus, und ein kleiner Läufer gefiel mir sehr. Ich machte den Fehler, das offen zu sagen, und Madame warf ihrem Mann mit dem Ausdruck wohleinstudierter Überraschung einen Blick zu. »Wie außerordentlich!« rief sie. »Hat Monsieur aber ein gutes Auge! Ohne Zweifel, das ist auch mein Lieblingsstück. Aber wollen Sie nicht noch etwas Größeres?« Leider, sagte ich, besäße ich keinen Pfennig. Aber das wurde nur als unwichtige und vorübergehende Unpäßlichkeit beiseitegeschoben: Ich könne immer später zahlen – und bei Barzahlung gebe es einen beträchtlichen Nachlaß. Ich sah mir den Läufer noch einmal an. Einer der Hunde hatte sich daraufgelegt und schnarchte sanft vor sich hin. Madame krähte vor Vergnügen. »Sehen Sie, Monsieur? Der *toutou* hat für Sie entschieden.« Ich gab mich geschlagen. Nach drei Minuten laienhaften Feilschens meinerseits war der Preis auf die Hälfte reduziert, und ich ging das Scheckheft holen. Die beiden sahen aufmerksam zu, als ich den Scheck ausstellte, und baten mich, keinen Namen einzutragen. Mit dem Versprechen, im nächsten Jahr wiederzukommen, fuhren sie langsam um unseren neuen Läufer und den schlafenden Hund herum, und Madame lächelte und winkte aus ihrem Teppichnest wie eine Königin. Der Besuch hatte den ganzen Morgen in Anspruch genommen.

Die Woche endete mit einer unangenehmen Überraschung. Einem Laster mit Kies versackten beim Rückwärtssetzen zur Entladungsstelle plötzlich die Vorderräder im Boden. Es gab einen Riß in der Erde, und der Laster ging hinten in die Höhe. Ein starker, unverkennbarer Gestank füllte die Luft. Der Fahrer stieg aus, um den Schaden zu begutachten, und sagte, ohne zu wissen, wie genau er die Sachlage erfaßte, das in diesem Augenblick einzig passende Wort: »*Merde!*«

Er saß über der Senkgrube fest.
»Du siehst«, erklärte ich meinem Freund aus Paris, »es gibt hier eigentlich nie einen langweiligen Augenblick.«
Er antwortete nicht. Ich faßte zu ihm hinüber und nahm ihm die Sonnenbrille ab. Vom grellen Licht wachte er auf.
»Wie bitte?«

Mai

Der Erste Mai fing gut an, mit einem herrlichen Sonnenaufgang, und weil es ein Nationalfeiertag war, gedachten wir ihn korrekt auf französische Art zu feiern, indem wir dem Sommersport huldigten – und so schwangen wir uns auf die Fahrräder.

Willensstärkere und seriösere Radler hatten seit Wochen trainiert, im Windschutz von dicken schwarzen Hosen und Gesichtsmasken, doch nun war es auch für empfindliche Amateure wie uns warm genug, um in Shorts und Pullovern loszustrampeln. Wir hatten von einem Herrn namens Edouard Canty in Cavaillon – *»vélos de qualité!«* – zwei höchst moderne Leichtmetallräder erworben und waren scharf darauf, es den bunten Gruppen örtlicher Radfahrerclubs gleichzutun, die grazil und scheinbar mühelos die stillen Landstraßen entlangschossen. Wir nahmen an, daß unsere Beine nach den ausdauernden Wintermärschen hinreichend konditioniert waren für eine bequeme Fahrt über rund fünfzehn Kilometer nach Bonnieux und weiter nach Lacoste – eine einstündige, leichte Übung zum Aufwärmen, keine besondere Strapaze.

Es war anfangs leicht genug, obwohl die schmalen, harten Sättel sehr bald Druckstellen verursachten und uns klar wurde, warum so mancher Radler sich ein bißchen Gewicht zulegt, um das Steißbein gegen die Straße zu schützen. Während der ersten Kilometer gab es nicht viel zu tun, außer dahinzugleiten und sich an der Landschaft zu freuen. Die Kirschen reiften, die Rebenskelette des Winters waren unter glänzend grünem Blattwerk verschwunden. Die Berge wirkten üppig und weich. Die Reifen ließen ein gleichmäßiges Surren vernehmen. Es gab gelegentliche Duftwolken von Rosmarin und Lavendel und wildem Thymian. Es war aufregender als Wandern, ruhiger und gesünder als Autofahren, nicht zu anstrengend und überaus reizvoll. Warum hatten wir nicht schon früher daran gedacht? Warum fuhren wir nicht jeden Tag Rad?

Die Euphorie währte, bis der Anstieg nach Bonnieux hinauf begann. Mein Fahrrad legte plötzlich Gewicht zu. Mit wachsender Steigung spürte ich in meinen Schenkeln jeden Muskel. Mein untrainierter Rücken tat mir weh. Ich vergaß die Schönheiten der Natur und wünschte, ich hätte mehr Fleisch auf den Knochen. Als wir das Dorf erreichten, schmerzte das Atmen.

Die Frau, die das Café Clérici führt, stand, die Hände in die üppigen Hüften gestemmt, vor dem Eingang. Sie betrachtete die beiden rotgesichtigen, keuchenden Gestalten, die über die

Lenkräder hingen. »*Mon dieu!* Die Tour de France fängt dieses Jahr aber früh an!« Sie brachte uns Bier, und wir genossen den Komfort von Stühlen, die für menschliche Hintern entworfen waren. Inzwischen schien uns Lacoste weit, weit weg.

Der Hang, der sich zu den Ruinen der Burg des Marquis de Sade hochwindet, war lang und steil und qualvoll. Wir hatten die Hälfte geschafft und unseren Schwung verloren, als wir das Sirren einer Gangschaltung hörten – ein drahtiger, gebräunter Mann, der Mitte sechzig schien, überholte uns. »*Bonjour*«, rief er munter, »*bon vélo*«, und zog bergauf davon. Wir strampelten mit gesenkten Köpfen und brennenden Schenkeln weiter und bereuten das Bier.

Der alte Mann kehrte zurück, bergab, wendete und glitt neben uns. »*Courage*«, rief er. Nicht einmal sein Atem ging schwer. »*C'est pas loin. Allez!*« Und er gondelte mit uns in Lacoste ein. Seine schlanken, alten Beine, die für den Fall eines Sturzes und Schürfungen glattrasiert waren, pumpten wie regelmäßig arbeitende Kolben.

Meine Frau und ich klappten auf der Terrasse eines Cafés mit Ausblick über das Tal zusammen. Heimwärts würde es wenigstens meist bergab gehen; das würden wir schon irgendwie schaffen. Der alte Herr trank einen Pfefferminz-Milchshake und berichtete, er habe schon dreißig Kilometer hinter sich und werde bis zum Mittagessen weitere zwanzig schaffen. Wir gratulierten ihm zu seiner Fitneß. »Sie ist auch nicht mehr, was sie einmal war. Die Tour zum Mont Ventoux mußte ich aufgeben, als ich sechzig wurde. Mir bleiben nur diese kleinen *promenades.*« Falls wir eine kleine Befriedigung empfunden hatten, den Hang geschafft zu haben, so war sie verflogen.

Die Rückfahrt war leichter. Als wir zu Hause ankamen, waren wir allerdings immer noch erhitzt und wund. Wir stiegen von den Rädern und gingen steifbeinig zum Pool, ließen die Kleidung fallen und tauchten ins Wasser. Wir fühlten uns wie im Himmel. Als wir nachher bei einem Glas Wein in der Sonne lagen, beschlossen wir, daß Radfahren ein regulärer Bestandteil unseres sommerlichen Lebens werden sollte. Es dauerte allerdings ein Weilchen, bis wir uns die Sättel unbedarft wieder vornehmen konnten.

Die Felder rund um das Haus waren täglich bevölkert von Gestalten, die langsam und methodisch die Landschaft durchschritten, Unkraut jäteten, Kirschbäume pflegten, die sandige Erde beackerten – ganz ohne Eile und Hast. Um zwölf Uhr ruhte die Arbeit. Man aß im Schatten eines Baumes zu Mittag, und für zwei Stunden war nichts zu hören außer den Fetzen ferner Gespräche, die in der stillen Luft Hunderte von Metern weit getragen wurden.

Faustin verbrachte die Tage hauptsächlich auf unserem Grund, traf morgens nach sieben Uhr mit Hund und Traktor ein und organisierte seine Arbeit gewöhnlich so, daß sie in der Nähe unseres Hauses endete – so nahe, daß ihm das Klirren von Flaschen und Gläsern nicht entging. Ein Glas zur Geselligkeit und um den Staub zu löschen – das war für ihn die normale Ration. Wenn sein Besuch sich jedoch auf zwei Gläser ausdehnte, stand Geschäftliches an – irgendein weiterer Schritt landwirtschaftlicher Kooperation, den er während der vorausgegangenen Stunden inmitten der Reben überdacht hatte. Er ging eine Sache nie direkt an, sondern näherte sich ihr krebsartig mit größter Vorsicht.

»Mögen Sie Kaninchen?«

Ich kannte ihn gut genug, um zu wissen, daß er nicht den Haustier-Charme eines Kaninchens ansprach, und er unterstrich das, indem er sich auf den Bauch klopfte und dabei ehrfürchtig von *civets* und *patés* redete. In einer Hinsicht seien Kaninchen, so erklärte er, freilich ein Problem – wegen ihres großen Appetits. Sie seien wie ein Faß ohne Boden. Sie fräßen täglich Kilo um Kilo. Ich nickte, hatte aber keinen Schimmer, wo sich unsere Interessen mit denen der hungrigen Kaninchen berühren sollten.

Faustin erhob sich und winkte mich ans Hoftor. Er deutete auf zwei ummauerte Felder. »Luzerne«, sagte er. »Kaninchen lieben Luzerne. Diese Felder könnten bis Herbst drei Schnitte bringen.« Ich war über die hiesige Pflanzenwelt keineswegs erschöpfend informiert und immer der Ansicht gewesen, auf diesen Feldern wuchere irgendein provenzalisches Unkraut, das es irgendwann einmal zu beseitigen gälte. Es war ein Glück, daß die Luzerne noch standen; Faustins Kaninchen hätten mir nie verziehen – ein überraschender Erfolg des Gärtnerns durch Nichtstun. Um sicherzugehen, daß ich den springenden Punkt begriffen hatte, gestikulierte Faustin mit seinem Glas noch einmal zum Feld hin und wiederholte: »Kaninchen lieben Luzerne.« Er machte Knabbergeräusche. Ich erklärte ihm, er könnte von den Luzernen soviel haben, wie seine Kaninchen fräßen. Da hörte er mit dem Knabbern auf.

»*Bon.* Wenn Sie sicher sind, daß Sie es nicht selber brauchen.« Die Mission war vollendet. Er stapfte zu seinem Traktor.

Faustin ist in vielem langsam, aber Dankbarkeit zeigt er prompt. Am Abend drauf war er wieder da, mit Spargel, der zünftig im rotweißblauen Band gebündelt war. Hinter ihm

erschien seine Frau Henriette mit einer Pickaxt, einem Schnurknäuel und einem Topf mit jungen Lavendelpflanzen. Sie hätten eigentlich längst gepflanzt sein müssen, sagte sie, aber ihr Cousin hätte sie eben erst von den Basses-Alpes mitgebracht. Sie müßten jetzt sofort eingesetzt werden.
Wir fanden die Arbeitsteilung unfair: Faustin war dafür verantwortlich, die Schnur gerade zu halten und *Pastis* zu trinken; Henriette schwang die Pickaxt. Jedes Pflanzloch war eine Pickaxtlänge vom nächsten entfernt. Alle Angebote zu helfen wurden abgelehnt. »Sie ist das gewohnt«, sagte Faustin stolz, während Henriette im Dämmerlicht die Axt schwang, maß und pflanzte und lachte. »Acht Stunden solcher Arbeit, und man schläft wie ein Baby.« In einer halben Stunde war alles geschafft – ein Beet mit fünfzig Pflanzen, die in sechs Monaten die Größe von Igeln hätten, in zwei Jahren kniehoch sein würden und symmetrisch und akkurat die Luzerneproduktion für die Kaninchen eingrenzten.
Was immer wir abends zum Essen geplant hatten, war vergessen. Wir bereiteten den Spargel zu. Für eine Mahlzeit war es zuviel – ich konnte das Bündel mit beiden Händen nicht umspannen. Auf der Trikolore war Faustins Name und Adresse eingedruckt. Er informierte uns, daß laut französischem Gesetz auf diese Weise der Erzeuger angegeben sein müsse, und wir hofften, eines Tages unser eigenes Namensband zu haben, wenn die Spargelpflanzen gediehen.
Die blassen Stangen waren daumendick und an den Spitzen leicht getönt und gemustert. Wir aßen sie warm mit zerlassener Butter. Wir aßen Brot, das am Nachmittag in der alten *Boulangerie* in Lumières gebacken worden war. Wir tranken den leichten Rotwein der Winzer des Tals. Mit jedem Mundvoll förderten wir örtlichen Fleiß.

Durch die offene Tür drangen das Quaken des Frosches vor Ort und das langgezogene, einschmeichelnde Lied der Nachtigall. Wir tranken im Freien ein letztes Glas Wein und schauten bei Mondlicht auf das neue Lavendelbeet, während die Hunde in den Luzernefeldern nach Mäusen gruben. Die Kaninchen würden in diesem Sommer gut zu fressen haben, und, so hatte Faustin versprochen, sie würden daher im Winter um so besser schmecken. Wir merkten, daß wir vom Essen allmählich so besessen waren wie die Franzosen, und gingen ins Haus zurück, um uns den Resten des Ziegenkäses zu widmen.

Bernard der *pisciniste* hatte uns ein Geschenk gebracht und baute es mit großer Begeisterung zusammen. Es war ein Schwimmsessel mit Bar für den Swimmingpool. Er hatte eine lange Reise von Miami, Florida, hinter sich; Miami war nach Bernards Auffassung das Weltzentrum für Swimmingpool-Zubehör. »Von solchen Dingen verstehen Franzosen nichts«, sagte er verächtlich. »Natürlich gibt es hier Firmen, die Luftkissen herstellen. Aber wie soll man auf einem Schwimmkissen trinken?« Er schraubte die letzte Flügelmutter am Rahmen fest und nahm Abstand, um den Sessel in seinem ganzen Miami-Glanz zu bewundern – ein greller Block aus Styropor, Plastik und Aluminium. »So. Das Glas paßt genau in die Armlehne hier. Man kann bequem entspannen. *C'est une merveille.*« Er ließ den Stuhl ins Wasser gleiten und gab acht, daß er sich nicht das rosa Hemd und die weißen Hosen naß machte. »Nachts müssen Sie ihn immer ins Haus nehmen«, sagte er. »Bald ist Kirschernte. Dann kommen die Zigeuner. Vor denen ist nichts sicher.«
Das erinnerte uns daran, daß wir unser Haus eigentlich

versichern lassen wollten, doch bisher hatten wir gemeint, daß keine Versicherung das Risiko übernommen hätte, solange die Bauleute Löcher in die Mauern bohrten. Bernard nahm vor Entsetzen die Sonnenbrille von der Nase. Ob wir das denn nicht wüßten? Im Vaucluse sei die Einbruchrate höher als im ganzen übrigen Frankreich mit Ausnahme von Paris. Er starrte mich an, als hätte ich eine Wahnsinnstat begangen, die nie wiedergutzumachen wäre. »Sie brauchen sofort Schutz. Ich werde am Nachmittag jemanden herüberschicken. Bleiben Sie *en garde,* bis er kommt.«

Mir kam das ein bißchen dramatisch vor, doch Bernard schien überzeugt, daß ganz in der Nähe eine Räuberbande lauerte, die nur darauf wartete, daß wir zum Fleischer ins Dorf hinuntergingen, bevor sie mit einem Möbelwagen ankämen, um das Haus auszuplündern. Vor einer Woche erst, so berichtete er, habe er seinen Wagen vor der eigenen Haustür aufgebockt gefunden – alle vier Räder seien weg gewesen. *Salauds* seien das, diese Kerle.

Von unserer Trägheit einmal abgesehen hatten wir die Versicherungssache auch deshalb liegenlassen, weil wir Versicherungsgesellschaften mit ihren Wieselworten, Ausflüchten und besonderen Umständen und dem Kleingedruckten mit seinen Konditionalklauseln abscheulich fanden. Aber Bernard hatte recht. Es war dumm, sich auf das Glück zu verlassen. Wir fügten uns also in unser Los, den Nachmittag mit einem grauen Mann im grauen Anzug verbringen zu müssen, der uns raten würde, sogar noch am Kühlschrank ein Sicherheitsschloß anzubringen.

Es war am frühen Abend, als in einer Staubwolke eingehüllt ein Wagen eintraf. Der Fahrer mußte sich offenbar in der Adresse geirrt haben. Er war jung, braungebrannt und gutaussehend und kam strahlend auf uns zu, in der Montur eines Saxophonisten der fünfziger Jahre. Er trug eine breitschultrige Faltenjacke, die mit Glanzfäden durchschossen war, ein limonengrünes Hemd, weite Hosen, die nach unten enger wurden und die Knöchel umschmiegten, dunkelblaue Wildlederschuhe mit knolligen Kreppsohlen und türkisen Socken.

»Fructus, Thierry. *Agent d'assurance.*« Er schritt mit kurzen, federnden Schritten ins Haus. Ich erwartete fast, daß er mit den Fingern schnickte und mit ein paar billigen Tanzschritten über den Boden glitt. Ich bot ihm, während ich meine Überraschung verarbeitete, ein Bier an, und er setzte sich und gab seine Glitzersocken zum Anblick frei.

»*Une belle mesong.*« Er hatte einen starken provenzalischen Akzent, der zu seiner Kleidung in seltsamem Kontrast stand und meine Verunsicherung abbaute. Er war geschäftsmännisch und ernst und fragte, ob wir das Haus das ganze Jahr über bewohnten. Die hohe Einbruchquote im Vaucluse, so erläuterte er, sei zum Teil auf die große Zahl von Ferienhäusern zurückzuführen. Wenn Häuser das Jahr über zehn Monate lang leerstünden, nun ja ... die Schultern seiner Jacke hoben sich in einem gepolsterten Zucken. Bei den Geschichten, die man in seinem Beruf höre, würde man nur noch im Safe wohnen wollen.

Aber uns müsse das nicht beunruhigen. Wir hätten hier unseren Dauerwohnsitz. Und im übrigen, so sagte er, hätten wir ja Hunde. Das sei gut – das würde auch bei der Berechnung der Versicherungsprämie berücksichtigt. Ob die Hunde bösartig seien? Falls nein, so könnten sie ausgebildet werden. Er kenne da jemanden, der könnte sogar Pudel zu Kampfhunden trainieren.

Er machte sich in einer ordentlichen kleinen Handschrift

Notizen und trank sein Bier. Wir besichtigten das Haus. Er lobte die schweren Holzfensterläden und die massiven alten Türen. Vor einem schmalen Fenster blieb er mißbilligend stehen – ein *fenestron,* das keine dreißig mal dreißig Zentimeter maß. Der moderne Profi-Einbrecher, so führte er aus, arbeite häufig wie Schornsteinfeger des 19. Jahrhunderts und schicke ein Kind durch Öffnungen, durch die sich kein Erwachsener zwängen könne. Da wir uns in Frankreich befanden, gab es für jugendliche Einbrecher eine offizielle, genau festgelegte Größe; sie war über zwölf Zentimeter breit; schmalere Öffnungen waren deshalb kindersicher. Auf welcher Basis das kalkuliert worden war, wußte Monsieur Fructus nicht, doch das kleine Fenster müsse vergittert werden, um das Haus gegen Verwüstungen durch magersüchtige Fünfjährige zu sichern.
Und dann wurden binnen eines Tages die Wanderpflücker zum zweitenmal als Sicherheitsrisiko beschworen – es seien Spanier oder Italiener, behauptete Monsieur Fructus, die für den Hungerlohn von drei Francs pro Kilo arbeiteten, heute hier, morgen da – ein schweres Risiko, man könne gar nicht vorsichtig genug sein. Ich versprach, wachsam zu bleiben und das kleine Fenster so rasch wie möglich zu vergittern und die Hunde zu ermahnen, bösartig zu sein. Das gab ihm seine Ruhe zurück, und zum Sound von Bruce Springsteen, der aus dem Autoradio dröhnte, verschwand er in den Sonnenuntergang.
Die Kirschpflücker begannen uns mächtig zu interessieren. Wir hätten von diesen leichtfingrigen Halunken gern einmal etwas gesehen. Eigentlich mußten sie jetzt jeden Tag auftauchen. Die Kirschen waren zweifellos reif. Wir hatten sie selber gekostet. Wir frühstückten inzwischen auf einer klei-

nen Terrasse mit Blick zur Morgensonne, zwanzig Meter von einem alten, obstbehangenen Baum entfernt. Während meine Frau Kaffee machte, pflückte ich Kirschen. Sie waren kühl und saftig, fast schwarz und unser erster Genuß bei Tagesbeginn.

Als wir eines Morgens irgendwo zwischen Haus und Straße ein Radio spielen hörten, wußten wir, daß die Kirschlese offiziell angefangen hatte. Die Hunde zogen mit aufgerichteten Haaren und voll der eigenen Bedeutung auf Pirsch, und ich folgte ihnen in Erwartung einer Truppe dunkelhäutiger Fremder und ihrer diebischen Kinder. Ihre Körper waren von der Taille aufwärts im Blattwerk der Bäume versteckt. Ich sah nur verschiedene Beine, die auf dreieckigen Holzleitern balancierten, und dann ein großes braunes Mondgesicht unter einem Strohtrilby aus dem Laub hervorlugen.

»*Sont bonnes, les cerises.*« Er streckte mir einen Finger entgegen, an dem ein paar Kirschen baumelten. Es war Faustin. Er, Henriette und auserlesene Verwandte hatten beschlossen, das Obst selber zu pflücken, wegen der hohen Löhne, die fremde Arbeitskräfte verlangten. Einer hatte sogar fünf Francs pro Kilo verlangt! Stellen Sie sich vor! Auch wenn ich mich anstrengte: Tagsüber zehn Stunden lang unbequem oben auf einer Leiter und gepiesackt von Fruchtfliegen, nachts harter Schlaf in einer Scheune oder auf dem Laster hinten – das kam mir nicht überbezahlt vor. Aber Faustin ließ sich nicht erweichen. Das sei Diebstahl bei hellichtem Tag, *mais enfin,* was konnte man von Kirschpflückern schon erwarten? Er erwartete eine Ernte von zwei Tonnen für die Konfitürefabrik in Apt, und der Erlös bliebe immerhin ganz in der Familie.

Die umliegenden Obstgärten waren während der nächsten

Tage von Pflückern aller Formen und Größen besetzt. Zwei von ihnen nahm ich eines Abends nach Bonnieux mit. Es waren Studenten aus Australien, die von der Sonne gerötet und voller Kirschflecken waren. Sie wirkten erschöpft und beschwerten sich über die langen Arbeitsstunden, die Langeweile und die Knausrigkeit des französischen Bauern.

»Auf die Weise lernen Sie immerhin ein bißchen von Frankreich kennen.«

»Frankreich?« fragte einer der beiden. »Ich hab bisher nur Kirschbäume von innen gesehen.«

Sie waren entschlossen, ohne gute Erinnerungen an ihre Zeit in der Provence nach Australien zurückzukehren. Sie mochten die Menschen nicht. Sie trauten dem Essen nicht. Französisches Bier schlug ihnen auf den Magen. Und was die Landschaft anging – ihr fehlte die Weite Australiens. Die beiden wollten nicht glauben, daß ich hier freiwillig wohnte. Ich versuchte, es ihnen zu erklären, aber wir sprachen von zwei verschiedenen Ländern. Ich ließ sie beim Café aussteigen, wo sie den Abend voller Heimweh verbringen würden. Sie waren die einzigen jammernden Australier, die mir je begegnet sind. Es war deprimierend, ein Fleckchen Erde, das ich liebte, so total verrissen zu sehen.

Bernard heiterte mich auf. Ich brachte ihm die Übersetzung eines Briefs, den er von einem englischen Kunden erhalten hatte, und er öffnete mir lachend die Tür seines Büros in Bonnieux.

Sein Freund Christian – er war auch unser Architekt – war soeben gebeten worden, in Cavaillon ein Bordell umzubauen. Da mußten, *naturellement,* eine Menge Extrawünsche erfüllt werden. So war etwa das Anbringen von Spiegeln von eminenter Bedeutung. Da mußten gewisse Geräte berücksichtigt

werden, die in zivilisierten Schlafzimmern normalerweise nicht anzutreffen sind. Die Bidets mußten, weil pausenlos beansprucht, tipptopp funktionieren. Ich stellte mir Monsieur Menicucci und *Jeune* bei ihren Bemühungen vor, Wasserhähne und Waschbecken zu fixieren, während Handelsvertreter aus Lille notdürftig bekleidete junge Damen durch die Flure jagten. Ich sah Ramon den Gipser, einen Mann mit eindeutigem Sinn für Doppeldeutiges, wie er unter den *filles de joie* losgelassen wurde. Er würde dort für den Rest seines Lebens bleiben. Es waren herrliche Aussichten.
Leider, so sagte Bernard, würde Christian, obwohl er die architektonische Herausforderung erkenne, den Auftrag nicht annehmen. Die Madame des Etablissements wollte die Arbeiten in einer unmöglich kurzen Zeit ausgeführt sehen und war nicht bereit, die Räumlichkeiten während des Umbaus zu schließen – was die Konzentrationsfähigkeiten der Arbeiter unerhört strapazieren würde. Außerdem war sie nicht willens, die Mehrwertsteuer zu zahlen, mit dem Argument, daß sie ihren Kunden auch keine Verkaufssteuer abverlange – warum sollte dann sie eine zahlen? (Sie heuerte schließlich ein paar kompromißbereite Maurer an, die schnelle, ungeschickte Arbeit leisteten.) Die Chance, Cavaillons Bordell für die Seiten des *Architectural Digest* fotografiert zu sehen, wurde vertan. Ein trauriger Tag für die Nachwelt.

Wir lernten, wie es sich lebt, wenn man fast immer Gäste hat. Die Vorhut war Ostern eingetroffen. Die letzten waren Ende Oktober angesagt. Menschen, die – halb vergessen – aus der sicheren Entfernung des Winters eingeladen worden waren, flogen ein zum Schlafen, zum Trinken und Sonnenbaden.

Das Mädchen in der Wäscherei vermutete, aufgrund der Anzahl der Bettlaken, daß wir einen Hotelbetrieb führten. Uns kamen die Warnungen von erfahrenen Anliegern in den Sinn.

Die frühen Besucher mußten, so wie sie sich aufführten, einen Kurs für ideales Gästeverhalten absolviert haben. Sie mieteten sich einen Leihwagen, um nicht darauf angewiesen zu sein, daß wir sie in der Gegend herumkutschierten. Abends speisten sie mit uns, kümmerten sich tagsüber aber um sich selbst. Sie reisten genau zu dem Zeitpunkt ab, den sie anfangs genannt hatten. Wenn alle so wären, dachten wir, würde es ein angenehmer Sommer werden.

Wie wir bald merken sollten, bestand das größte Problem für uns darin, daß unsere Gäste Ferien hatten und wir nicht. Wir standen um sieben auf. Sie lagen morgens oft bis zehn oder elf Uhr im Bett und beendeten ihr Frühstück manchmal gerade noch rechtzeitig, um vor dem Mittagessen schwimmen zu können. Wir arbeiteten, während sie sich in der Sonne aalten. Durch ein Nachmittagsnickerchen erfrischt, kamen sie abends erst richtig in Fahrt, während wir über dem Salat erschöpft einschliefen. Meine Frau mit ihrem gastfreundlichen Wesen, die um sich herum unterernährte Menschen nicht dulden kann, verschwand stundenlang in der Küche, und wir wuschen bis spät in die Nacht Geschirr ab.

Sonntags war es anders. Alle unsere Gäste wollten einen der Sonntagsmärkte sehen, und die fangen nun einmal früh an. So war der Tagesplan für uns und unsere Gäste wenigstens an einem Tag in der Woche gleich. Während der Fahrt von zwanzig Minuten zum Café mit Blick auf den Fluß in Isle-sur-la-Sorgue dösten sie im Fond mit schlafumränderten Augen ungewohnt still vor sich hin.

Wir parkten an der Brücke und weckten die Freunde auf. Sie waren, noch immer munter, um zwei Uhr früh widerwillig schlafen gegangen, und auf ihren Kater hatte das helle Licht einen schlimmen Effekt. Sie versteckten sich hinter Sonnenbrillen und klammerten sich an große Tassen mit *café crème*. Im dunklen Teil der Bar schluckte der *gendarme* einen heimlichen *Pastis*. Der Mann, der Lotterielose verkaufte, versprach jedem, der an seinem Tisch zögerte, sofortigen Reichtum. Zwei übernächtigte Lastwagenfahrer mit blauem Sandpapierkinn verschlangen ihr Frühstück mit Steak und Pommes frites und riefen nach mehr Wein. Der frische Geruch des Flusses drang durch die offene Tür, und Enten plätscherten im Wasser, während sie auf Krümel warteten, die von der Terrasse gefegt würden.

Wir liefen zum Dorfplatz. Es war ein Spießrutenlaufen zwischen Reihen gelblicher Mädchen in eng anliegenden glanzschwarzen Röcken, die Zitronen und Knoblauchschnüre verkauften und sich im Kampf um Kunden anzischten. Die Stände waren willkürlich die Straße entlang aufgebaut – Silberjuwelen gleich neben flachen Keilen von gepökeltem Barsch, Holzfässern mit blitzenden Oliven, handgefertigten Körben, Zimt und Safran und Vanille, wolkigen Bündeln von Zigeunerromantik, eine Pappschachtel voll mit Welpen einer Promenadenmischung, kitschige Johnny-Hallyday-T-Shirts, lachsrosa Korsette und BHs von heroischen Ausmaßen, grobes Landbrot und dunkle *terrines*.

Ein baumlanger blauschwarzer Senegalese schoß durch den Tumult des Marktes. Er war mit einem Schatz authentischer Stammeslederwaren *Made in Spain* und Digitalarmbanduhren beladen. Ein Trommelwirbel war hörbar. Ein Mann mit oben abgeflachtem Spitzhut in Begleitung eines Hundes im Rotjäckchen räusperte sich und stellte sein tragbares Lautsprechergerät mit unerträglichem Wimmern ein. Noch ein Trommelrühren. »*Prix choc!* Lammfleisch aus Sisteron! Charcuterie! Kutteln! Eilen Sie unverzüglich zur Boucherie Crassard, Rue Carnot. *Prix choc!*« Er machte sich erneut am Lautsprecher zu schaffen und konsultierte eine Zettelwand. Er war der mobile Ortsfunk, der mit der dazugehörigen musikalischen Umrahmung alles ankündigte – von Geburtstagsglückwünschen bis zum Kinoprogramm. Ich müßte ihn unbedingt mit dem Tony aus der Werbebranche bekannt machen; die zwei könnten Verkaufsförderungsmethoden diskutieren.

Drei Algerier mit tief zerfurchten braunen Gesichtern plauderten in der Sonne. Sie hielten das Mittagessen in ihren Händen – an den Beinen mit dem Kopf nach unten. Diese lebenden Hühner wirkten irgendwie schicksalsergeben, als wüßten sie, daß ihre Stunden gezählt waren. Wohin wir auch blickten, waren Leute am Essen. Standverkäufer boten Kostproben an – Stückchen warmer Pizza, rosa Scheibchen Schinken, Wurst in Kräuterstaub und mit grünem Pfeffer, winzige, nussige Würfel aus Nougat. Es war eine höllische Versuchung. Unsere Freunde begannen sich nach dem Mittagessen zu erkundigen.

Zu Mittag würden wir erst in einigen Stunden essen, und vorher mußten wir noch die »nicht eßbaren« Angebote des Markts ansehen, die *brocanteurs* mit ihren wie zufällig zusammengetragenen Sammlungen von Trödelstücken aus der Geschichte menschlichen Privatlebens, die überall in der Provence von Dachböden gerettet worden waren. Isle-sur-la-Sorgue ist seit Jahren ein Zentrum des Antiquitätenhandels. Am Bahnhof steht ein riesiges Lagerhaus, wo dreißig bis vierzig Händler Dauerverkaufsstände haben und man fast alles finden kann – nur keine Schnäppchen. Aber der Morgen war zu sonnig, um ihn im Dämmerlicht eines Lagerhauses zu verbringen, und wir blieben unter den Platanen bei den Ständen im Freien, wo die Lieferanten von hochklassigem *bric-à-brac,* wie es gern genannt wird, ihre Vorräte auf Tischen und Stühlen oder auch auf dem Boden ausbreiteten oder an Nägel in Baumstämmen hingen.

Vergilbte Sepia-Postkarten und alte Leinenröcke waren zusammengewürfelt mit Grüppchen von Besteck, angeknackten Emailleschildern mit Reklame für Abführmittel und Pomade für widerborstige Schnurrbärte, Art-deco-Broschen und Café-Aschenbechern, vergilbten Gedichtbänden und dem obligaten Louis-Quartorze-Stuhl, der – bis auf ein fehlendes Stuhlbein – vollkommen war. Mit dem Näherrücken des Mittags fielen die Preise. Man begann ernsthaft zu feilschen. Da war der Zeitpunkt gekommen für meine Frau, die im Feilschen fast Profistandard erreicht hat. Sie hatte eine kleine Gipsbüste von Delacroix umkreist, die der Händler auf 75 Francs heruntergesetzt hatte, und setzte zum Sturzflug an.

»Was ist Ihr bester Preis?« fragte sie den Händler.

»Mein *bester* Preis, Madame, ist hundert Francs. Da der jedoch unwahrscheinlich geworden ist und das Essen ruft, können Sie die Büste für fünfzig haben.«

Wir luden Delacroix in den Wagen, wo er nachdenklich aus dem Rückfenster blickte, und machten es wie ganz Frankreich, das sich auf die Freuden der Tafel vorbereitete.

Eine der Eigenarten der Franzosen, die uns gefiel und bewundernswert schien, ist ihre Bereitschaft, die regionale Kochkunst zu unterstützen, ganz gleich, wie lang die Anfahrt ist.

Die Qualität der Speise ist ihnen wichtiger als Bequemlichkeit. Um gut zu essen, fahren Franzosen gern eine Stunde oder auch mehr, während ihnen das Wasser im Munde zusammenläuft. Aufgrund dieser Tatsache können talentierte Köche in scheinbar aussichtslosen Lokalitäten florieren. Das Restaurant, das wir ausgewählt hatten, lag so isoliert, daß wir es beim ersten Besuch nur dank einer Landkarte fanden.

Buoux ist kaum groß genug, um als Dorf bezeichnet zu werden. Es liegt etwa zehn Kilometer hinter Bonnieux in den Bergen versteckt. Es hat ein altes Rathaus, eine moderne Telefonzelle, fünfzehn oder zwanzig verstreut liegende Häuser sowie die Auberge de la Loube, die in die Flanke eines Hangs gebaut ist. Ihm zu Füßen liegt ein völlig unbesiedeltes, wunderschönes Tal. Wir hatten es im Winter mit einiger Mühe gefunden und schon die Angaben der Landkarte angezweifelt, als wir immer tiefer in die Wildnis hineingerieten. An jenem Abend hatten wir als einzige Gäste vor einem riesigen Kaminfeuer gegessen, während der Wind in den Holzläden ratterte.

Es konnte kaum einen größeren Kontrast geben als zwischen jener brutalen Nacht und einem heißen Sonntag im Mai. Als wir um die Kurve der Anfahrtsstraße zum Restaurant bogen, sahen wir den Parkplatz bereits voll – zur Hälfte mit drei Pferden, die an die Stoßstange eines verlotterten Citroën angebunden waren. Die Restaurantkatze streckte sich auf den warmen Dachziegeln und blickte verträumt zu den Hühnern im angrenzenden Feld. Tische und Stühle waren längs einer offenen Scheune aufgestellt, und wir konnten hören, wie in der Küche die Eiskübel gefüllt wurden.

Maurice, der *Chef*, kam mit vier Gläsern Pfirsichchampagner heraus und führte uns zu seiner jüngsten Anschaffung. Es war eine alte, offene Kutsche mit Holzrädern und gesprungenen Ledersitzen, in der ein halbes Dutzend Leute Platz hatten. Maurice plante, Kutschtouren durch den Lubéron zu veranstalten, bei denen, *bien-sûr,* zum Mittagessen unterwegs angehalten wurde. Ob wir das für eine gute Idee hielten? Ob wir selbst mitkämen? Natürlich. Er schenkte uns ein zufriedenes, scheues Lächeln und ging zurück in die Küche.

Er hatte sich das Kochen selbst beigebracht, empfand jedoch keinerlei Verlangen, der Bocuse von Buoux zu werden. Ihm kam es nur darauf an, soviel Umsatz zu machen, daß er mit seinen Pferden in diesem Tal bleiben konnte. Der Erfolg seines Restaurants beruhte eher auf dem Preis-Leistungs-Verhältnis und auf einfachem, guten Essen als auf gastronomischen Kunstflügen, die er als *cuisine snob* abtat.

Es gab ein Menü für 110 Francs. Das junge Mädchen, das sonntags bediente, brachte ein flaches Korbtablett und stellte es mitten auf den Tisch. Wir zählten vierzehn verschiedene *hors d'œuvres* – Artischockenherzen, winzige, in Butter gebratene Sardinen, parfümierte *tabouleh,* pürierten Barsch, marinierte Pilze. Babytintenfische, *tapenade,* junge Zwiebeln in einer frischen Tomatensauce, Sellerie und Kichererbsen, Radieschen und Kirschtomaten, kalte Muscheln. Auf dem hoch beladenen Tablett balancierten dicke Scheiben von Paté und Gurken, Teller mit Oliven und kaltem Paprika. Das Brot hatte eine dünne knusprige Kruste. Im Eiskübel stand Weißwein und im Schatten – zum Atmen – eine entkorkte Flasche Châteauneuf-du-Pape.

Die übrigen Gäste waren sämtlich Franzosen, Leute aus den benachbarten Dörfern im ernsten Sonntagsstaat sowie ein oder zwei schickere Paare, die in ihren grellen Boutique-Farben seltsam deplaziert wirkten. An einem großen Tisch in der Ecke luden sich drei Generationen einer Familie die Teller voll und wünschten einander *bon appetit.* Eins der Kinder, das für einen sechsjährigen Gourmet vielversprechend wirkte, tat kund, daß er diese *paté* derjenigen zu Hause vorzöge, und bat seine Großmutter um einen Schluck Wein zum Probieren. Der Familienhund harrte geduldig an seiner Seite aus, wohl wissend, daß Kinder mehr Nahrung zu Boden fallen lassen als Erwachsene.

Der Hauptgang wurde serviert – rosige Scheiben vom Lamm, das mit ganzen Knoblauchzehen gebraten war und mit jungen grünen Bohnen und einer goldenen *galette* von Kartoffeln und Zwiebeln serviert wurde. Der Châteauneuf-du-Pape wurde eingeschenkt, ein schwerer, dunkler »Wein mit Schultern«, wie Maurice bemerkte. Wir ließen alle Pläne für einen aktiven Nachmittag fallen und losten aus, wer in Bernards Schwimm-Sessel sitzen durfte.

Der in Weinblätter gehüllte, feuchte Käse kam aus Banon, und dann folgten die dreifachen Aromen und Texturen des Desserts – Zitronensorbet, Schokoladenkuchen und *crème anglaise* auf einem Teller. Kaffee. Ein Glas *marc* aus Gigondas. Ein Seufzer der Zufriedenheit. Wo sonst in der Welt, sinnierten unsere Freunde, könnte man in so unprätentiöser und entspannter Umgebung so gut essen? In Italien vielleicht, aber sonst wohl nirgends. Sie waren an London gewohnt, an die übertrieben ausstaffierten Restaurants mit den hochtrabend zusammengestellten Menüs und den absurden Preisen. Sie berichteten uns von einer Schüssel Pasta in Mayfair, die teurer gewesen war als das ganze Menü, das jeder von uns hier gegessen hatte. Warum war es so schwierig, in London gut und preiswert zu essen? Weise kamen wir nach dem Essen zu dem Schluß, daß die Engländer nicht so häufig zum Essen ausgehen wie die Franzosen, und wenn sie ausgehen, wollen sie nicht nur gut genährt, sondern auch beeindruckt werden; sie wollen Flaschen in Körben, Fingerschälchen, Menüs von der Länge eines Kurzromans und Rechnungen zum Angeben. Maurice kam zu uns herüber und erkundigte sich, ob uns das Essen geschmeckt habe. Er setzte sich, während er auf einem Stückchen Papier addierte. »*La douloureuse*«, sagte er und schob sie über den Tisch. Sie belief sich auf knapp über 650 Francs oder die Summe, die zwei Menschen für ein schickes Mittagessen in Fulham bezahlen müßten. Einer unserer Freunde fragte ihn, ob er nie daran dächte, irgendwohin zu ziehen, wo man ihn leichter finden könnte. Nach Avignon beispielsweise. Oder nach Ménerbes. Er schüttelte den Kopf. »Hier ist's gut sein. Ich habe alles, was ich brauche.« Er konnte sich vorstellen, hier auch noch in fünfundzwanzig Jahren zu kochen, und wir hofften, daß wir dann noch in einer Verfassung wären, um herüberzukriechen und es genießen zu können.

Auf der Heimfahrt fiel uns auf, daß die Kombination von Nahrung und Sonntag auf den französischen Autofahrer eine beruhigende Wirkung ausübt. Sein Bauch ist voll. Er hat seinen wöchentlichen Urlaubstag. Er trödelt, ohne versucht zu sein, in einer unübersichtlichen Kurve zu überholen. Er unterbricht die Fahrt, um frische Luft einzuatmen und sich in den Büschen am Straßenrand zu erleichtern, ist eins mit der Natur und nickt vorbeifahrenden Autos wohlwollend zu. Am nächsten Tag wird er sich wieder den Mantel des Kamikaze-Piloten umhängen, aber heute ist Sonntag in der Provence, und man muß das Leben genießen.

Juni

Die regionale Werbeindustrie florierte. Jedes Auto, das länger als fünf Minuten in der Nähe eines Markts geparkt war, wurde Zielscheibe für fliegende Media-Manager der Provence, die von Windschutzscheibe zu Windschutzscheibe hasteten, um kleine, aufreizende Prospekte unter den Wischer zu stecken. Wir sahen bei unserer Rückkehr an unserem Wagen unentwegt Nachrichten flattern – atemlose Meldungen über anstehende Attraktionen, die man sich nicht entgehen lassen durfte, über preiswerte kulinarische Genüsse und exotische Offerten.

Da gab es in Cavaillon einen Akkordeonwettstreit, mit der entzückenden Zugabe von *»Les Lovely Girls adorablement deshabillées (12 tableaux)«* als Zwischenunterhaltung. Ein Supermarkt plante die *opération porc,* die jedes nur denkbare

Teil der Anatomie des Schweins zu so niedrigen Preisen anbot, daß wir uns ungläubig die Augen rieben. Es gab *Boules*-Turniere und *bals dansants,* Radrennen und Hundeschauen, mobile Diskotheken, Feuerwerke und Orgelkonzerte. Da war Madame Florian, Hellseherin und Alchimistin, die ihrer übernatürlichen Kräfte so sicher war, daß sie für jede Séance Zufriedenheit garantierte. Da waren die emsigen Mädchen – von Eve, die sich als köstliches Geschöpf beschrieb, das zu gepfefferten Rendezvous bereit sei, bis zu Mademoiselle Roz, die all Ihre Träume am Telefon wahr werden läßt, eine Dienstleistung, die, wie sie stolz erklärte, in Marseille verboten worden war. Und da gab es eines Tages eine verzweifelte und heftig verfaßte Notiz, die uns nicht um Geld bat, sondern um unser Blut.

Das verrutschte Foto illustrierte die Geschichte von einem kleinen Jungen, der auf eine große Operation in Amerika warten mußte und dauernd Blutübertragungen brauchte, um am Leben zu bleiben, bis das Krankenhaus dort ihn aufnahm. »*Venez nombreux et vite*«, sagte der Zettel. In der Blutspendestation würde man uns am nächsten Morgen um acht Uhr in der Dorfhalle von Gordes erwarten.

Als wir um 8.30 Uhr ankamen, war die Halle bereits gedrängt voll. Ein Dutzend Betten standen an der Wand, alle belegt, und an der Reihe hochgestellter Füße konnten wir erkennen, daß ein repräsentativer Querschnitt der örtlichen Bevölkerung erschienen war. Man erkannte sie leicht an der Fußbekleidung: Sandalen und Espadrilles gehörten zu den Ladenbesitzern, hohe Absätze zu jungen Frauen, Stoffstiefel bis an die Knöchel zu Bauern und Pantoffel zu ihren Frauen. Die älteren Frauen umklammerten mit der einen Hand ihre Einkaufskörbe, während sie die andere zur Faust ballten, um das

Fließen des Bluts ins Plastikfläschchen zu erleichtern, und es gab eine recht lebhafte Debatte darüber, wessen Blut das dunkelste, reichste und nahrhafteste sei.

Wir stellten uns hinter einem stämmigen alten Mann für den Bluttest an. Er hatte eine leuchtend rote Nase, eine zerfranste Mütze auf dem Kopf, trug einen Overall und sah amüsiert zu, als die Schwester sich ohne Erfolg abmühte, die verhärtete Haut seines Daumens zu durchstechen.

»Wollen Sie den Fleischer holen?« fragte er. Sie stieß noch einmal zu, fester. *»Merde.«* Ein Tropfen Blut trat heraus, nahm zu, und die Schwester bugsierte ihn fein säuberlich in ein Röhrchen, gab eine Flüssigkeit hinzu und schüttelte die Mischung kräftig durch. Sie blickte mit einem Ausdruck von Mißbilligung vom Röhrchen auf.

»Wie sind Sie hergekommen?« fragte sie den alten Mann.

Er hörte auf, den Daumen zu lutschen. »Fahrrad«, sagte er. »Den ganzen Weg von Les Imberts.«

Die Schwester näselte. »Ich bin überrascht, daß Sie nicht vom Rad gefallen sind.« Sie warf noch einen Blick auf das Röhrchen. »Klinisch sind Sie besoffen.«

»Unmöglich«, sagte der alte Mann. »Ich hab vielleicht ein bißchen Rotwein zum Frühstück getrunken, *comme d'habitude.* Aber das heißt doch nichts. Und außerdem«, sagte er und fuchtelte ihr mit seinem blutverschmierten Daumen unter der Nase herum, »reichert ein bißchen Alkohol die Blutkörperchen an.«

Die Schwester war nicht überzeugt. Sie schickte den Alten fort zu einem zweiten Frühstück, diesmal mit Kaffee, und sagte, er solle später am Morgen wiederkommen. Er trollte sich mürrisch und trug seinen verwundeten Daumen wie eine Schlachtfahne vor sich her.

Wir wurden gestochen, für nüchtern befunden und zu unseren Betten gewiesen. Der Saft aus unseren Venen wurde in die Plastiktüten gepumpt. Wir ballten und öffneten pflichtschuldig die Fäuste. Die Halle war voll von Lärm und guter Laune. Menschen, die sich auf der Straße normalerweise nicht grüßten, waren plötzlich freundlich zueinander, auf die Art, die oft zu beobachten ist, wenn Fremde im Befolgen einer guten Tat vereint sind. Es mochte aber auch etwas mit der Bar am Ende des Saals zu tun haben.

In England besteht die Belohnung für ein Fläschchen Blut aus einer Tasse Tee und einem Keks. Aber hier wurden wir, nachdem man uns von unseren Drähten befreit hatte, an einen langen Tisch geführt, wo Freiwillige als Kellner bedienten. Was wir gern hätten? Kaffee, Schokolade, Croissants, Brioches, Schinkenbrote oder Knoblauchwurst, einen Becher Rotwein oder Weißwein? Aufessen! Austrinken! Die Blutkörperchen müssen ersetzt werden. Der Bauch muß versorgt sein! Ein junger Pfleger war vollauf mit dem Entkorken von Flaschen beschäftigt, und der aufsichtführende junge Arzt in seinem langen weißen Kittel wünschte uns allen *bon appetit.* Falls die stetig wachsende Anhäufung leerer Flaschen hinter der Bar etwas zu bedeuten hatte, so war der Aufruf zum Blutspenden sowohl klinisch wie gesellschaftlich ein voller Erfolg.

Ein Weilchen später empfingen wir per Post unser Exemplar von *Le Globule,* das offizielle Organ für die Blutspender. Hunderte von Litern waren an jenem Morgen in Gordes gesammelt worden, doch die andere Statistik, die mich interessiert hätte – die Zahl der Liter, die verkonsumiert worden waren –, war nirgends aufgelistet: ein Beweis für ärztliche Diskretion.

Unser Freund, der Rechtsanwalt aus London, ein Mann von eiserner britischer Reserviertheit, beobachtete das, was er als Verrücktheiten der Franzis bezeichnete, vom Café Fin de Siècle in Cavaillon. Es war Markttag. Auf dem Bürgersteig gab es einen Menschenstau, der sich nur langsam vorandrängte – das reine Chaos.

»Sieh mal da drüben«, sagte er, als mitten auf der Straße ein Auto hielt und der Fahrer ausstieg, um einen Bekannten zu umarmen. »Dauernd fassen sie sich an. Hast du das gesehen? *Männer, die sich abküssen.* Verdammt ungesund, wenn du mich fragst.« Er schnaufte verächtlich in sein Bier. Er sah sich durch solch abartiges Verhalten in seinem Gefühl für Anstand verletzt. Einem respektierlichen Angelsachsen war so etwas fremd.

Ich hatte einige Monate gebraucht, um mich an die provenzalische Freude am Körperkontakt zu gewöhnen. Wie jedem, der in England aufgewachsen ist, waren mir gewisse gesellschaftliche Manierismen in Fleisch und Blut übergegangen. Ich hatte gelernt, Distanz zu wahren, statt mit dem Kopf zu nicken, Hände zu schütteln, Küsse auf weibliche Verwandte und öffentliche Bekundungen von Zärtlichkeit auf Hunde zu beschränken. Zu einer provenzalischen Begrüßung gehörte ein so gründliches Abtasten wie zur Sicherheitskontrolle auf einem Flughafen. Es war anfangs ein beunruhigendes Erlebnis gewesen. Inzwischen hatte ich es gern, und mich faszinierten die Eigenarten des gesellschaftlichen Rituals und die Zeichensprache, die bei jeder provenzalischen Begegnung wesentlich dazugehört.

Wenn zwei Männer ohne Begleitung sich treffen, ist das mindeste ein herkömmliches Händeschütteln. Wenn die Hände nicht frei sind, wird einem der kleine Finger zum

Schütteln geboten. Wenn die Hände naß oder schmutzig sind, wird einem ein Unterarm oder ein Ellbogen gereicht. Rad- oder Autofahren befreit einen nicht von der Verpflichtung zu *toucher les cinq sardines,* und man sieht auf den belebtesten Straßen gefährliche Verrenkungen, wenn Hände sich durchs Autofenster und über Lenkräder strecken, um einander zu finden. Und das gilt nur für den ersten, zurückhaltendsten Bekannheitsgrad. Eine engere Beziehung erfordert eine demonstrativere Bestätigung.

Wie unser Juristenfreund bemerkt hatte, küssen Männer andere Männer, man quetscht Schultern, klapst auf Popos, stößt in die Nieren, zwickt Wangen. Wenn ein provenzalischer Mann sich freut, einem zu begegnen, kann es durchaus passieren, daß man seinen Pranken nur mit einer leichten Quetschung wieder entkommt.

Das Risiko eines Körperschadens ist für Frauen geringer, allerdings kann ein Amateur leicht einen Fauxpas begehen, indem er sich bei der nötigen Zahl an Küssen verkalkuliert. Anfangs pflegte ich einen einzigen Kuß zu pflanzen, mußte dann aber entdecken, daß mir die zweite Wange hingehalten wurde, als ich mich zurückzog. Nur Snobs küssen bloß einmal, wurde mir bedeutet, oder jene Unglücklichen, die mit angeborener *froideur* zur Welt kommen. Ich beobachtete daraufhin, was ich als die korrekte Prozedur interpretierte – den Dreierkuß, links-rechts-links –, und praktizierte sie bei einer Pariser Bekannten. Wieder falsch. Der Dreierkuß, so korrigierte sie mich, sei eine niedere provenzalische Angewohnheit; unter zivilisierten Menschen seien zwei Küsse ausreichend. Als ich das nächste Mal der Frau meines Nachbarn begegnete, küßte ich sie zweimal. »*Non*«, sagte sie, »*trois fois*«. Heute achte ich genau auf die Bewegung des weiblichen Kopfes. Wenn er seine Drehungen nach zwei Küssen beendet, bin ich mir fast sicher, meine Quote erfüllt zu haben, halte mich aber auf jeden Fall für einen dritten Kuß parat, falls der Kopf sich doch weiter bewegt.

Das Problem stellt sich anders, doch nicht minder heikel für meine Frau, die sich am empfangenden Ende befindet und abschätzen muß, wie oft sie den Kopf wenden und drehen muß, falls sie ihn überhaupt drehen sollte. Eines Morgens hörte sie ein Bellen auf der Straße, drehte sich um und sah Ramon den Gipser näher kommen. Er blieb stehen und wischte sich demonstrativ die Hände an den Hosen ab. Meine Frau erwartete ein Händeschütteln und streckte die Hand aus. Ramon schob die Hände beiseite und küßte meine Frau dreimal mit Schwung. Man kann wirklich nie wissen.

Nach der Begrüßung kann die Unterhaltung beginnen. Einkaufskörbe und -pakete werden abgestellt, Hunde an Cafétische angebunden, Fahrräder und Werkzeuge gegen die nächstmögliche Wand gelehnt. Das ist notwendig, denn für jedes ernsthafte und befriedigende Gespräch müssen beide Hände frei sein, um optische Betonungen zu ermöglichen, Sätze zu beenden, die offen in der Luft hängen bleiben, etwas zu unterstreichen oder bloß die Rede auszuschmücken, die, da sie nur aus Lippenbewegungen besteht, einem Provenzalen für sich allein physisch unzureichend erscheint. Die Hände und die immerfort kommunizierenden Schultern sind also für einen Meinungsaustausch lebensnotwendig. Es ist übrigens möglich, den Kern einer provenzalischen Unterredung aus der Ferne mitzubekommen, ohne die gesprochenen Worte zu hören, nur durch Beobachtung der Körpergesten.

Es gibt ein klar definiertes Vokabular des Schweigens, das mit einer Handbewegung beginnt, wie sie uns bei den Bauleuten vertraut wurde. Die Bauleute selbst verwendeten sie nur bei Termin- und Kostendiskussionen für Dementis. Sie ist aber eine Geste von nahezu unendlicher Flexibilität. Sie kann den Gesundheitszustand umschreiben, wie man mit seiner Schwiegermutter klarkommt, den Fortgang der Geschäfte, was man von einem Restaurant hält oder von der diesjährigen Melonenernte erwartet. Bei einem weniger bedeutsamen Thema ist das Rühren des Fingers kurz und von einem abschätzigen Heben der Augenbrauen begleitet. Ernsthaftere Sujets – Politik, die heikle Befindlichkeit der eigenen Leber, die Aussicht, daß ein Fahrer aus der Umgebung an der Tour de France teilnimmt – werden mit größerer Intensität gewürdigt. Das Rühren wird langsamer, während der Oberkörper leicht schwankt, wenn die Hand sich bewegt und die Stirn sich konzentriert in Falten legt.

Zum Warnen und Argumentieren dient der Zeigefinger in einer von drei operativen Stellungen. Steif und regungslos unter die Nase des Gesprächspartners gereckt, signalisiert er, Vorsicht – passen Sie auf, *attention;* es ist nicht alles Gold, was glänzt. Just in Gesichtshöhe und rapide von Seite zu Seite fuchtelnd wie ein aufgebrachtes Metronom, gibt er der anderen Person zu verstehen, daß sie leider schlecht informiert ist und in dem, was sie soeben ausgesprochen hat, total danebenliegt. Die richtige Meinung wird anschließend nachgeliefert: Der Zeigefinger geht von der seitlichen Bewegung über in eine Reihe von Stößen und Hieben, entweder auf die Brust, wenn der Unaufgeklärte ein Mann ist, oder – bei einem weiblichen Gegenüber – diskret ein paar Zentimeter vom Busen entfernt.

Zur Andeutung einer plötzlichen Abreise braucht man beide Hände: Die Linke bewegt sich mit geraden Fingern von der

Höhe der Taille an aufwärts, um in die Handinnenfläche der Rechten zu knallen, die sich senkt – eine reduzierte Version des beliebten und extrem vulgären Schlags auf den Bizeps. (Die volle Version ist in Verkehrsstaus zu beobachten, wenn streitende Fahrer aus ihren Autos steigen, um sich die Freiheit der Bewegung zu gönnen, die ein linksärmiger Hochschlag erfordert. Er endet mit dem Aufprall der Rechten auf den Bizeps.)

Man verspricht sich zum Abschluß des Gesprächs, in Kontakt zu bleiben: Die drei mittleren Finger werden in die Hand hinein umgebogen, die Hand wird ans Ohr gehalten und mit dem ausgestreckten Daumen und dem kleinen Finger die Form eines Telefons nachgemacht. Zu guter Letzt schüttelt man sich die Hand. Pakete, Hunde und Fahrräder werden aufgelesen, bis der ganze Prozeß fünfzig Meter weiter von neuem beginnt. Es ist kaum überraschend, daß Aerobic in der Provence nie populär wurde. Eine zehnminütige Unterhaltung verschafft diesen Menschen genug an körperlicher Bewegung.

Die Fülle all dessen, was es in den umliegenden Städten und Dörfern zu sehen gab, grenzte unseren Sinn für Entdeckungen und Abenteuer ein. Bei so vielen Ablenkungen vor der eigenen Haustür vernachlässigten wir die berühmteren Teile der Provence. Das warfen uns jedenfalls unsere Freunde aus London vor. Auf die kenntnisreiche und irritierende Art erfahrener Schreibtischtouristen wiesen sie uns immer wieder darauf hin, wie nah Nîmes, Arles und Avignon waren, die Flamingos der Camargue und die *Bouillabaisse* in Marseille. Sie wirkten leicht erstaunt und leicht mißbilligend, als wir gestanden, daß wir uns nur im engeren Umkreis bewegten. Sie nahmen uns die Entschuldigung nicht ab, daß wir nie Zeit fänden, woanders hinzufahren, und keinen Drang verspürten, die Kirchen abzugrasen oder Denkwürdigkeiten unsicher zu machen, und daß wir keine Touristen sein wollten. Es gab in unserem verwurzelten Dasein nur eine Ausnahme und einen Ausflug, den wir immer wieder gern unternahmen. Meine Frau und ich liebten Aix.

Für Lastwagen ist die Straße, die sich wie ein Korkenzieher durch das Gebirge zieht, zu schmal, für eilige Autofahrer zu kurvenreich. Abgesehen von einem einzigen Bauernhof mit einer Ziegenherde gibt es nichts zu sehen außer steilhangigen, unbesiedelten Landschaften mit grauem Felsgestein und grünem Eichengebüsch, die von dem ungewöhnlich klaren Licht scharf herausgestochen werden. Die Straße schlängelt sich durch die Hügel südlich des Lubéron, bevor sie in den Grand Prix für Amateure mündet, der tagtäglich auf der RN7, der *nationale sept*, stattfindet und über die Jahre mehr Menschenleben gefordert hat, als man wissen möchte, wenn man zum Sich-Einordnen auf eine Lücke im dichten Verkehr wartet.

Die Route führt direkt auf die hübscheste Hauptstraße Frankreichs und ins Stadtzentrum von Aix. Der Cours Mirabeau ist das ganze Jahr über schön, doch am schönsten zwischen Frühjahr und Herbst, wenn die Platanen über fünfhundert Meter einen hellgrünen Tunnel bilden. Das gebrochene Licht, die vier Springbrunnen in der Mitte des Cours, die vollkommenen Proportionen, die da Vincis Regel folgen, man »solle die Straße so breit lassen, wie die Häuser hoch sind« – das ganze Verhältnis von Raum und Bäumen und Architektur ist so angenehm, daß man die Autos kaum bemerkt.

Mit den Jahren hat sich eine hübsche geographische Trennlinie zwischen Arbeit und Vergnügen ergeben. Auf der schattigen Straßenseite befinden sich, wie sich's gehört, die Banken und Versicherungsgesellschaften und Maklerbüros und Kanzleien der Rechtsanwälte. Auf der Sonnenseite befinden sich die Cafés.

Mir hat fast jedes Café gefallen, das ich in Frankreich besucht habe, selbst die lottrigen kleinen Cafés in winzigen Dörfern, wo es mehr Fliegen als Gäste gibt. Aber für die Cafés am Cours Mirabeau habe ich eine besondere Schwäche, und die allergrößte Schwäche für das Deux Garçons. Generationen von Besitzern haben ihren Profit unter der Matratze versteckt und jeglichen Gedanken an Renovierung widerstanden, die in Frankreich gewöhnlich mit einem Desaster von Kunststoff und mißglückter Beleuchtung endet, und das Innere sieht hier noch ziemlich genauso aus wie vor fünfzig Jahren.

Die Decke ist hoch und durch den Rauch von Millionen von Zigaretten karamelfarbig geworden. Die Bar ist aus glänzendem Kupfer. Die Tische und Stühle leuchten von der Patina, die ihnen unzählige Hintern und Ellbogen verliehen haben, und die Kellner haben Schürzen und Plattfüße, wie alle Kellner sie haben sollten. Es ist dämmrig und kühl, ein Ort zum Nachdenken und ruhigen Trinken. Und dann gibt es da die Terrasse, wo die Show stattfindet.

Aix ist eine Universitätsstadt, und im Studiengang muß es dort etwas geben, was hübsche Studentinnen anlockt. Die Terrasse des Deux Garçons ist stets voll von ihnen. Ich habe die Theorie, daß sie sich hier zum Zwecke der Bildung einfinden und nicht der Erfrischung halber. Sie studieren angewandte Cafésoziologie. Der Kurs hat vier Stufen:

Eins: Die Ankunft

Man muß stets so auffällig wie möglich eintreffen, am besten auf einer leuchtendroten Kawasaki 750, die ein junger Mann fährt, der von oben bis unten in Leder gekleidet ist und einen Dreitagebart hat. Es schickt sich nicht, nach dem Absteigen auf dem Trottoir stehenzubleiben und ihm zum Abschied zu winken, wenn er über den Cours davonbraust, auf dem Weg zu seinem Friseur. So etwas tun nur linkische kleine Mädchen aus der Auvergne. Die intelligente Studentin hat keine Zeit für Gefühle. Sie konzentriert sich auf den nächsten Schritt.

Zweitens: Das Eintreten

Man behält die Sonnenbrille auf, bis man an einem der Tische einen Bekannten identifiziert. Es darf aber nicht so aussehen, als suche man Gesellschaft. Statt dessen sollte der Eindruck erweckt werden, man steure ins Café, um von dort seinen adligen italienischen Bewunderer anzurufen, und dann – *quelle surprise!* – entdeckt man dort einen Freund. Während man sich überreden läßt, Platz zu nehmen, darf die Sonnenbrille abgenommen und das Haar zurückgeworfen werden.

Drittens: Das rituelle Küssen

Jeder am Tisch muß mindestens zweimal, oft dreimal, in besonderen Fällen viermal geküßt werden. Wer geküßt wird, muß sitzen bleiben, um es der Neuangekommenen zu ermöglichen, sich vorzubeugen und um den Tisch herumzuschießen, den Kellnern im Weg zu stehen und ganz allgemein ihre Anwesenheit spüren zu lassen.

Sitzt man einmal, so sollte die Sonnenbrille wieder aufgesetzt werden, damit man die eigene Spiegelung in den Fenstern des Cafés diskret beobachten kann – keineswegs aus narzißtischem Interesse, sondern um wichtige technische Details zu überprüfen: die Art, wie man sich eine Zigarette ansteckt oder mit dem Strohhalm aus einem Glas Perrier *menthe* trinkt oder zierlich an einem Stück Würfelzucker knabbert. Wenn alles zur Zufriedenheit abläuft, darf die Brille nach unten rutschen, bis sie ganz charmant auf der Nasenspitze sitzt, und die Aufmerksamkeit kann den übrigen Gästen am Tisch zugewandt werden.

Diese Vorstellung zieht sich vom Morgen bis in den frühen Abend. Sie hört nie auf, mich zu faszinieren. Es müßte wegen des Universitätsstudiums eigentlich eine gelegentliche Unterbrechung geben, aber ich habe auf den Cafétischen noch nie ein Lehrbuch bemerkt, so wie ich auch nie irgendeine Diskussion über mathematische oder politologische Probleme gehört habe. Die Studentinnen und Studenten gehen ganz darin auf, sich in Form zu zeigen. Der Cours Mirabeau gewinnt dadurch nur.

Es würde keine besondere Mühe bereiten, den größten Teil des Tages damit zu verbringen, von Café zu Café zu wandern. Da unsere Besuche in Aix jedoch so häufig nicht sind, empfinden wir eine angenehme Verpflichtung, soviel wie möglich in einen Morgen hineinzuquetschen – eine Flasche *Eau-De-Vie* bei dem Mann in der Rue d'Italie und einige Käsesorten von Monsieur Paul in der Rue des Marseillais zu erwerben, den Unsinn in den Schaufenstern der Boutiquen zu begutachten, die sich in engen Gassen hinter dem Cours zwischen älteren und langlebigeren Geschäfte drängen; sich unter die Menschenmassen auf dem Blumenmarkt zu begeben, noch einen Blick zu werfen auf den kleinen, wunderschönen Place d'Albertas mit seinem Kopfsteinpflaster und seinen Brunnen, und die Rue Fréderic Mistral zu erreichen, bevor im Restaurant Chez Gu alle Plätze belegt sind.

Es gibt in Aix größere, ansehnlichere und gastronomisch bemerkenswertere Restaurants, doch seit wir zum erstenmal bei Gu saßen, kommen wir immer wieder. Gu präsidiert persönlich über den Speisesaal – ein freundlicher, lauter Mann mit dem breitesten, gelbesten, üppigsten und ehrgeizigsten Schnurrbart, den ich je gesehen habe und der dauernd gegen Schwergewicht und Rasierapparat ankämpft, um mit Gus Augenbrauen in Kontakt zu kommen. Sein Sohn nimmt die Bestellungen entgegen, und für die Küche ist, deutlich vernehmbar, eine Frau – vielleicht Madame Gu – verantwortlich; gesehen habe ich sie noch nie. Die Gäste sind meist ortsansässige Geschäftsleute, die Mädchen von Agnes B. um die Ecke, schicke Frauen mit Einkaufstaschen und Dackeln und das gelegentliche, so heimlich wie offenkundig illegitime Pärchen, das bei seinem intensiven Gespräch im Flüsterton seine *aioli* gar nicht beachtet. Der Wein wird in Krügen serviert, ein gutes Mittagessen mit drei Gängen kostet 80 Francs, und um 12.30 Uhr ist kein Tisch mehr frei.

Wie gewöhnlich verschwinden mit dem ersten Krug Wein auch unsere guten Absichten, nur ganz rasch und leicht zu Mittag zu essen, und, wie gewöhnlich, rechtfertigen wir unser Nachgeben damit, daß wir uns gegenseitig klarmachen, heute sei ein Urlaubstag. Wir müssen nicht zu geschäftlichen Verpflichtungen oder einem vollen Terminkalender

zurück, und auf schamlos unwürdige Weise steigt unser Genießen noch mit dem Wissen, daß die Menschen um uns herum wieder hinter ihren Schreibtischen hocken werden, wenn wir noch bei einer zweiten Tasse Kaffee sitzen und darüber nachdenken, was wir anschließend tun wollen. Es gäbe in Aix noch vieles zu besichtigen, aber das Mittagessen hat unser Interesse an Besichtigungen gedämpft, und es würde sich auf dem Heimweg rächen, wenn wir die verschiedenen Käse in unserer Tasche in der Hitze des Nachmittags mit uns herumtrügen. Kurz vor Aix liegt ein Weinberg, den ich schon lange besuchen wollte. Oder da gibt es eine Sehenswürdigkeit, die wir auf der Fahrt stadteinwärts bemerkt haben, eine Art mittelalterlicher Müllplatz, der mit massiven Überresten und amputierten Gartenstatuen übersät ist. Dort müßten wir doch die alte Steinbank für den Garten finden können, nach der wir suchten, und wir würden wahrscheinlich noch Geld dafür bekommen, wenn wir sie mitnähmen.
Das Grundstück der Materiaux d'Antan hat die Ausmaße eines größeren Friedhofs neben der RN7. In einem Land, welches Besitz mit solcher Entschiedenheit gegen Räuber sichert, daß es die größte eingezäunte Bevölkerung in Europa hat, ist es ungewöhnlich, auf ein Anwesen zu stoßen, das zur Straße hin völlig offen ist: keine warnenden Schilder, keine schmierigen Schäferhunde an Ketten und nirgends ein Zeichen vom Eigentümer. Wie vertrauensvoll, dachten wir beim Parken, ein Geschäft zu führen ohne sichtbare Schutzvorkehrungen für das Lager. Dann merkten wir allerdings, warum der Eigentümer es sich leisten konnte, Sicherheitsfragen so gelassen zu nehmen. Dort war nämlich nichts ausgestellt, was weniger als fünf Tonnen gewogen hätte. Es hätte zehn Männer und eine hydraulische Kurbel gebraucht, hier irgend

etwas zu heben, und einen Autotransporter, um es fortzuschaffen.
Wenn wir geplant hätten, Versailles nachzubauen, so hätten wir all unsere Einkäufe hier an diesem Nachmittag erledigen können. Ein komplettes Bad aus einem einzigen Marmorstein? Dort in der Ecke stand es, mit Brombeerzweigen, die durch das Abflußloch herauswuchsen. Eine Treppe für die Eingangshalle? Es gab dort drei von unterschiedlicher Länge, elegant geschwungene Strukturen von abgetragenen Steinstufen, jede so groß wie ein Eßtisch. Gleich daneben lagen große Schlangen aus Eisengirlanden mit und ohne den krönenden Abschluß riesiger Ananasfrüchte. Da waren vollständige Balkone mit Wasserspeiern, Marmorengel in der Größe kräftiger Erwachsener, die unter Ziegenpeter zu leiden schienen, drei Meter lange Terrakotta-Amphoren, die in trunkenem Durcheinander auf der Seite lagen, Mühlräder, Säulen, Kapitelle und Plinthen. Alles, was man sich aus Stein denken konnte – nur keine einfache Bank.
»*Bonjour.*« Hinter einer vergrößerten Fassung der Nike von Samothrake tauchte ein junger Mann auf und fragte, ob er uns helfen könnte. Eine Bank? Er hakte seinen Zeigefinger über die Nasenbrücke, während er nachdachte, dann schüttelte er entschuldigend den Kopf. Bänke – das war eigentlich nicht seine Spezialität. Er hätte jedoch ein schmiedeeisernes Belvedere aus dem achtzehnten Jahrhundert oder, falls unser Garten groß genug wäre, einen herrlichen kleinen Triumphbogen im römischen Stil, den er uns zeigen könnte – zehn Meter hoch und so breit, daß zwei Kriegswagen nebeneinander durchfahren könnten. Solche Stücke wären selten, meinte er. Einen Augenblick lang gerieten wir in Versuchung, als wir uns Faustin mit einem Olivenblätterkranz um seinen

Strohhut vorstellten, wie er unterwegs zum Weinberg auf seinem Traktor durch einen Triumphbogen führe, und wir spielten einen Moment lang mit dem Gedanken. Aber meine Frau sah die unpraktische Seite eines Impulsivkaufs von 250 Tonnen. Wir verließen den jungen Mann mit dem Versprechen wiederzukommen, falls wir je ein Château kaufen sollten.

Daheim hieß uns der Anrufbeantworter willkommen. Er zwinkerte mit seinem roten Äuglein zum Zeichen, daß ihm etwas mitgeteilt worden war. Es gab drei Nachrichten.

Ein Franzose mit unbekannter Stimme führte eine mißtrauische, einseitige Konversation, in der er sich weigerte zu akzeptieren, daß er mit einer Maschine sprach. Unsere Nachricht, Anrufer möchten eine Nummer hinterlassen, wo wir sie erreichen konnten, versetzte ihn in Rage. Warum soll ich Ihnen meine Nummer geben, wenn ich bereits mit Ihnen spreche? Er wartete auf Antwort und atmete schwer. Wer ist dort? Warum antworten Sie nicht? Noch schwereres Atmen. *Allo? Allo? Merde. Allo?* Die Frist auf dem Band lief mitten in seinem Quengeln aus. Wir haben nie wieder von ihm gehört.

Didier, fix und geschäftsmännisch, informierte uns, daß er mit seiner Mannschaft bereit sei, die Arbeit fortzusetzen und zwei Zimmer im hinteren Erdgeschoß in Angriff zu nehmen. *Normalement* würden sie morgen früh eintreffen, vielleicht am Tag drauf. Und wie viele Welpen wir gern hätten? Pénélopé war von einem unbekannten Hund in Goult geschwängert worden.

Und dann war da eine englische Stimme, ein Mann, an den wir uns aus London erinnerten. Er schien ganz nett zu sein, aber wir kannten ihn kaum. Das sollte sich ändern, weil er und seine Frau hereinschneien würden. Er sagte nicht wann, und er hinterließ keine Telefonnummer. Nach Art reisender Engländer würden sie wahrscheinlich irgendeines schönen Tages gerade vor dem Mittagessen eintrudeln. Wir hatten jedoch bisher einen ruhigen Monat gehabt und konnten ein bißchen Gesellschaft brauchen.

Die beiden kamen mit Einbruch der Dämmerung, als wir uns zum Abendessen im Hof niederließen – Ted und Susan, mit einer Girlande von Entschuldigungen und einer lauten Begeisterung für die Provence und für unser Haus, unsere Hunde, uns, alles. Das alles sei – so wiederholten sie ständig – einfach super. Ihre atemlose Munterkeit war entwaffnend. Sie sprachen im Tandem, in einem nahtlosen Dialog, der von uns keinerlei Beitrag erforderte oder gestattete.

»Sind wir zur unpassenden Zeit gekommen? Typisch für uns, tut mir leid.«

»Absolut typisch. Sie müssen es *hassen,* wenn Menschen einfach so reinschneien. Ein Glas Wein wäre wunderbar.«

»Liebling, sieh mal den Pool! Ist der nicht *hübsch!?*«

»Wußten Sie, daß das Postamt in Ménerbes eine kleine Karte hat, in der verzeichnet ist, wie man Sie finden kann? *Les anglais,* so nennt man Sie dort. Und schon fischen sie diese Karte unter dem Tresen hervor.«

»Wir wären ja früher hiergewesen. Aber wir sind im Dorf mit diesem süßen alten Mann ...«

»... na ja, genaugenommen mit seinem Auto ...«

»Ja, mit seinem Auto. Aber er hat es ganz süß hingenommen, Liebling, nicht wahr? Und es war eigentlich ja auch kein Aufprall, nur ein Kratzer.«

»Da haben wir ihn mitgenommen ins Café und haben ihm etwas zu trinken spendiert.«

»Eine ganze Menge, um ehrlich zu sein.«
»Und für seine Freunde auch, Liebling.«
»Ist ja egal. Jedenfalls sind wir jetzt da. Ich muß zugeben: Es ist *einfach* himmlisch.«
»Und so nett von Ihnen, uns aufzunehmen, obwohl wir einfach so reinschneien.«
Sie brachen ab, um ein wenig Wein zu trinken und Atem zu schöpfen, schauten sich um und gaben kurze zustimmende Summtöne von sich. Meine Frau, die auf geringste Symptome von Unterernährung reagiert, merkte, daß Teds Auge auf dem Abendessen verweilte, das noch unberührt auf dem Tisch stand. Sie fragte, ob die beiden mit uns essen wollten.
»Nur, wenn es Ihnen auch wirklich keine Mühe macht – nur ein Krüstchen und ein Häppchen Käse und vielleicht noch *ein* Gläschen Wein.«
Ted und Susan nahmen, noch immer zwitschernd, Platz, und wir fuhren Wurst, Käse, Salat und einige Scheiben vom Gemüseomelett auf, das hier unten *crespaou* heißt – es wird mit warmer frischer Tomatensauce gegessen. Es wurde mit solchem Entzücken in Empfang genommen, daß ich mich fragte, wie lang ihre letzte Mahlzeit wohl schon zurückliegen mochte und welche Vorkehrungen sie für die nächste getroffen hatten.
»Wo werden Sie während Ihres Aufenthalts hier wohnen?«
Ted schenkte sich nach. Nun ja, reserviert hatte er nichts – »typisch für uns, absolut typisch« –, aber sie hätten an eine kleine *auberge* gedacht, einen sauberen, ganz einfachen Gasthof, nicht zu weit weg, weil sie uns und unser Haus so gern bei Tageslicht sähen, falls wir es ertragen könnten. Es müßte eigentlich doch ein halbes Dutzend kleiner Hotels geben, die wir empfehlen könnten.

Gab es auch, nur war es schon nach zehn, es wurde Schlafenszeit in der Provence, und das war nicht der rechte Moment, um gegen vorgezogene Fensterläden und verschlossene Türen zu hämmern und dabei der Aufmerksamkeit wachsamer Hotelhunde zu entkommen. Ted und Susan sollten die Nacht über besser bei uns bleiben, um sich am nächsten Morgen nach Besserem umzusehen. Sie sahen sich an und begannen ein Duett der Dankbarkeit, das andauerte, bis ihre Reisetaschen nach oben transportiert worden waren. Sie wisperten ein letztes Gute Nacht aus dem Fenster des Gästezimmers, und wir konnten sie noch zirpen hören, als wir uns schlafen legten. Sie waren wie zwei aufgeregte kleine Kinder, und wir dachten, es würde recht schön werden, sie für ein paar Tage bei uns zu haben.

Kurz nach drei Uhr weckte uns das Bellen der Hunde. Sie waren von Geräuschen alarmiert worden, die aus dem Gästezimmer drangen, und hielten die Ohren gespitzt. Es waren die Laute eines Menschen, der sich seinen Magen total verdorben hat, dazwischen Stöhnen und das Platschen von fließendem Wasser.

Ich weiß nie recht, wie ich auf das Unwohlsein anderer Menschen reagieren soll. Ich selbst ziehe es vor, wenn man mich in solchem Zustand allein läßt, und erinnere mich an die Worte eines Onkels vor langer, langer Zeit. »Übergib dich privat, lieber Junge«, hatte er gesagt. »Niemand interessiert sich für das, was du gegessen hast.« Es gibt jedoch Menschen, die in ihrem Leiden durch ein mitfühlendes Publikum getröstet werden.

Die Geräusche hielten an, und ich rief nach oben, ob wir irgend etwas für sie tun könnten. Teds beunruhigtes Gesicht schob sich durch die Tür. Susan hatte irgendwas Schlechtes gegessen. Das arme Ding hatte einen empfindlichen Magen. All die Aufregung. Da konnte man nichts machen, außer der Natur ihren Lauf lassen, was sie dann auch lauthals von neuem tat. Wir zogen uns wieder ins Bett zurück.

Das Donnern von herabstürzendem Mauerwerk begann kurz nach sieben. Didier war gekommen, wie versprochen, und arbeitete sich mit einem abgesägten Schlaghammer und einer Eisenspitzhacke voran, während seine Assistenten Zementsäcke warfen und den Betonmixer erbarmungslos zum Leben erweckten. Unsere Invalidin tastete sich langsam die Treppe herunter, krampfte die Brauen gegen den Lärm und das grelle Sonnenlicht zusammen und beteuerte, sie fühle sich wohl genug, um zu frühstücken. Sie irrte sich und mußte den Tisch eilends in Richtung Bad wieder verlassen. Es war ein vollkommener Morgen, ohne Wind, ohne Wolken, mit einem Himmel aus purem Blau. Wir verbrachten ihn damit, einen Arzt aufzutreiben, der zu einem Hausbesuch bereit wäre, und fuhren danach zur Apotheke, Zäpfchen kaufen.

Während der nächsten vier oder fünf Tage hatten wir Gelegenheit, den Apotheker gut kennenzulernen. Die unglückliche Susan war mit ihrem Magen auf Kriegsfuß. Knoblauch bekam ihrer Galle nicht. Die hiesige Milch, zugegebenermaßen ziemlich merkwürdiges Zeug, versetzte ihre Eingeweide in Aufruhr. Das Öl, die Butter, das Wasser, der Wein – nichts bekam ihr, und zwanzig Minuten in der Sonne verwandelten sie in eine wandelnde Hautblase. Sie war gegen den Süden allergisch.

Das ist nichts Ungewöhnliches. Die Provence ist für das nördliche Körpersystem ein Schock; hier ist alles vollblütig. Die Temperaturen sind extrem und reichen von über fünfunddreißig Grad plus bis minus zwanzig. Regen, wenn er kommt, fällt so ausgiebig, daß er Straßen wegschwemmt und die Autobahn stillegt. Der Mistral ist ein brutaler, enervierender Wind, eisig im Winter, harsch und trocken im Sommer. Die Nahrung ist voller starker, erdiger Aromen, die ein Verdauungssystem, das weniger aufdringliche Diät gewohnt ist, überwältigen können. Die Weine sind jung und trügerisch, sie trinken sich leicht, haben oft jedoch höheren Alkoholgehalt als ältere Weine, die man mit größerer Vorsicht genießt. Es gibt in der Provence nichts, was gemäßigt ist, und sie kann Menschen fällen, so wie sie Susan umgehauen hatte. Sie und Ted verließen uns, um sich in gemäßigteren Zonen zu erholen.

Ihr Besuch machte uns klar, wie glücklich wir uns schätzen konnten, die Kondition von Ziegen und eine Haut zu haben, die Sonne vertrug. Unser Tagesablauf hatte sich verändert. Wir lebten praktisch im Freien. Wir zogen uns in dreißig Sekunden an. Zum Frühstück aßen wir frische Feigen und Melonen, und einkaufen gingen wir früh, bevor die Wärme der Sonne umschlug in Hitze. Die Steine am Rande des Pools waren bei Berührung heiß, das Wasser kalt genug, um uns nach dem ersten Eintauchen schnappend wieder nach oben kommen zu lassen. Wir übernahmen die Gewohnheit vernünftiger mediterraner Gelassenheit – die Siesta.

Das Tragen von Socken lag in ferner Vergangenheit. Meine Armbanduhr blieb in einer Schublade. Ich fand, daß ich die Uhrzeit mehr oder weniger von der Position der Schatten im Hof ablesen konnte – allerdings wußte ich selten, welchen Tag wir hatten. Es schien unwichtig. Ich wurde zu einem zufriedenen Gemüse, das durch Telefonate mit Leuten in fernen Büros sporadisch mit dem wirklichen Leben Kontakt hielt. Sie fragten stets sehnsüchtig, wie das Wetter wäre, und hörten die Antwort nicht gern. Sie trösteten sich, indem sie mich vor Hautkrebs und der unangenehmen Wirkung von Sonnenlicht auf das Gehirn warnten. Ich stritt nicht mit ihnen; sie hatten wahrscheinlich recht. Aber so hautkrebsgefährdet ich auch sein mochte – ich hatte mich nie wohler gefühlt.

Die Maurer arbeiteten mit nacktem Oberkörper und genossen das Wetter genauso wie wir. Ihre einzige Konzession an die Hitze war eine etwas längere Mittagspause, die von unseren Hunden auf die Minute genau kontrolliert wurde. Beim ersten Geräusch des Öffnens von Henkelmännern und von Tellern und Besteck tauchten die Hunde auf. Sie rannten wie wild über den Hof und plazierten sich am Tisch – etwas, das sie bei uns nie taten. Geduldig und ohne mit der Wimper zu zucken pflegten sie die Männer bei jedem Bissen mit Leidensmiene zu beobachten. Es klappte immer. Nach Beendigung des Mittagessens zogen sie sich mit dem Maul voll Camembert oder Couscous in ihr Versteck unter der Rosmarinhecke zurück. Die Happen seien, so behauptete Didier, vom Tisch heruntergefallen.

Die Arbeit am Haus ging planmäßig voran – das heißt, jedes Zimmer brauchte drei Monate von dem Tag an, als die Maurer anrückten, bis zu dem Tag, da wir einziehen konnten. Und im August standen uns Menicucci und seine Heizkörper bevor. An einem anderen Ort, bei weniger idealem Wetter wäre es deprimierend gewesen. Hier nicht. Die Sonne ist ein starkes Beruhigungsmittel, und die Zeit verging in einem Nebel des Wohlbefindens; lange, langsame, fast träge Tage, an denen es so schön war zu leben, daß es auf nichts sonst ankam. Man hatte uns gesagt, das Wetter bliebe oft bis in den Oktober hinein so. Man hatte uns auch gesagt, daß

Juli und August die beiden Monate seien, wenn vernünftige Einwohner die Provence verlassen und sich an einen ruhigeren und weniger überfüllten Ort zurückzögen. Beispielsweise nach Paris. Wir nicht.

Juli

Mein Freund hatte ein Haus in Ramatuelle gemietet, ein paar Kilometer von Saint-Tropez entfernt. Wir wollten uns wiedersehen, trotz beidseitiger Scheu vor den mißliebigen Verkehrsstaus im Hochsommer. Wir warfen eine Münze. Ich verlor und versprach, gegen Mittag bei ihm zu sein.

Nach halbstündiger Fahrt fand ich mich in einem anderen Land wieder, das hauptsächlich von Wohnwagen bevölkert war. Sie schoben sich in unförmigen Lawinen dem Meer entgegen. Sie waren mit Gardinen in Orange- und Brauntönen und mit Aufklebern von früheren Völkerwanderungen geschmückt. Sie pausierten gruppenweise in Parkzonen neben der Autobahn und flimmerten in der Hitze. Ihre Besitzer ignorierten die offene Landschaft dahinter und stellten Picknicktische und -stühle mit ungestörtem Nahblick auf die vorbeifahrenden Laster in Atemnähe der Dieselabgase auf. Als ich die Autobahn verließ, um auf Saint-Maxime zuzufahren, konnte ich vor mir weitere Wohnwagen in verknäulten, schaukelnden Konvois sehen. Ich gab jede Hoffnung auf ein frühes Mittagessen auf. Für die letzten fünf Kilometer der Strecke brauchte ich eineinhalb Stunden. Willkommen an der Côte d'Azur.

Sie war einst wunderschön; einige teure Oasen sind es immer noch. Doch verglichen mit dem Frieden und der relativen Leere des Lubéron kam sie mir wie ein Irrenhaus vor. Sie war entstellt – durch übermäßiges Bauen, durch Überbevölkerung und übertriebenes Verkaufen: Wohnparks, *Steak, Pommes frites,* aufblasbare Gummiboote, echt provenzalische Souvenirs aus Olivenholz, Pizzen, Wasserskikurse, Nachtklubs, *Go-Cart*-Rennbahnen – überall Plakate, die alles mögliche anpriesen.

Den Menschen, die sich mit der Côte d'Azur ihren Lebensunterhalt verdienen, steht dafür nur eine begrenzte Saison zur Verfügung. Ihr Ehrgeiz, einem das Geld abzuknöpfen, bevor der Herbst kommt und die Nachfrage nach aufblasbaren Gummibooten aufhört, ist penetrant und unangenehm. Kellner warten ungeduldig auf ihr Trinkgeld. Die Inhaber von Geschäften heften sich einem an die Fersen, damit man zur Entscheidung nicht zu lange braucht, und wollen dann keine 200-Francs-Scheine annehmen, wegen der vielen gefälschten Banknoten. Eine feindselige Habgier liegt in der Luft. Sie ist so allgegenwärtig wie der Geruch von Ambre Solaire und von Knoblauch. Fremde werden automatisch als Touristen eingestuft, als Störenfriede behandelt, mit unfreundlichem Blick gemustert und gegen Bares geduldet. Der Landkarte zufolge

gehörte diese Gegend zur Provence. Mit der Provence, die ich kannte, hatte sie nichts zu tun.
Das Haus meines Freundes lag in Kiefernwäldern außerhalb von Ramatuelle, am Ende eines langen Privatwegs und völlig isoliert von dem Wahnsinn drei Kilometer weiter in Küstennähe. Er war nicht überrascht zu hören, daß eine normale Zweistundenreise über vier Stunden gedauert hatte. Um sich zum Abendessen in Saint-Tropez einen Parkplatz zu sichern, so erzählte er, wäre man am besten schon morgens um 7.30 Uhr da; der Weg zum Strand sei pure Frustration, und es gebe nur eine Möglichkeit, den Flughafen von Nizza pünktlich zum Abflug zu erreichen – mit dem Hubschrauber.
Auf der Rückfahrt abends, in Gegenrichtung zur Wohnwagenflut, fragte ich mich, was an der Côte d'Azur eigentlich Sommer für Sommer die Massen immer noch anlockt. Von Marseille bis Monte Carlo waren die Straßen ein Alptraum und die Strände ein lebender Teppich von Körpern, die in der Sonne brieten, Flanke an Flanke, Kilometer für Kilometer. Ich konnte nur froh sein, daß sie ihre Ferien hier und nicht in den offenen Gegenden des Lubéron unter angenehmeren Einheimischen verbringen wollten.
Einige Einheimische waren natürlich weniger angenehm als andere, und einem solchen begegnete ich gleich am nächsten Morgen. Massot war *en colère*. Er trat in der kleinen Lichtung nicht weit von seinem Haus entfernt um sich und kaute vor Ärger auf seinem Schnurrbart.
»Sehen Sie das?« wollte er wissen. »Diese *salauds*. Sie kommen wie Diebe in der Nacht und ziehen frühmorgens weiter. Überall *saloperie*.« Er zeigte mir zwei leere Sardinenbüchsen und eine Weinflasche, die alle Zweifel beseitigten – seine Erzfeinde, die deutschen Camper, hatten sich auf seinen

privaten Sektor des Nationalparks gewagt. Das war schlimm genug, aber außerdem hatten die Camper sein ausgeklügeltes Abwehrsystem mit Verachtung gestraft. Sie hatten seine Felsblöcke beiseite gerollt, um ein Loch in die Barrikade zu machen und – *sales voleurs!* – die Schilder gestohlen, die vor Schlangen gewarnt hatten.
Massot nahm sein Dschungelkäppi ab und rieb sich beim Nachdenken über das Ausmaß solchen Verbrechens die kahle Stelle am Hinterkopf. Er schaute in Richtung seines Hauses, indem er sich erst auf der einen Seite des Weges, dann auf der anderen auf Zehenspitzen stellte.
»Es könnte klappen«, meinte er. »Ich müßte allerdings die Bäume abholzen.«
Wenn er den kleinen Wald zwischen seinem Haus und der Lichtung beseitigte, würde er die Scheinwerfer jedes Autos sehen können, das den Pfad herabkäme, und von seinem Schlafzimmer aus Warnschüsse abgeben können. Andererseits waren die Bäume aber extrem kostbar, weil sie den Wert des Hauses steigerten, das er verkaufen wollte. Bisher hatte sich kein Käufer gefunden, aber es wäre bestimmt nur eine Frage der Zeit, bis jemand einsähe, welche günstige Chance sich da bot. Die Bäume mußten also stehenbleiben. Massot dachte erneut nach und begann plötzlich zu strahlen.
Vielleicht gäbe es eine andere Lösung des Problems – *pièges à feu*. Doch, die Idee gefiel ihm.
Ich hatte von *pièges à feu* gehört: wie entsetzlich – verborgene Fallen, die bei Berührung explodierten wie kleine Minen. Der Gedanke daran, daß deutsche Camper in Stücke gerissen durch die Luft fliegen sollten, schien mir äußerst beunruhigend, Massot jedoch zu amüsieren. Er schritt planend sein Minenfeld ab und rief alle drei oder vier Meter *boum!*

Das könne doch nicht sein Ernst sein, sagte ich, und außerdem wären *pièges à feu* illegal. Massot hörte mit seinen Explosionen auf und klopfte sich an die Nase. Er tat schlau und konspirativ.

»Das mag sein«, meinte er, »aber gegen Warntafeln gibt es kein Gesetz ...« Er grinste und hob beide Arme über den Kopf. *»Boum!«*

Wo war er nur vor zwanzig Jahren, dachte ich, als er an der Côte d'Azur gebraucht worden wäre?

Möglicherweise steigerte die Hitze Massots antisoziale Gefühle. Wir hatten schon morgens gegen zehn oft 30 Grad, und der Himmel wechselte bis Mittag von blau zu verbranntem Weiß. Wir paßten uns, ohne eigentlich bewußt daran zu denken, der Temperatur an, indem wir morgens früher aufstanden und den kühleren Teil des Tages für alles nutzten, was Energie erforderte. Von zwölf Uhr bis zum Nachmittag kamen spontane Handlungen und Bekundungen von Fleiß nicht in Frage; wir suchten Schatten wie unsere Hunde. Die Erde bekam Risse. Das Gras wuchs nicht mehr. Tagsüber waren für lange Perioden nur die *cigales,* die Bienen in den Lavendelbüschen und Körper zu hören, die in den Swimmingpool klatschten.

Jeden Morgen zwischen sechs und sieben Uhr führte ich die Hunde spazieren, und sie entdeckten einen neuen Sport, der lohnender war, als auf Kaninchen und Eichhörnchen Jagd zu machen. Begonnen hatte es, als sie einmal auf etwas stießen, was sie für ein großes, glänzendes blaues Nylontier hielten. Sie umkreisten es aus sicherer Entfernung und bellten, bis es sich bewegte und aufwachte. Am einen Ende tauchte ein zerknittertes Gesicht auf, einige Momente später eine Hand, die einen Keks anbot. Von da an bedeutete der Anblick eines

Schlafsacks unter den Bäumen stets Futter. Für die Camper muß es beunruhigend gewesen sein, aufzuwachen und nur ein paar Zentimeter entfernt zwei Hundegesichter zu sehen, aber sie waren immer recht liebenswürdig, nachdem sie sich vom Schock erholt hatten.

Seltsamerweise hatte Massot nicht ganz unrecht. Es handelte sich hauptsächlich um Deutsche, doch die unachtsamen Abfallproduzenten, über die er sich beklagte, waren sie nicht. Diese Deutschen hinterließen keine Spuren; alles wurde in riesige Rucksäcke verpackt, bevor sie wie zweibeinige Schnecken in die Hitze des Tages davonzogen. Nach meiner kurzen Erfahrung mit Abfall im Lubéron waren die Sünder höchstwahrscheinlich die Franzosen selbst, doch das würde ein Franzose nie akzeptieren. Zu allen Jahreszeiten, doch besonders im Sommer waren für die meisten Probleme im Leben bekanntermaßen Ausländer der einen oder anderen Couleur verantwortlich.

Den Belgiern waren, wie es hieß, die meisten Verkehrsunfälle zuzuschreiben; sie hatten die Angewohnheit, mitten auf der Straße zu fahren, wodurch sie die für ihre Vorsicht berühmten französischen Autofahrer in Gräben abdrängten, die sonst *écrasé* worden wären. Die Schweizer und die nichtcampenden Deutschen waren schuldig, die Hotels und die Restaurants zu monopolisieren und die Immobilienpreise hochzutreiben. Und die Engländer – ach, die Engländer! Sie waren für ihr schwaches Verdauungssystem und ihr Interesse an Abflüssen und sanitären Anlagen bekannt. »Sie neigen zu Durchfall«, bemerkte ein französischer Freund. »Und wenn ein Engländer mal keinen Durchfall hat, tut er alles, um Durchfall zu kriegen.«

In solchen Pauschalurteilen steckt gerade genug Wahrheit,

daß sie sich halten. Ich war in einem Café in Cavaillon Augenzeuge eines Vorfalls, der Franzosen in ihrer Meinung über englische Empfindsamkeiten bestärkt haben muß.

Ein Ehepaar trank Kaffee, und der Sohn deutete an, daß er zum WC müßte. Der Vater schaute von seinem zwei Tage alten Exemplar des *Daily Telegraph* hoch.

»Du solltest besser nachsehen, ob es auch in Ordnung ist«, sagte er zu seiner Frau. »Weißt du noch, was in Calais passiert ist?«

Die Mutter seufzte und bahnte sich pflichtbewußt ihren Weg in den düsteren hinteren Teil des Cafés. Sie kam mit Höchstgeschwindigkeit und einer Miene zurück, als ob sie eine Zitrone gegessen hätte.

»Es ist *entsetzlich*. Ausgeschlossen, daß Roger das Örtchen benutzt.«

Ein verbotenes WC weckte Rogers Interesse sofort.

»Ich muß aber«, sagte er und spielte seinen Trumpf aus. »Groß. Ich muß wirklich.«

»Es hat nicht mal einen Sitz. Bloß ein *Loch*.«

»Mir macht das nichts. Ich *muß*.«

»Begleite ihn«, sagte die Mutter. »Mich kriegst du da nicht wieder hinein.«

Der Vater faltete seine Zeitung und stand auf. Klein Roger zerrte an seinem Arm.

»Du solltest die Zeitung mitnehmen«, sagte die Mutter.

»Ich werd sie zu Ende lesen, wenn ich zurück bin.«

»Da gibt's kein Papier«, zischte sie.

»Oh. Dann versuch ich dein Kreuzworträtsel zu retten.«

Die Minuten verstrichen. Ich überlegte, ob ich die Mutter fragen könnte, was eigentlich in Calais passiert sei, als vom rückwärtigen Café her ein lauter Schrei herüberdrang.

»Pschuh!«
Roger stürzte heraus, gefolgt von seinem Vater, der die Reste seiner Zeitung umklammerte. Im Café wurden die Gespräche unterbrochen, als Roger in höchsten Tönen von seiner Expedition Bericht gab. Der *patron* sah seine Frau an und zuckte mit den Schultern. Nur ein Engländer konnte wegen eines Besuchs vom *wawa* so ein Theater machen.
Die Einrichtung, die Roger und seine Eltern in solchen Aufruhr versetzt hatte, war eine *toilette à la turque* – eine flache Porzellanschüssel mit einem Loch in der Mitte und einer Fußstütze zu beiden Seiten. Sie war vermutlich von einem Türken entworfen worden, um größtmögliche Unbequemlichkeit zu garantieren, aber die Franzosen hatten sie noch verbessert – mit einer so flotten Hochdruckspülung, daß ahnungslose Benutzer bis an die Knie durchnäßt werden können. Es gibt zwei Möglichkeiten, dies zu vermeiden: einmal, indem man die Spülung vom sicheren, trockenen Boden im Türeingang aus betätigt, wozu es allerdings langer Arme und eines geradezu akrobatischen Gleichgewichtssinns bedarf, so daß die zweite Alternative – erst gar nicht zu spülen – leider meist vorgezogen wird. Um das Problem noch zu steigern, haben einige Lokale ein energiesparendes System eingebaut, das typisch französisch ist. Der Schalter, der sich stets draußen vor der Tür des WC befindet, ist mit einem automatischen Abschaltmechanismus versehen, der den WC-Besitzer nach dreißig Sekunden in Finsternis versetzt und somit kostbare Elektrizität spart und überdies Herumstreuner fernhält.
Erstaunlicherweise werden WCs *à la turque* noch immer hergestellt, und selbst das modernste Café hat nach hinten hinaus wahrscheinlich diese Art Schreckenskammer. Als ich

das aber Monsieur Menicucci gegenüber erwähnte, setzte er zu einer vehementen Verteidigung sanitärer Anlagen *Made in France* an, indem er darauf bestand, daß es am anderen Ende der Skala Klos von solcher Raffinesse und ergonometrischer Perfektion gebe, die selbst einen Amerikaner beeindrucken würden. Er schlug ein Zusammentreffen vor, um die zwei WCs zu diskutieren, die wir für unser Haus benötigten. Er hätte uns einige Wunderwerke zu zeigen, meinte er. Wir würden von der Auswahl entzückt sein.

Er traf mit einem Koffer voller Prospekte ein und lud sie auf dem Tisch im Hof aus, wobei er einige rätselhafte Bemerkungen über vertikale und horizontale Entleerung anbrachte. Wie er versprochen hatte, war die Auswahl riesig, doch alles von schockierend modernem Design und Farbstil – kompakte, bildhauerische Objekte in tiefem Burgunderrot oder in gebranntem Aprikosenton. Wir suchten etwas Einfaches in Weiß.

»C'est pas facile«, sagte er. Heutzutage verlangten die Leute neuartige Formen und Farben. Das gehöre zur sanitären französischen Revolution. Das traditionelle Weiß sei bei den Designern nicht beliebt. Es gebe da allerdings ein Modell, das er kürzlich gesehen hatte und das genau unseren Wünschen entsprach. Er schlug im Katalog nach – jawohl, er war sich ganz sicher: das wäre genau das Richtige für uns.

»Voilà! Le W. C. Haute Couture!« Er schob uns den Katalog herüber, und da war's, ausgeleuchtet und fotografiert wie eine etruskische Vase: das WC von Pierre Cardin.

»Sehen Sie?« sagte Menicucci. »Es trägt sogar Cardins Signatur.« In der Tat – da war sie, ganz obenauf, damit ihr nichts passieren konnte. Abgesehen von der Signatur war das WC perfekt, ein hübsches Design, das wie ein WC aussah und nicht wie ein riesiges Goldfischbassin. Wir bestellten zwei.

Eine Woche später rief ein zerknirschter Menicucci an, um uns mitzuteilen, das Haus Cardin stelle keine WCs mehr her. *Une catastrophe,* aber er werde seine Bemühungen fortsetzen.

Weitere zehn Tage verstrichen, bevor er wieder auftauchte, – er schwenkte einen Prospekt über dem Kopf, als er die Stufen hochstieg.

»*Toujours couture!*« rief er. »*Toujours couture!*«

Mochte Cardin die Badezimmer aufgegeben haben – der tapfere Courrèges war mit einem ganz ähnlichen Design für ihn eingesprungen, und in der Frage der Signatur hatte er sich zudem einer bemerkenswerten Zurückhaltung befleißigt, indem er sie nämlich einfach weggelassen hatte. Wir beglückwünschten Menicucci, und er genehmigte sich zur Feier des Tages eine Coca-Cola. Er hob sein Glas:

»Heute das WC, morgen die Zentralheizung«, sagte er, und wir saßen ein Weilchen bei dreißig Grad in der Sonne, während er von der Heizwärme der Zukunft im Haus schwärmte und uns seinen Operationsplan darlegte. Mauern mußten abgebrochen werden. Es würde Staub geben. An Stelle des Bienensummens und des Zirpens der Grillen würde der Krach des Schlagbohrers treten. Es gebe da nur einen Lichtblick, meinte Menicucci. Es würde uns für einige Wochen Gäste vom Halse schaffen. *Eh, oui.*

Doch vor dieser Periode erzwungener und ohrenbetäubender Isolation erwarteten wir noch einen Gast, einen Menschen, der so zerstreut und so unpraktisch war und Mißgeschicke im Haus verursachte, daß wir ihn ausdrücklich gebeten hatten, unmittelbar vor der Demolierung zu kommen, damit die durch seinen Besuch entstehenden Trümmerschäden unter dem Schutt des August begraben würden. Es war Bennett, ein enger Freund seit fünfzehn Jahren, der fröhlich zugab, der denkbar schlechteste Gast zu sein. Wir mochten ihn sehr, erwarteten ihn aber nicht ohne Bangen.

Er rief vom Flughafen an, mehrere Stunden, nachdem er hätte eintreffen sollen. Ob ich kommen und ihn abholen könnte? Es hätte da ein kleines Problem mit dem Autoverleih gegeben, und er sei gestrandet.

Ich fand ihn oben in der Bar im Mariguane gemütlich bei einer Flasche Champagner und einem französischen *Playboy*. Bennett war ein Endvierziger, schlank und extrem gutaussehend, in einem eleganten weißen Anzug mit bös versengten Hosen. »Tut mir leid, daß ich dich hergezerrt habe«, sagte er, »aber denen sind die Wagen ausgegangen. Komm, trink ein Glas Champagner.«

Er erzählte mir, was sich abgespielt hatte. Wie gewöhnlich war alles so unwahrscheinlich, daß es nur wahr sein konnte. Das Flugzeug war pünktlich gelandet. Das Auto, das er reserviert hatte, ein Cabriolet, wartete auf ihn. Das Dach war heruntergelassen, es war ein herrlicher Nachmittag, und in seiner aufgeräumten Stimmung hatte Bennett sich eine Zigarre angezündet, bevor er auf die Autobahn einbog. Sie war rasch verbrannt, wie Zigarren es bei starkem Luftzug zu tun pflegen, und nach zwanzig Minuten hatte Bennett sie weggeschmissen. Er merkte, daß entgegenkommende Automobilisten ihm zuwinkten. Also winkte er zurück; sind die Franzosen aber freundlich geworden, hatte er sich gedacht. Daß sein Auto brannte, ging ihm erst ein paar Autobahnkilometer später auf. Es war durch die weggeworfene Zigarre in Brand geraten. Sie steckte im Polster des Fonds. Mit einer, wie ihm vorkam, phantastischen Geistesgegenwart hielt er an der Mittelleitplanke, stellte sich auf den Vordersitz und urinierte in die Flammen. Das war, als die Polizei eintraf.

»Die Polizisten waren wahnsinnig nett«, sagte er, »aber sie meinten, es wäre besser, wenn ich den Wagen zum Flughafen zurückbrächte, und die Leute vom Autoverleih kriegten einen Anfall und wollten mir keinen anderen Wagen geben.«

Er trank seinen Champagner aus. Die Rechnung reichte er mir. Bei der ganzen Aufregung hatte er es nicht geschafft, seine Reiseschecks einzulösen. Es war schön, ihn wiederzusehen. Er war wie immer – charmant, lebensgefährlich ungeschickt, wunderbar angezogen und knapp bei Kasse. In einer dieser Situationen hatten meine Frau und ich so getan, als wären wir sein Kammermädchen und sein Butler – auf einer Dinnerparty, als wir allesamt so pleite waren, daß wir uns die Trinkgelder hinterher teilten. Mit Bennett hatten wir immer Spaß, und an dem Abend dauerte das Abendessen bis in die frühen Morgenstunden hinein.

Die Woche verlief so ereignislos wie zu erwarten angesichts der Tatsache, daß unser Gast ein Mensch war, der ein Glas über sich verschütten konnte, wenn er nur auf die Armbanduhr sah, und dessen unbefleckt weiße Hosen während eines Essens den ersten Gang nie unbeschädigt überstanden. Ein paar Dinge gingen zu Bruch. Das arme Badelaken soff im Swimmingpool ab. Panik kam auf, als wir merkten, daß er seinen Reisepaß mit zur Reinigung geschickt hatte. Wir wurden unruhig, als er eine Wespe verschluckt zu haben glaubte. Doch wirkliche Kalamitäten gab es nicht. Als er abreiste, waren wir traurig, und hofften nur, ihn bald wieder bei uns zu sehen, damit er die vier halbleeren Gläser Calvados trinken könnte, die wir unter seinem Bett fanden, und um seine Unterhosen abzuholen, die er dekorativ am Hutständer hängengelassen hatte.

Es war Bernard, der uns vom Café am Bahnhof von Bonnieux berichtete. Solide und seriös – so beschrieb er es, ein Familienrestaurant von der Art, wie sie in ganz Frankreich existierten, bevor das Essen zur Mode wurde und *die Bistrots* statt *daube* und Kutteln Entenbrustscheibchen zu servieren begannen. Gehen Sie bald hin, hatte Bernard empfohlen, weil die *patronne* davon spricht, sich zur Ruhe zu setzen, und bringen Sie einen großen Appetit mit.

Der Bahnhof von Bonnieux ist seit über vierzig Jahren stillgelegt, der Weg zum Bahnhof voller Schlaglöcher und verwahrlost. Von der Straße aus kann man nichts sehen – keine Schilder, keine Menütafeln. Wir waren dutzende Male vorbeigekommen und hatten angenommen, daß das Gebäude leerstünde, ohne zu wissen, daß hinter den Bäumen ein viel benutzter Parkplatz lag.

Zwischen der örtlichen Ambulanz und einem verbeulten Maurertransporter fanden wir einen Platz für unser Auto, blieben einen Moment stehen und horchten auf das Klappern der Teller und das Gemurmel, das durch die offenen Fenster drang. Das Restaurant lag fünfzig Meter vom Bahnhof entfernt, ein rechteckiges, unprätentiöses Restaurant mit verblichener, gerade noch lesbarer Schrift in handgemalten Großbuchstaben: CAFÉ DE LA GARE.

Ein kleiner Renault-Transporter fuhr auf den Parkplatz. Zwei Männer in Overalls stiegen aus. Sie wuschen sich an der alten Spüle draußen vor der Mauer die Hände, benutzten die gelbe Seifenbanane über dem Wasserhahn und öffneten sich die Tür mit den Ellenbogen, weil ihre Hände noch naß waren. Sie waren Stammgäste und gingen direkt zu den

Handtüchern, die am Ende der Bar an einem Haken hingen. Als sie sich ihre Hände getrocknet hatten, warteten zwei Gläser *Pastis* und ein Krug Wasser auf sie.

Es war ein großer, luftiger Raum, vorn dunkel, hell nach hinten heraus, wo Fenster über Felder und Weinberge auf den schattigen Rücken des Lubéron blickten. Es mußten etwa vierzig Leute da sein, nur Männer, die bereits aßen. Es war erst wenige Minuten nach zwölf, aber im Magen hat der Provenzale eine Uhr; das Mittagessen ist seine einzige Konzession ans Pünktlichsein. *On mange à midi* und nicht eine Minute später.

Jeder Tisch hatte eine weiße Papiertischdecke, und auf jedem standen zwei Flaschen Wein ohne Etikett, ein Roter und ein Rosé, von der Kooperative von Bonnieux zweihundert Meter weiter auf der anderen Straßenseite. Eine Speisekarte gab es nicht. Madame kochte fünf Mahlzeiten die Woche, von Montag bis Freitag; was ihre Gäste aßen, bestimmte sie. Ihre Tochter brachte uns einen Korb mit gutem, knusprigem Brot und fragte, ob wir Wasser wünschten. Nein? Dann müßten wir ihr sagen, wenn wir noch Wein wollten.

Die meisten Gäste schienen sich zu kennen, und zwischen den Tischen kam es zu einigen lebhaften und beleidigenden Rededuellen. Ein riesiger Mann wurde beschuldigt, Gewicht verloren zu haben. Er schaute von seinem Teller auf und legte beim Essen eine Pause ein, um einmal kräftig zu knurren. Wir sahen in einer Ecke unseren Elektriker mit Bruno zusammensitzen, der Steinfußböden legt, und erkannten noch zwei oder drei Gesichter, die wir nicht mehr gesehen hatten, seit die Arbeit an unserem Haus ruhte. Die Männer waren von der Sonne gebräunt, wirkten fit und entspannt, als hätten sie Urlaub gehabt. Einer rief zu uns herüber: »*C'est tranquille*

Chez Vous? Genießen Sie den Frieden, wenn wir nicht da sind?«
Wir erwiderten, sie würden hoffentlich zurückkehren, um die Arbeit im August fortzusetzen.
»*Normalement, oui.*« Die Hand wedelte. Wir wußten, was das bedeutete.
Madames Tochter kam mit dem ersten Gang und erklärte, wegen der Hitze gebe es an diesem Tag nur ein leichtes Essen. Sie setzte eine ovale Schüssel ab, die mit Scheiben von *saucisson* und Schinken und Gürkchen, einigen schwarzen Oliven und geriebenen Karotten in scharfer Marinade überladen war. Dazu ein dickes Stück Butter für die Wurst. Und mehr Brot.
Zwei Männer in Jacketts kamen mit einem Hund und nahmen am letzten noch freien Tisch Platz. Es gäbe da ein Gerücht, so sagte Madames Tochter, der Ältere der beiden sei in einem Land des Nahen Ostens französischer Botschafter gewesen. *Un homme distingué.* Und da saß er nun zwischen Maurern und Klempnern und Lastwagenfahrern und fütterte seinen Hund mit Wurstscheibchen.
Der vom Dressing saftige Salat wurde auf Glastellern gebracht, zusammen mit einer weiteren ovalen Schüssel: Nudeln in Tomatensauce und Scheiben von Schweinsbraten in einer dunklen Zwiebelsauce. Wir versuchten uns vorzustellen, was Madame wohl im Winter servieren würde, wenn sie sich nicht mit solch leichter Kost abgab, und hofften, sie würde es sich noch überlegen, in Pension zu gehen. Sie hatte hinter der Bar Stellung bezogen, eine kleine wohlproportionierte Frau, deren Haar noch immer dicht und schwarz war. Sie wirkte, als wenn sie ewig weiterarbeiten könnte.
Ihre Tochter räumte ab, schenkte den letzten Rest Wein ein

und brachte, ohne daß wir fragen mußten, eine weitere Flasche. Die ersten Gäste begannen wieder zur Arbeit zurückzukehren, wischten sich die Schnurrbärte und fragten Madame, was sie am nächsten Tag zu bieten gedenke. Etwas Gutes, erwiderte sie.

Ich mußte nach dem Käse Schluß machen. Meine Frau, die sich bisher noch nie von einem Menü geschlagen gab, aß noch eine *tarte au citron*. Der Raum begann nach Kaffee zu duften und nach Gitanes zu riechen, und im Sonnenlicht, das durchs Fenster in den Raum fiel, färbte der Rauch sich blau, als er über die Köpfe der drei Männer in die Höhe stieg, die vor ihren fingerhutgroßen Gläschen *marc* saßen. Wir bestellten Kaffee und verlangten die Rechnung, doch Rechnungen gehörten hier nicht zur Routine. Die Gäste zahlten auf dem Weg nach draußen an der Bar.

Madame sagte uns, was wir ihr schuldeten. Fünfzig Francs pro Person für das Essen und vier Francs für den Kaffee. Der Wein war inklusive. Kein Wunder, wenn das Restaurant jeden Tag voll war.

Ob sie sich wirklich zurückziehen wolle? Sie unterbrach das Blankputzen der Bar. »Als junges Mädchen«, sagte sie, »mußte ich mich entscheiden, ob ich auf den Feldern im Freien oder in der Küche arbeiten wollte. Ich habe damals schon das Land gehaßt. Die Arbeit ist hart und schmutzig.« Sie sah auf ihre Hände herab, die wohlerhalten waren und erstaunlich jung wirkten. »Also habe ich mich für die Küche entschieden, und nach der Heirat bin ich hierhergekommen. Ich habe jetzt achtunddreißig Jahre lang gekocht. Es reicht.« Wir sagten, wie leid uns das täte. Sie zuckte die Schultern. »Man wird müde.« Sie wollte nach Orange ziehen, sagte sie, in eine Wohnung mit Balkon, und in der Sonne sitzen. Es war zwei Uhr, und der Raum war leer bis auf einen alten Mann mit weißen Bartstoppeln auf seiner ledernen Haut, der einen Zuckerwürfel in seinen Calvados tunkte. Wir dankten Madame für das vorzügliche Essen.

»*C'est normal*«, sagte sie.

Die Hitze draußen traf uns wie ein Schlag, und auf dem Heimweg war die Straße eine langhingezogene Luftspiegelung, und im blendenden Licht wirkte sie flüssig und gewellt. Das Rebenlaub hing matt hernieder. Die Hunde waren still. Das Land lag wie gelähmt und verlassen. Es war Nachmittag, so richtig für den Swimmingpool, die Hängematte und leichte Lektüre, ein seltener Nachmittag, ohne Bauleute oder Gäste, und er schien langsam wie in Zeitlupe vorüberzugehn.

Gegen Abend prickelte unsere Haut von der Sonne. Wir hatten uns vom Mittagessen hinreichend erholt, um uns für das Sportereignis der Woche zurechtzumachen. Wir hatten die Herausforderung von Freunden angenommen, die, wie wir, einem der angenehmsten Spiele verfallen waren, das je erfunden worden ist – wir wollten versuchen, die Ehre von Ménerbes auf dem *Boules*-Platz zu verteidigen.

Wir hatten unser erstes Spiel während eines lang zurückliegenden Ferienaufenthalts gekauft, nachdem wir in Roussillon alten Männern zugeschaut hatten, die sich damit auf dem Dorfplatz hinter dem Postamt einen vergnüglichen Nachmittag gemacht hatten. Wir hatten unsere *Boules* mit nach England genommen. Es ist aber kein Spiel, das sich für ein feuchtes Klima eignet, und so verstaubten die Kugeln in einer Scheune. Als wir dann in die Provence zogen, gehörten sie zu den ersten Dingen, die wir auspackten. Sie waren glatt und gut anzufassen und paßten in die Hand; es waren schwere, kompakte, glänzende Stahlkugeln, die angenehm *Chock* machten, wenn man sie aneinanderklopfte.

Wir studierten die Techniken der Profis, die tagtäglich neben der Kirche in Bonnieux spielten – Männer, die mit einer *Boule* aus zwanzig Meter Entfernung einen Zeh treffen konnten –, und kehrten heim, um zu üben, was wir gesehen hatten. Die wahren Könner gingen leicht in die Knie und hielten die Kugel in den Fingern mit der Handfläche nach unten – wenn die Kugel geworfen wurde, gab die Reibung der Finger ihr also einen Rückdreh. Und wir hatten beim Spielen auch die minderen Aspekte des Stils beim Spielen bemerkt – die Grunzer und Aufmunterungen, die jeden Wurf begleiteten, und das Achselzucken und die unterdrückten Flüche, wenn sie zu weit oder nicht weit genug fiel. Wir waren bald selbst Experten – außer in der Wurfgenauigkeit.

Es gibt zwei Grundarten: der langsame, rollende Wurf, der über dem Boden ausläuft, oder der Schuß, der im hohen Bogen fällt, um die Kugel das Gegners aus dem Feld zu stoßen. Wir beobachteten Spieler von erstaunlicher Präzision. Wir selbst würden trotz aller Anstrengungen Jahre brauchen, bevor man uns auf einem *Boule*-Platz wie dem in Bonnieux mitspielen lassen würde.

Boules ist im Grunde ein einfaches Spiel, das einem Anfänger vom ersten Wurf an Spaß machen kann. Ein kleiner Holzball, der *cochonnet,* wird aufs Spielfeld geworfen. Jeder Spieler hat drei *Boules,* die gekennzeichnet sind durch unterschiedliche geritzte Muster, und wer zum Schluß einer Runde dem *cochonnet* am nächsten gekommen ist, hat gewonnen. Es gibt verschiedene Systeme des Wertens und alle möglichen Lokalregeln und -varianten, die, sorgsam durchdacht, bei einem Heimspiel von großem Vorteil sein können.

An jenem Abend spielten wir auf unserem Hof, weshalb für das Spiel die Lubéron-Regeln galten:

1. Jeder Spieler ohne Drink ist disqualifiziert.
2. Mogeln ist zur Anregung des Spiels erlaubt.
3. Die Entfernungen der Kugeln vom *cochonnet* müssen ausdiskutiert werden. Niemand hat das letzte Wort.
4. Das Spiel geht nach Anbruch der Dunkelheit weiter, wenn bis dahin kein klarer Sieger feststeht. In diesem Fall wird *Boules* blind gespielt, bis eine Entscheidung per Taschenlampe gefällt wird oder der *cochonnet* verlorengeht.

Wir hatten uns Mühe gegeben, ein Feld mit tückischen Steigungen und seichten Mulden einzurichten, um unsere Besucher zu verblüffen, und die Oberfläche aufgerauht, um unserem Glück gegen bessere Spieler nachzuhelfen. Wir waren zuversichtlich, und ich hatte den weiteren Vorteil, für die *Pastis* verantwortlich zu sein – auf jedes Anzeichen anhaltender Wurfgenauigkeit beim Team der Gäste würde ich mit größeren Drinks reagieren, und ich wußte aus Erfahrung, wie sich große Drinks aufs Zielen auswirken.
Zur Gegenseite gehörte ein sechzehnjähriges Mädchen, das vorher noch nie gespielt hatte; aber die drei anderen hatten zusammen mindestens sechs Wochen Praxis und durften deshalb nicht auf die leichte Schulter genommen werden. Beim Inspizieren des Spielfelds ließen sie über die Unebenheit des Bodens verächtliche Kommentare fallen; sie beschwerten sich über den Blickwinkel zur untergehenden Sonne und stellten den förmlichen Antrag, Hunde vom Spielfeld zu verbannen. Aus Gefälligkeit ihnen gegenüber wurde die alte Steinwalze geholt. Angefeuchtete Finger wurden in die Luft

hochgehalten, um die Stärke der Brise festzustellen. Das Spiel begann.

Das Spiel hat einen ganz eigenen, wenn auch langsamen Rhythmus. Nach dem Wurf einer Kugel wird das Spiel unterbrochen, während der Nächste herbeispaziert, um sich die Situation aus der Nähe anzusehen und zu entscheiden, ob er den Ball wie eine Bombe schießen soll oder lieber einen niedrigen, schleichenden Wurf wagt, der auf dem Weg zum *cochonnet* die übrigen *Boules* umgeht. Man nippt nachdenklich am *Pastis,* man beugt die Knie, die *Boule* schwingt durch die Luft, schlägt dumpf auf und rollt mit einem weichen, mahlenden Geräusch zur Ruhe. Es gibt keinerlei hastige Bewegungen; Sportunfälle kommen so gut wie nie vor. (Die eine Ausnahme war Bennett, der bei seinem ersten und letzten Spiel mit seiner Kugel einen Dachziegel traf und sich selbst am großen Zeh verletzte.)

Fehlende sportliche Dynamik wird durch Intrigieren und Können wettgemacht. An jenem Abend verhielten die Spieler sich skandalös. *Boules* wurden mit wie zufälligem Schubsen des Fußes bewegt. Zum Wurf ansetzende Spieler wurden durch Bemerkungen über ihre Körperhaltung abgelenkt, durch Angebote von noch mehr *Pastis,* durch Vorwürfe, sie hätten die Wurflinie übertreten, durch Warnungen, daß Hunde über das Spielfeld liefen, daß – imaginäre – Grasschlangen gesichtet worden seien, durch widersprüchliche Ratschläge. Als wir Halbzeit machten, um den Sonnenuntergang zu bewundern, stand ein klarer Sieger noch nicht fest.

Im Westen des Hauses stand die Sonne in der Mitte eines V, das zwei Berggipfel bildeten – es war ein aufsehenerregendes Bild naturgegebener Symmetrie. Fünf Minuten später war es vorbei. Es dämmerte. Wir spielten weiter. Es wurde zunehmend schwerer und strittiger, Entfernungen vom *cochonnet* zu messen, und wir wollten uns bereits auf ein unehrenhaftes Unentschieden einigen, als das junge Mädchen, das an dem Abend zum erstenmal spielte, drei Kugeln dicht um den *cochonnet* zu plazieren verstand. Foulspielen und Alkohol waren von Jugend und Fruchtsaft besiegt worden.

Wir aßen barfuß draußen im Hof. Die Steinplatten waren noch warm. Das Kerzenlicht flackerte über Rotwein und braungebrannte Gesichter. Unsere Freunde hatten ihr Haus für den August an eine englische Familie vermietet; mit dem Mieterlös wollten sie den ganzen Monat in Paris verbringen. Nach ihren Aussagen würde sich ganz Paris zusammen mit Tausenden von Engländern, Deutschen, Schweizern und Belgiern aufmachen in die Provence. Die Straßen würden verstopft, die Märkte und Restaurants überfüllt sein. Stille Dörfer würden laut, die Menschen ausnahmslos mißgelaunt sein. Man hatte uns gewarnt.

In der Tat. Das alles hatten wir schon einmal gehört. Aber der Juli war gar nicht so schlimm gewesen, wie man es vorhergesagt hatte, und wir waren sicher, mit dem August mühelos zurechtzukommen. Wir würden das Telefon abstellen, uns an den Swimmingpool legen und dem Concerto für Schlaghammer und Lötkolben unter der Leitung von Maestro Menicucci lauschen. Ob es uns nun gefiel oder nicht.

August

»Es geht das Gerücht«, sagte Menicucci, »daß Brigitte Bardot ein Haus in Roussillon gekauft hat.« Er legte seinen Schraubenschlüssel auf der Mauer ab und rückte näher, damit *Jeune* keine Chance hätte, Näheres über die persönlichen Pläne von Mademoiselle Bardot mitzubekommen.

»Sie hat vor, Saint-Tropez zu verlassen.« Menicucci hob den Finger, um mir auf die Brust zu klopfen. »Und ich kann sie verstehen. Ist Ihnen bekannt –« *tak, tak, tak* machte sein Finger – »daß während des Monats August jederzeit fünftausend Menschen im Meer *pipi* machen?«

Er schüttelte den Kopf bei dem Gedanken an solchen hygienischen Horror. »Wer möchte da noch Fisch sein?«

Wir standen in der Sonne und empfanden Mitleid mit dem Los der Meerestiere, die das Unglück hatten, vor Saint-Tropez ansässig zu sein. Unterdessen plagte sich *Jeune* in einem durchschwitzten Yale-T-Shirt ab, mit gewundenen Kupferleitungen um die Schultern einen gußeisernen Heizkörper die Stufen hochzuschleppen. Menicucci hatte der Hitze in punkto Kleidung eine bedeutsame Konzession gemacht. Er hatte seine üblichen schweren Manchesterhosen gegen ein Paar kurzer brauner Hosen eingetauscht, die zu seinen Stoffstiefeln paßten.

Es war der Eröffnungstag der *grands travaux*, und vor dem Haus sah es aus wie auf einem Schrottplatz. Um eine schmierige Arbeitsbank unbeschreiblichen Alters lagerten die Teile unseres Zentralheizungssystems – Kisten mit Messingscharnieren, Ventilen, Lötkolben, Glaskanistern, Metallsägen, Radiatoren, Drillelementen, Dichtungsringen und Schraubenschlüsseln und Dosen mit einer Substanz, die wie Sirup aussah. Das war nur die erste Anlieferung. Der Wassertank, der Öltank, der Boiler und der Brenner standen noch aus.

Menicucci führte mich auf Besichtigung und rühmte die Qualität all dieser Teile. *»C'est pas de la merde, ça.«* Anschließend erläuterte er, durch welche Mauern er bohren müsse, und ich begriff endlich, was uns da in den nächsten Wochen an Chaos bevorstand. Ich wünschte mir beinahe, den August in Saint-Tropez zu verbringen, trotz der halben Million inkontinenter Feriengäste, die sich dort bereits aufhielten.

Im Laufe eines massiv verstopften Wochenendes waren sie mit Millionen anderer Menschen aus dem Norden eingetroffen. Verkehrsstaus von über dreißig Kilometern Länge waren auf der Autobahn bei Beaune gemeldet worden, und wer den

Tunnel bei Lyon in weniger als einer Stunde passierte, konnte sich glücklich schätzen. Autos und Gemüter erhitzten sich. Die Abschleppdienste hatten das beste Wochenende des Jahres. Erschöpfung und Ungeduld verursachten Unfall und Tod. Dieser Monat fing immer böse an, und die Tortur sollte sich am Monatsende während des Abreisewochenendes in Gegenrichtung wiederholen.

Die meisten Eindringlinge fuhren auf ihrem Weg zur Küste an unserem Ort vorbei; einige Tausende kamen jedoch in den Lubéron und änderten die Eigenheit von Märkten und Dörfern und lieferten den Ortsansässigen Neues, worüber sie beim *Pastis* nachdenken konnten. Die Stammgäste fanden ihre Plätze von Ausländern besetzt, standen neben der Bar und murrten über die unangenehmen Seiten der Ferienzeit – über die Bäckerei, die kein Brot mehr hatte, über das abgestellte fremde Auto vor der Haustür, über die nächtlichen Umtriebe der Gäste. Man räumte mit vielem Nicken und Seufzen ein, daß Touristen Geld in die Region brachten, war aber trotzdem allgemein der Meinung, daß es ein komischer Haufen sei, dieses Augustvölkchen.

Man kann diese Sommerprovenzalen nicht übersehen. Sie haben saubere Schuhe und die Haut von Menschen, die selten an der frischen Luft sind; sie haben grellbunte, neue Einkaufstaschen und makellose Autos. Durch die Straßen von Lacoste und Ménerbes und Bonnieux treiben sie in der Trance von Menschen auf Besichtigungstour und beäugen die Dorfbewohner, als wären die ebenfalls rare rustikale Sehenswürdigkeiten.

Allabendlich erklang auf dem Stadtwall von Ménerbes das Lob der Naturschönheiten, und die Kommentare eines alternden englischen Ehepaars, das stehend ins Tal hinunter-

blickte, gefielen mir besonders. »Welch ein herrlicher Sonnenuntergang!« sagte sie.
»Ja«, meinte der Mann. »Für so ein kleines Dorf sehr eindrucksvoll.«
Selbst Faustin hatte einen eigenen Ferienhumor. In den Weinbergen gab es vorübergehend nichts zu tun, als auf das Reifen der Reben zu warten, und so probierte er sein Repertoire an englischen Witzen an uns aus. »Was ist das?« fragte er mich eines Morgens. »Es geht in drei Stunden von der Farbe einer toten Ratte über zur Farbe eines toten Hummers?« Seine Schultern begannen zu zittern, als er sein Lachen über die unerträglich komische Antwort auf diese Frage zu unterdrücken suchte. *»Les anglais en vacances«*, sagte er, *»vous comprenez?«* Für den Fall, daß ich das ganze Ausmaß des Witzes nicht begriffen hatte, erklärte er daraufhin ausführlich, bekanntlich sei der englische Teint so hell, daß er bei leichtester Sonneneinwirkung rot werde. *»Même sous un rayon de lune«*, rief er vor Heiterkeit bebend – »schon ein Mondstrahl macht sie rosa.«
Der heiter dozierende Faustin des Morgens verwandelte sich in den düsteren Faustin des Abends. Er hatte Nachrichten von der Côte d'Azur, die er uns mit schrecklicher Genugtuung berichtete. In der Gegend von Grasse war ein Waldbrand ausgebrochen, und man hatte die Flugzeuge der Canadair herbeigerufen. Sie operierten wie Pelikane, indem sie aufs Meer hinausflogen und eine Fracht Wasser aufnahmen, die sie dann im Inland über den Flammen leerten. Faustin zufolge hatte eins dieser Flugzeuge einen Schwimmer aufgesaugt und ins Feuer fallengelassen, und dort war er *carbonisé*. Die Tragödie wurde merkwürdigerweise im *Le Provencal* mit keinem Wort erwähnt, und so erkundigten wir uns bei

einem Freund, ob er davon gehört hätte. Er sah uns an und schüttelte den Kopf. »Das ist eine alte Kamelle«, sagte er. »Wenn im August ein Feuer ausbricht, setzt jedesmal irgendwer ein Gerücht in die Welt. Letztes Jahr ist angeblich ein Wasserskier erfaßt worden. Nächstes Jahr wird's ein Türsteher des Hotels Negresco in Nizza sein. Faustin hat Sie auf den Arm genommen.«

Schwer zu wissen, was man da glauben sollte. Im August schien vieles möglich, und wir waren daher gar nicht überrascht, als einige Freunde, die in einem benachbarten Hotel wohnten, uns berichteten, sie hätten in ihrem Zimmer um Mitternacht einen Adler gesehen. Nun ja, vielleicht nicht den Adler selbst, aber den unverkennbaren und riesigen *Schatten* eines Adlers. Sie riefen den Mann vom Nachtdienst an der Rezeption herauf, und er kam, um sich dieser Sache anzunehmen.

Ob sie den Eindruck gehabt hätten, der Adler wäre aus dem Schrank in der Ecke des Zimmers gekommen? Ja, sagten unsere Freunde. *Ah bon,* sagte der Mann. Das Rätsel ist gelöst. Das ist kein Adler. Das ist eine Fledermaus. Man hat sie schon öfter aus dem Schrank kommen sehen. Sie ist harmlos. Sie mag ja harmlos sein, sagten unsere Freunde, aber wir möchten nicht mit einer Fledermaus im Zimmer schlafen, wir hätten gern ein anderes Zimmer. *Non,* sagte der Mann. Das Hotel ist belegt. Da standen die drei im Zimmer und diskutierten, wie man Fledermäuse fängt. Der Mann von der Rezeption hatte eine Idee. Ein paar Minuten später kam er wieder zurück, reichte ihnen eine große Aerosol-Flasche mit einem Insektenvernichtungsmittel und wünschte ihnen eine gute Nacht.

Die Party fand in einem Haus außerhalb von Gordes statt, und wir waren schon zum Abendessen gebeten worden, um ein paar Freunde der Gastgeberin kennenzulernen, bevor die übrigen Gäste einträfen. Es war ein Abend, dem wir mit gemischten Gefühlen entgegensahen – wir freuten uns über die Einladung, waren uns aber gar nicht sicher, ob wir uns am gedeckten Tisch in einer Sturzflut französischer Konversation über Wasser halten könnten. Wir waren dort, soweit wir wußten, die einzigen englischsprechenden Gäste und hofften nur, nicht durch zu viele halsbrecherische Gespräche auf provenzalisch voneinander getrennt zu werden. Wir sollten ungewöhnlicherweise um neun Uhr eintreffen, und als wir die Hangstraße nach Gordes hochfuhren, knurrten uns die Mägen, weil sie so lang aufs Essen warten mußten. Der Parkplatz hinter dem Haus war voll. Die Straße war über fünfzig Meter weit von abgestellten Wagen gesäumt, und jeder zweite Wagen schien eine Pariser 75er-Nummer zu haben. Unsere Mitgäste waren keineswegs nur ein paar Freunde aus dem Dorf. Wir hätten uns förmlicher anziehen müssen.

Wir gingen hinein und fanden uns im Lande der Glanzpapier-Zeitschriften: Innenausstattung von *House and Garden*, Kleidung von *Vogue*. Auf dem Rasen und auf der Terrasse waren Tische mit Kerzenbeleuchtung gerichtet. Fünfzig bis sechzig Menschen, cool und lässig in Weiß, hielten Champagnergläser zwischen Juwelenfingern. Durch den offenen Eingang einer Scheune im Flutlicht drangen Vivaldiklänge. Meine Frau wollte nach Hause zurück und sich umziehen. Ich mußte an meine staubigen Schuhe denken. Wir waren in eine *soirée* hineingeraten.

Bevor wir entwischen konnten, hatte die Gastgeberin uns

bemerkt. Zu unserer Erleichterung trug wenigstens sie die gewöhnliche Kluft von Hosen und Hemd.
»Haben Sie einen Parkplatz gefunden?« Die Antwort wartete sie nicht ab. »Es ist an dieser Straße nicht leicht – wegen des Grabens.«
Wir hätten, sagten wir, gar nicht den Eindruck, hier in der Provence zu sein, und sie zuckte mit den Schultern. »Es ist August.« Sie gab uns einen Drink und ging weiter: Wir sollten uns unter die schönen Menschen mischen.
Wir hätten uns in Paris befinden können. Es gab keine braungebrannten, verwitterten Gesichter. Die Frauen waren modisch bleich, die Männer Coiffeur-gestylt und glatt. Niemand trank *Pastis.* Für provenzalische Maßstäbe war die Unterhaltung ein leises Flüstern. Unser Wahrnehmungssinn hatte sich tatsächlich geändert. Früher wäre uns die Art zu reden hier normal vorgekommen. Jetzt kam es uns gedrückt, smart und irgendwie unangenehm vor. Es gab keinen Zweifel; wir waren Waldschrate geworden.
Wir bewegten uns auf das Paar mit dem wenigsten *Chic* zu, das wir erblicken konnten. Die beiden standen mit ihrem Hund abseits der Menge für sich allein, zeigten sich freundlich, und wir ließen uns gemeinsam an einem Tisch auf der Terrasse nieder. Der kleingewachsene Mann mit dem scharfgeschnittenen Normannengesicht erzählte uns, er habe vor zwanzig Jahren im Dorf für 3000 Francs ein Haus gekauft; seither sei er jeden Sommer hierhergekommen, und alle fünf oder sechs Jahre habe er sein Haus verkauft und wieder ein anderes erworben. Sein erstes Haus war, wie er soeben gehört hatte, total renoviert und mit allen Raffinessen ausgestattet, wieder auf dem Markt, zum Preis von einer Million Francs. »Ein Wahnsinn«, sagte er, »aber Menschen wie *le tout*

Paris –« er machte eine Kopfbewegung zu den übrigen Gästen hin – »wollen im August mit ihren Freunden zusammensein. Wenn einer kauft, kaufen alle. Und zahlen Pariser Preise.«

Sie hatten begonnen, sich an ihre Plätze zu begeben, und trugen vom Büffet Weinflaschen und volle Gläser herüber. Die hohen Absätze der Frauen sanken im Kies der Terrasse ein. Man hörte einige stilvolle Schreie des Entzückens über das reizvoll primitive Ambiente – *un vrai dîner sauvage* –, obwohl es nur einen Hauch ursprünglicher war als ein Garten in Beverly Hills oder Kensington.

Plötzlich und völlig unerwartet setzte der Mistral ein. Auf den Tischen stand noch eine ganze Menge von unverzehrtem Crevettensalat. Kopfsalatblätter und Brotstücke transformierten sich zu Lufteinheiten, hoben sich von Tellern und landeten inmitten schneeweißer Brüste und auf Seidenhosen; gelegentlich auch in einem Volltreffer direkt auf dem Hemd. Tischtücher klackten und blähten sich wie Segel und schlugen Kerzen und Weingläser um. Sorgsam arrangierte Haartrachten und Halterungen gerieten außer Fassung. Das war nun allerdings ein bißchen zu *sauvage*. Es gab einen fluchtartigen Rückzug, und das Abendessen wurde unter einem schützenden Dach fortgesetzt.

Dann trafen weitere Leute ein. Den Vivaldiklängen aus der Scheune folgte für ein paar Sekunden elektronisches Zischen, dann die Schreie eines Mannes, der ohne Anästhesie am Herzen operiert wird. Little Richard lud zum handfesten Boogie ein.

Wir waren neugierig, wie diese Musik auf eine so elegante Versammlung wirken würde. Ich konnte mir vorstellen, wie sie zu einer zivilisierten Melodie mit den Köpfen nickten oder in jenem intimen Kriechgang tanzten, dessen die Franzosen sich jedesmal befleißigen, wenn sie Charles Aznavour hören, aber *dazu* – dies war ein großes, schweißtreibendes Geschrei des Dschungels. *Awopbopaloowopawopbammbomm!* Wir stiegen die Stufen zur Scheune hoch, um mitzuerleben, was sie daraus machten.

Buntes Diskolicht zuckte und blitzte synchron zum Trommelschlag und wurde von den Spiegeln, die an den Wänden lehnten, reflektiert. Ein junger Mann stand mit gekrümmten Schultern und gegen den Rauch seiner Zigarette zusammengekniffenen Augen hinter einem Schaltpult und drehte die Bässe und die Lautstärke noch mehr auf.

Good Golly Miss Molly! kreischte Little Richard. Der junge Mann verrenkte sich vor Entzücken und quetschte ein zusätzliches Dezibel heraus. *You sure love to ball!* Die Scheune vibrierte, und *le tout Paris* vibrierte mit. Die Arme, Beine, Hintern und Busen schwangen und schaukelten und hüpften und schlugen um sich – mit entblößten Zähnen und rollenden Augen und Fäusten, die in die Luft boxten, Schmuck, der außer Kontrolle geriet, Knöpfen, die unter dem Druck sprangen, und eleganten Fassaden, die zum Teufel gingen, während Männlein und Weiblein sich krümmten, wanden, zuckten und ruckten und nahezu in Ekstase gerieten.

Um Partner oder Partnerin kümmerten die meisten sich nicht. Sie tanzten mit dem eigenen Spiegelbild; selbst mitten in der Ekstase behielten sie mit einem Auge die Spiegel im Blick. Die Luft war voll vom Geruch warmen, parfümierten Fleisches und die Scheune ein einziger, riesiger, sich bäumender, verrückter Pulsschlag, durch den man nicht hindurchkam, ohne von Ellbogen punktiert oder von einem kreisenden Halsband gepeitscht zu werden.

Waren das dieselben Menschen, die sich früher am Abend dermaßen dekorativ aufgeführt und so getan hatten, als ob ihre Vorstellung von einem wilden Abend mit einem zweiten Glas Champagner in der Hand erfüllt sei? Sie hopsten wie Teenager, die mit Amphetaminen vollgestopft sind, und schienen für den Rest der Nacht programmiert. Wir drückten uns durch die quirlige Menge und überließen sie ihrem Vergnügen. Wir mußten morgens früh aufstehen. Wir hatten einem Ziegenrennen beizuwohnen.

Das Plakat hatten wir erstmals vor einer Woche gesehen. Es klebte am Fenster eines *tabac.* In den Straßen von Bonnieux sollte eine *grande course de chèvre* stattfinden. Ausgangspunkt war das Café César. Die zehn Läufer und ihre Ziegen waren namentlich aufgelistet. Es gab zahlreiche Preise, man konnte Wetten abschließen, und ein großes Orchester würde, wie es auf dem Plakat hieß, für Animation sorgen. Es mußte ein großes Sportereignis sein: Bonnieux' Antwort auf den Cheltenham Gold Cup oder das Kentucky Derby. Wir trafen lange vor Rennbeginn ein, um uns einen guten Platz zu sichern. Um neun Uhr war es bereits zu warm, um eine Armbanduhr zu tragen, und die Terrasse vor dem Café César schwappte über mit Gästen, die zum Frühstück *tartines* aßen und kaltes Bier tranken. An einem Tisch vor der Mauer der Stufen, die zur Rue Voltaire führte, hatte eine beleibte Frau sich im Schatten eines Sonnenschirms mit Reklame für *véritable jus de fruit* niedergelassen. Sie strahlte uns an, fingerte ein Kartenheft hervor und ratterte mit einer Kassenbüchse. Sie war das offizielle Wettbüro – weiter hinten im Café nahm ein Mann inoffiziell Wetten an –, und sie lud uns ein, unser Glück zu versuchen. »Schauen Sie sich um, bevor Sie Ihre Wette wagen«, sagte sie. »Die Fahrer finden Sie dort unten.«

Daß die Ziegen nicht weit weg sein konnten, wußten wir; wir konnten sie nämlich riechen, sie und ihre Köttel, die, in der Sonne gebacken, aromatisch dufteten. Als wir über die Mauer schauten, sahen uns die Renntiere aus ihren verrückten, bleichen Augen an, während sie langsam irgendein Leckerchen kauten, das ihnen vor dem Rennen gegönnt worden war. Ihre Backen waren von Wisperbärten eingerahmt – sie hätten wie würdevolle Mandarine gewirkt, wenn da nicht die blau-weißen Jockeymützen gewesen wären, die jede Ziege trug, und die Rennwesten mit den Nummern, die mit denen ihrer Fahrer identisch waren. Wir konnten Bichou und Tisane und die übrigen Ziegen namentlich identifizieren, doch zum Wetten reichte das nicht. Wir brauchten Insider-Informationen oder auf jeden Fall Hilfe, um das Tempo und die Ausdauer der Rennteilnehmer einschätzen zu können. Wir fragten den Alten, der an der Mauer neben uns lehnte. Wir waren sicher, daß er, wie alle Franzosen, ein Fachmann wäre.
»Das hängt ganz von ihren *crottinas* ab«, sagte er. »Die Ziegen, die vorm Rennen die meisten Köttel werfen, werden wahrscheinlich am besten abschneiden. Eine Ziege mit leerem Darm ist schneller als eine volle Ziege. *C'est logique.*«
Wir musterten ein paar Minuten lang die Bäuche, und die Nummer 6, Totoche, tat uns den Gefallen einer großzügigen Darmentleerung. »*Voilà*«, meinte unser Wettberater, »jetzt müssen Sie sich die Fahrer ansehen. Suchen Sie sich einen kräftigen aus.«
Die meisten Fahrer genehmigten sich im Café eine Erfrischung. Sie trugen Zahlen und Jockeymützen wie ihre Ziegen, und wir konnten deshalb den Fahrer der Nummer 6 ausfindig machen, einen muskulösen, brauchbaren Mann, der sich beim Bier vernünftigerweise zurückhielt. Er schien

mit der eben erst erleichterten Totoche zusammen ein rechtes Team für den Sieg. Wir gingen unsere Wette setzen.

»*Non.*« Um zu gewinnen, müßten wir den ersten, zweiten und dritten Sieger richtig haben, erklärte uns Madame, die Wettmacherin. Das warf unsere Kalkulation über den Haufen. Wie sollten wir wissen, in welchem Maß die übrigen Zeigen sich erleichtert hatten? Wir hatten uns ja bei den Fahrern aufgehalten. Unsere Gewißheit hatte sich verflüchtigt, und doch setzten wir für den Sieg auf die Nummer 6, für den zweiten Platz auf die einzige Frau unter den Fahrern und für den dritten Platz auf eine Ziege mit dem Namen Nénette, deren schlanke Fesseln auf eine gewisse Laufkondition schließen ließen. Nachdem somit das Geschäftliche erledigt war, gesellten wir uns zu den Sportmagnaten auf dem kleinen Platz vor dem Café.

Das große Orchester, das auf dem Plakat angekündigt war – ein Lieferwagen mit Lautsprecher –, spielte Sonny und Cher, »*I've Got You, Babe*«. Eine dürre, todschicke Pariserin, die wir schon am Abend vorher auf der Party bemerkt hatten, begann mit einem zierlichen weißbeschuhten Fuß den Takt zu schlagen, und ein unrasierter Mann mit einem Glas *Pastis* und dickem Bauch bat sie zum Tanz und schwang verlockend seine beachtlichen Hüften. Die Pariserin warf ihm einen Blick zu, bei dem Butter ranzig geworden wäre, und widmete sich plötzlich dem Inhalt ihrer Vuitton-Tasche. Aretha Franklin löste Sonny und Cher ab, und zwischen den Ziegenkötteln spielten Kinder Hüpfen. Der Platz war gedrängt voll. Wir schoben uns zwischen einen Deutschen mit seiner Videokamera und den Mann mit dem dicken Bauch, um zuzusehen, wie die Startlinie gezogen wurde.

Eine Leine wurde quer über den Platz gespannt, etwa eineinhalb Meter über dem Boden. Große Ballons, numeriert von eins bis zehn, wurden mit Wasser gefüllt und in regelmäßigen Abständen am Seil längs plaziert. Unser Nachbar mit dem Bauch erklärte die Regeln: Jeder Fahrer bekommt einen spitzen Stock, der für zwei Aufgaben gedacht ist: erstens, die Ziege anzutreiben, falls sie nicht laufen will; zweitens, den Ballon am Ende des Rennens zum Platzen zu bringen und sich damit als Sieger zu qualifizieren. *Evidemment*, sagte der Dickbäuchige, würden dabei die Treiber pitschnaß – das würde lustig werden.

Die Fahrer kamen aus dem Café und stolzierten durch die Menge, um sich ihre Ziegen zu holen. Unser Favorit mit der Nummer 6 hatte sein Taschenmesser gezogen und spitzte seinen Stock an beiden Enden; ich deutete das als ein gutes Zeichen. Ein anderer Fahrer beschwerte sich deshalb gleich bei der Rennleitung. Aber der Streit fand ein rasches Ende – irgendwie war durch eine der schmalen Gassen doch ein Auto in die Stadt gelangt. Eine junge Frau stieg aus. Sie hielt eine Landkarte in der Hand und wirkte äußerst verwirrt. Sie fragte nach dem Weg zur Autobahn.

Der Weg zur Autobahn war leider blockiert – durch zehn Ziegen, zweihundert Zuschauer und einen Musiktransporter. Sie werde, sagte die junge Frau, die Strecke trotzdem fahren. Sie stieg wieder ins Auto und manövrierte den Wagen Zentimeter um Zentimeter vorwärts.

Die Bestürzung wich heller Empörung. Die Organisatoren und einige Rennfahrer umzingelten das Auto und schlugen mit der Faust aufs Dach, drohten mit Stöcken, retteten Ziegen und Kinder vor dem sicheren Tod unter den Rädern, die sich kaum von der Stelle bewegten. Inmitten solch mitmenschlichen Gedränges mußte das Auto einfach halten. Die junge Frau saß hinterm Steuer und schaute verzweifelt mit zusammengebissenen Lippen stur geradeaus. *Reculez!* schrien die Organisatoren und zeigten in die Richtung, aus der das Auto gekommen war, und winkten der Menge zu weichen. Mit einem bösen Krachen der Gangschaltung wurde der Rückwärtsgang eingelegt, und die Zuschauer klatschten, als das Auto aufheulend verschwand.

Die Rennteilnehmer wurden zur Startlinie gerufen. Die Fahrer vergewisserten sich, daß die Leinen auch richtig um den Hals ihrer Ziege gelegt waren. Die Ziegen selbst zeigten sich von dem Drama der Stunde völlig ungerührt. Nummer 6 versuchte, die Weste von Nummer 7 zu fressen. Die Nummer 9, unsere Außenseiterin Nénette, drehte den Kopf beharrlich nach hinten. Der Jockey packte sie bei den Hörnern, drehte sie herum und nahm ihren Kopf zwischen seine Knie, um sie in der richtigen Richtung festzuhalten. Dabei war ihr die Jockeymütze über ein Auge gerutscht, was ihr ein verwegenes und verrücktes Aussehen gab, und wir waren uns nicht mehr sicher, daß es klug gewesen war, auf sie zu setzen. Wir hatten gewettet, daß sie als dritte durchs Ziel kam, doch mit verminderter Sehfähigkeit und mangelndem Orientierungssinn schien das eher unwahrscheinlich.

Sie standen zum Start bereit. Auf diesen Augenblick waren sie durch wochen-, vielleicht monatelanges Training vorbereitet worden. Sei warteten – Hörner an Hörner, Weste an Weste – auf das Startsignal. Ein Fahrer mußte einmal laut rülpsen. Dann waren sie auf und davon.

Es brauchte keine fünfzig Meter, um uns klarzumachen, daß es sich bei diesen Ziegen nicht um geborene Sportler handelte – oder sie hatten den Zweck des Ereignisses mißverstanden. Zwei legten schon nach wenigen Metern die Bremsen an und mußten weiter geschleift werden. Einer dritten fiel ein, was sie eine halbe Stunde früher hätte erledigen sollen; an der ersten Kurve blieb sie stehen, um dem Ruf der Natur Folge zu leisten. Vielleicht lag es daran, daß Nénette durch ihre Mütze halb blind war – sie schoß jedenfalls über die Kurve hinaus und zerrte ihren Fahrer mitten in die Menschenmenge hinein. Die übrigen Renntiere mühten sich unter verschiedenartigster Anfeuerung bergauf.

»Haut ihnen auf den Arsch!« rief unser Freund mit dem Bauch. Die Pariserin, die zwischen uns eingeklemmt war, zuckte zusammen. Er nutzte die Gelegenheit, seine Kenntnis der Ortsbräuche auszuspielen. »Haben Sie das gewußt?« fragte er. »Die Ziege, die als letzte durchs Ziel kommt, wird gegessen. Sie wird am Spieß gegrillt. *C'est vrai.*« Die Pariserin zog sich ihre Sonnenbrille aus den Haaren auf die Nase. Sie fühlte sich hier nicht wohl.

Die Rennstrecke beschrieb einen Kreis um den oberen Dorfteil und zurück zum alten Brunnen, der mittels einer Plastikplane, die zwischen zwei Heuballen ausgespannt war, zum Wasserhindernis umfunktioniert worden war. Das mußte unmittelbar vor dem Schlußsprint zur Ziellinie mit den Ballons vor dem Café durchwatet oder durchschwommen werden – ein brutaler Test für Koordinationsgeschick und Ausdauer.

Der Rennfortgang wurde durch Schreie von Zuschauern an der Streckenhälfte erkennbar. Uns erreichte die Nachricht, daß Nummer 1 und Nummer 6 sich die Führung streitig machten. Beim Durchlauf waren nur neun Ziegen gezählt worden; eine war *disparu.* »Der wird bestimmt die Kehle durchgeschnitten«, bemerkte der Mann mit dem Bauch zur Pariserin. Die drängte sich auf der Suche nach weniger ekelhafter Gesellschaft entschlossen in Richtung Ziellinie durch die Menge.

Vom Brunnen her hörte man ein Platschen und dann die erhobene Stimme einer zeternden Mutter. Das Wasserhindernis hatte sein erstes Opfer gefordert – ein kleines Mädchen, das die Tiefe unterschätzt hatte und vor Verblüffung sprachlos bis zur Hüfte im Wasser stand.

»Elles viennent, les chèvres!«

In der verzweifelten Angst, daß ihr Kind von den Rennchampions zu Brei zerstampft werden könnte, hob die Mutter den Rock und stürzte sich ins Wasser. »Welche Schenkel!« sagte der Mann mit dem Bauch und küßte sich die Fingerspitzen. Mit klappernden Hufen näherten sich die führenden Renntiere dem Brunnen – und rutschten in die Heuballen hinein. Fürs Naßwerden schienen sie nichts übrig zu haben. Die Fahrer grunzten, fluchten, zerrten und schubsten ihre Ziegen am Ende ins Wasser und auf die andere Seite in die Zielgerade. Ihre durchnäßten Espadrilles klatschten auf den Asphalt. Sie hielten ihre Stöcke wie Lanzen. Die Spitze war seit der Streckenhälfte unverändert. Nummer 1 und Nummer 6 führten noch immer. Titine und Totoche rutschten auf die Linie mit den Ballons zu.

Mit einem enormen Dreh aus der Hinterhand brachte die Nummer 1 ihren Ballon als erste zum Platzen und überschüttete dabei die Pariserin, die beim Zurückweichen in Ziegenmist trat. Trotz des scharf zugeschnittenen Stocks hatte die Nummer 6 anfänglich viel Mühe gehabt und konnte den Ballon gerade noch vor den nächsten Verfolgern zum Platzen bringen. Sie trafen eine nach der anderen oder in spritzenden Grüppchen ein, bis nur noch ein einziger voller Ballon übrigblieb. Nummer 9, die dickköpfige Nénette, hatte ihren Lauf

nicht vollendet. »Die hat schon der Fleischer«, sagte der Mann mit dem Bauch.
Auf dem Weg zu unserem Auto haben wir sie gesehen. Sie hatte ihre Leine durchgerissen und war ihrem Fahrer entflohen; sie stand hoch oben über der Straße in einem winzigen Steingarten und fraß Geranien. Die Jockeymütze hing ihr an einem Horn.

»Bonjour, maçon.«
»Bonjour, plombier.«
Ein neuer heißer Tag. Der komplette Arbeitstrupp war eingetroffen. Man grüßte und schüttelte sich die Hände, als ob man sich vorher nie begegnet wäre, indem man sich mit dem Beruf statt mit Namen anredete. Christian arbeitete als Architekt schon seit Jahren mit ihnen zusammen und nannte sie nie beim Vornamen, sondern immer mit einer grandios komplizierten Kombination von Namen und Beruf. So wurden aus Francis, Didier und Bruno Menicucci-Plombier, Andreis-Macon und Trufelli-Carreleur. Das konnte gelegentlich Länge und Formen eines obskuren aristokratischen Titels annehmen, so bei Jean-Pierre, dem Teppichleger, der offiziell als Gaillard-Poseur de Moquette bekannt war.
Sie standen um eins der vielen Löcher, die Menicucci gebohrt hatte, um seine Heizungsröhren unterzubringen, und diskutierten über Termine und Arbeitspläne – ganz nach der ernsthaften Art von Menschen, deren Leben von Pünktlichkeit regiert wird. Die Reihenfolge stand fest und war unbedingt einzuhalten: Menicucci mußte seine Röhren legen; wenn er fertig war, kamen die Maurer, um den Schaden zu reparieren; ihnen folgte der Elektriker, der Gipser, der Fliesenleger, der Anstreicher. Da alle gute Provenzalen waren,

bestand keinerlei Aussicht, daß die Termine eingehalten würden. Aber das Ganze bot Gelegenheit zum unterhaltsamen Spekulieren.

Menicucci gefiel sich in seiner Vorrangstellung als Schlüsselfigur, als der Mann, dessen Vorankommen den Fahrplan aller diktieren mußte.

»Sie werden sehen«, sagte er. »Ich werde gezwungen sein, aus den Mauern Gorgonzola zu machen. Aber was soll das heißen, *maçon*? Einen halben Tag für die Reparaturen?«

»Vielleicht auch einen ganzen«, meinte Didier. »Aber wann?«

»Versuchen Sie nicht, mich zu drängen«, sagte Menicucci. »Nach vierzig Jahren als Installateur weiß ich, daß man bei Zentralheizungen nicht drängen darf. Sie sind *très, très délicat.*«

»Weihnachten?« schlug Didier vor.

Menicucci sah ihn kopfschüttelnd an. »Sie nehmen die Sache nicht ernst. Aber denken Sie doch an den Winter.« Er verdeutlichte uns den Winter, indem er sich einen imaginären Mantel um die Schultern zog. »Es ist minus zehn Grad.« Er zitterte. Er zog sich die Mütze über die Ohren. »Plötzlich beginnt eine Leitung zu bersten! Und warum? Weil sie zu rasch montiert worden ist. Ohne die nötige Aufmerksamkeit.« Er betrachtete seine Zuschauer und gab das ganze Drama eines kalten Winters mit undichten Leitungen zu erkennen. »Und wer wird dann lachen, eh? Wer wird dann Witze machen über den Installateur?«

Ich bestimmt nicht. Was ich mit der Zentralheizung schon erlebt hatte, war ein einziger Alptraum, der nur insofern erträglich gewesen war, als wir uns tagsüber im Freien hatten aufhalten können. Die vorhergehenden Bauarbeiten hatten sich wenigstens immer nur auf einen Teil des Hauses beschränkt; was nun kam, war im ganzen Haus spürbar. Menicucci und seinen Kupferröhren konnte man nicht aus dem Weg gehen. Staub, Schutt und Metallteile markierten seinen täglichen Arbeitsprozeß wie die Spur von Termiten mit Eisenbiß. Und das vielleicht Allerschlimmste – es gab keine Privatsphäre mehr. Es könnte uns passieren, daß wir in unserem Badezimmer *Jeune* mit einer Lötlampe anträfen oder im Wohnzimmer aus einem Loch in der Wand auf Menicuccis Hintern stießen. Unsere einzige Zuflucht war der Swimmingpool, und selbst dort hielten wir uns am besten ganz unter Wasser – nur das Wasser dämpfte den erbarmungslosen Lärm der Bohrer und Hämmer. Manchmal bereuten wir, nicht auf unsere Freunde gehört zu haben – vielleicht *hätten* wir den August über verreisen oder uns im Tiefkühlschrank verstecken sollen.

Die Abende waren eine solche Erleichterung, daß wir meistens zu Hause blieben und uns vom Lärm des Tages erholten, und so verpaßten wir die gesellschaftlichen und kulturellen Ereignisse, die im Lubéron zum Wohle der Sommergäste organisiert worden waren. Abgesehen von einer *soirée* in der Abtei von Sénanque, wo wir auf echten, unbequemen Mönchsbänken mit schmerzendem Gesäß Gregorianischen Gesängen lauschten, und einem Konzert unter Flutlicht in einer Ruine oberhalb von Oppède verließen wir unseren Hof nie. Wir waren froh, für uns allein zu sein und Ruhe zu haben.

Eines Nachts mußten wir jedoch entdecken, daß unsere Vorräte für das Abendessen vom Bohrpensum des Tages eine dicke Schicht Staub abbekommen hatten. So zwang uns der Hunger außer Haus. Wir beschlossen, ein einfaches Restaurant in Goult aufzusuchen. Goult ist ein kleines Dorf mit kaum sichtbarer Bevölkerung und ohne jede touristische Attraktion. Es wäre ein Essen fast wie zu Hause – nur eben sauberer. Wir klopften uns den Staub von den Klamotten. Die Hunde ließen wir, zur Bewachung der Löcher in unseren Mauern, zurück.

Es war ein stiller, drückend heißer Tag gewesen. Das Dorf roch von der Hitze nach gebackenem Asphalt, verdorrtem Rosmarin und warmem Kies. Und nach Menschen. Wir waren ausgerechnet am Abend des jährlichen Dorffests nach Goult gekommen.

Wir hätten es wissen müssen, weil im August jedes Dorf auf die eine oder andere Weise feiert – mit einem *Boules*-Turnier, einem Eselwettrennen, einem Grillfest oder einer Kirmes, bei der Farblichter in die Platanen gehängt und Holzbretter zum Tanzen über ein Gerüst gelegt werden, mit Zigeunern, Akkordeonspielern, Verkäufern von Souvenirs und Rock-Gruppen aus dem Umkreis bis Avignon. Es waren laute Anlässe zum Fröhlichsein – falls man nicht unter einer leichten Gehirnerschütterung litt, weil man den ganzen Tag auf einer Baustelle verbracht hatte wie wir.

Doch nun waren wir einmal da, und auf das Abendessen, das wir innerlich schon bestellt hatten, wollten wir nicht verzichten. Was machten in entzückter Erwartung eines Salates mit warmen Muscheln und Speck, eines Ingwer-Hähnchens und der köstlichen, cremigen Schokoladentorte nach Art des Hauses schon ein paar Menschen mehr aus?

Zu jeder anderen Jahreszeit würde der Anblick von mehr als einem Dutzend Menschen auf den Dorfstraßen ein Ereignis von ungewöhnlicher Bedeutung anzeigen – etwa eine Beerdigung oder einen Preiskampf zwischen den beiden ortsansässigen Fleischern, deren Geschäfte nur wenige Meter vom Café entfernt unmittelbar nebeneinander lagen. Was wir an diesem Abend sahen, war allerdings ganz und gar außergewöhnlich – Goult war Gastgeber der ganzen Welt, und die Welt war offenbar nicht minder hungrig als wir. Das Restaurant war voll. Die Terrasse hinter dem Restaurant war voll. Im Schatten unter den Bäumen lungerten schon Pärchen, die hoffnungsvoll darauf warteten, daß ein Tisch frei würde. Die Kellner wirkten gereizt. Patrick, der *patron*, schien erschöpft, doch zufrieden – ein Mann im Besitz einer temporären Goldmine. »Sie hätten anrufen sollen«, sagte er. »Kommen Sie um zehn wieder. Wir werden sehen, was wir für Sie tun können.«

Selbst das Café, das doch groß genug war, um die ganze Dorfbevölkerung von Goult zu fassen, hatte bloß noch Stehplätze anzubieten. Wir tranken unsere Drinks an der Straße weiter unten, wo Stehbuden auf dem sonst leeren Platz beim Denkmal zu Ehren der für Frankreichs Ruhm und Ehre Gefallenen errichtet waren. Es war, wie die meisten Kriegergedenkstätten, die wir gesehen hatten, gut gepflegt; drei Trikolore-Fähnchen hoben sich frisch und sauber gegen den grauen Stein ab.

Die Fenster der Häuser rund um den Platz standen offen. Die Bewohner lehnten hinaus; sie hatten die flimmernden Fernseher in ihrem Rücken vergessen angesichts des gemächlichen Chaos, das sich unten abspielte. Es war im Grunde ein Dorfmarkt der ansässigen Handwerker, die ihre Schnitzereien und Töpfereien ausstellten, der Winzer und Imker, von ein paar Antiquitätenhändlern und Künstlern. Die Hitze des Tages war in den Mauern noch zu spüren. Sie war der trägen, treibenden Menge anzumerken, der Art ihres Gangs – das

Gewicht auf die Hacken verlegt, die Bäuche vorgeschoben, die Schultern entspannt in Ferienhaltung.
Die meisten Stände waren Tresentische. Das Angebot lag auf bedruckten Tischtüchern, und oft befand sich daneben ein Zettel und die Mitteilung, bei eventuellem Kaufinteresse sei der Eigentümer im Café zu finden. Ein Stand war größer und reichhaltiger ausstaffiert als die anderen und wirkte wie ein Freiluftwohnzimmer mit Tischen und Stühlen und Chaiselongue und dekorativen Topfpalmen. An einem der Tische saß ein dunkler, stämmiger Mann in Shorts und Sandalen bei einer Flasche Wein vor einem Bestellblock. Es war Monsieur Aude, der künstlerische *ferronnier* aus Saint-Pantaléon, der etwas zu unserem Haus beigesteuert hatte. Er winkte. Wir sollten uns zu ihm setzen.
Der *ferronnier* ist ein Handwerker, der mit Eisen und Stahl arbeitet, und in der französischen Provence wird er mit dem Anfertigen und Anbringen von Gittern und Toren und Fensterkreuzen beauftragt, zum Fernhalten von Einbrechern, die man hinter jedem Busch lauern sieht. Monsieur Aude war über diese simplen Sicherheitsvorkehrungen hinausgegangen. Er hatte entdeckt, daß es für Nachbildungen von Stahlmöbeln des 18. und 19. Jahrhunderts einen Markt gab. Er hatte ein Musterbuch mit Fotos und Plänen, und wenn man eine Parkbank, einen Grill oder ein zusammenklappbares Feldbett besitzen wollte, wie Napoleon es verwendet haben mochte, würde er die Sache anfertigen, dann auf alt trimmen – er verstand sich vorzüglich auf Rost –, bis sie die einer Antiquität angemessene Qualität aufwies. Er arbeitete mit seinem Schwager zusammen, und man konnte sich darauf verlassen, daß er für alles einen Liefertermin von zwei Wochen anzugeben vermochte – und das Bestellte drei Monate

später ablieferte. Wir erkundigten uns nach dem Gang der Geschäfte.

Er klopfte auf sein Bestellbuch. »Ich könnte eine Fabrik aufmachen – Deutsche, Pariser, Belgier. In diesem Jahr wollen alle Leute große runde Tische und solche Gartenstühle.« Er rückte den Stuhl neben sich ins Blickfeld, so daß wir den grazilen Schwung der Beine bewundern konnten. »Ich habe nur ein Problem. Die Leute meinen, ich könnte alles innerhalb weniger Tage machen, und wie Sie wissen ...« Er ließ den Satz unvollendet und kaute nachdenklich auf einem Mundvoll Wein. Ein Pärchen hatte seinen Stand umkreist und erkundigte sich nach einem Feldbett. Monsieur Aude schlug sein Buch auf und leckte an seiner Bleistiftspitze, bevor er zu ihnen aufschaute. »Sie müssen jedoch wissen«, erklärte er mit absolut ehrlicher Miene, »daß es zwei Wochen dauern kann.«

Es war fast elf, als wir zu essen anfingen, und Mitternacht längst vorbei, als wir wieder zu Hause ankamen. Die Luft war warm, schwer und ungewöhnlich still. Es war eine ideale Nacht für den Swimmingpool, und wir glitten ins Wasser, um uns auf dem Rücken treiben zu lassen und zu den Sternen emporzuschauen – der vollkommene Ausklang eines Hitzetages. Von ganz weit weg, aus der Richtung der Côte d'Azur, kam ein Rumpeln von Donner und ein flüchtiges Wetterleuchten – entfernt und dekorativ: ein Sturm, der andere Menschen anging.

In den dunklen und frühen Morgenstunden erreichte er Ménerbes. Er weckte uns mit einem Schlag, der die Fenster erbeben ließ. Die Hunde begannen vor Schreck anhaltend zu bellen. Für eine Stunde oder mehr schien er genau über unserem Haus zu verweilen. Er rollte und explodierte und schüttete Flutlicht über dem Weinberg aus. Und dann setzte dammbruchartig der Regen ein. Er prasselte auf das Dach und den Hof, tropfte den Kamin hinunter und drückte durch die Eingangstür. Kurz nach dem Morgengrauen hörte er wieder auf; und die Sonne ging auf wie immer, als wäre gar nichts gewesen.

Wir waren ohne Elektrizität. Als wir bald darauf das Büro der Electricité de France anrufen wollten, stellten wir fest, daß wir auch ohne Telefonverbindung waren. Als wir um das Haus herumgingen, um nach dem Schaden zu sehen, den der Sturm angerichtet hatte, war die Erde in der Einfahrt zur Hälfte die Straße hinabgespült, es gab Risse, die breit wie Traktorräder und von einer Tiefe waren, die für jedes normale Auto ein Risiko darstellten. Es gab zwei Lichtblicke: Es war ein wunderschöner Morgen ohne Arbeiter. Die waren zweifellos zu sehr mit ihren eigenen Schäden und Lecks beschäftigt, um sich um unsere Zentralheizung zu kümmern. Wir gingen auf einen Spaziergang in den Wald, um zu sehen, was der Sturm dort angerichtet hatte.

Es war ein dramatisches Bild. Nicht etwa wegen entwurzelter Bäume, sondern wegen der Auswirkungen der Sturzfluten auf dem Erdboden, der wochenlang in der Sonne gebacken hatte. Zwischen den Bäumen stiegen Rauchkränze in die Höhe; dazu ein unablässiges Zischen: Die Hitze des neuen Tages begann das Gebüsch zu trocknen. Wir kehrten zu einem späten Frühstück zurück, voll von dem Optimismus, den Sonnenschein und ein blauer Himmel bei Menschen zu wecken vermögen, und wurden mit einem funktionierenden Telefon belohnt – es war Monsieur Fructus, der anrief, um sich zu erkundigen, ob seine Versicherung Schaden genommen hatte.

Wir informierten ihn, daß dem Sturm nur unsere Einfahrt zum Opfer gefallen sei.
»*C'est bieng*«, sagte er. »Ein Kunde von mir hat fünfzig Zentimeter Wasser in der Küche. So was kommt gelegentlich vor. Der August ist merkwürdig.«
Er hatte recht. Es war ein merkwürdiger Monat gewesen, und wir waren froh, daß er zu Ende war, so daß das Leben auf leeren Straßen und in Restaurants, die nicht überfüllt waren, und mit Monsieur Menicucci in langen Hosen wieder seinen gewöhnlichen Gang gehen konnte.

September

Die Bevölkerung im Lubéron war über Nacht geschrumpft. Die *résidences secondaires* – darunter einige prächtige alte Häuser – wurden zugeschlossen und verriegelt und ihre Tore mit langen, rostigen Ketten gefesselt. Bis Weihnachten würden diese Häuser nun leerstehen – sie würden so offenkundig, so sichtlich unbewohnt sein, daß man leicht begreifen konnte, wieso Einbruchdiebstähle im Vaucluse gewissermaßen zu einer regionalen Kleinindustrie geworden waren. Der langsamste Einbrecher mit erbärmlichster Ausrüstung hatte mehrere Monate lang Zeit, seiner Arbeit ungestört nachzugehen. Es hatte in den Jahren zuvor einige höchst originelle Diebstähle gegeben. So waren komplette Küchen auseinandergenommen und abtransportiert worden, alte römische Dachziegel, die Antiquität einer alten

Eingangstür, ein ausgereifter Olivenbaum – es war, als ob ein umsichtiger Einbrecher mit dem Blick eines Connaisseurs sich von verschiedenen Anwesen die erlesensten Gegenstände, die er aufzuspüren vermochte, zur Einrichtung eines eigenen Heims zusammengesucht hätte. Vielleicht war das auch der Gauner gewesen, der unseren Briefkasten entwendet hatte.

Wir begannen unsere Freunde aus der Umgebung wiederzusehen, die aus ihrem sommerlichen Belagerungszustand hervorkamen. Die meisten erholten sich von einem Übermaß an Gästen, und die Geschichten, die sie erzählten, wiesen erschreckende Gemeinsamkeiten auf. Hauptthemen waren Installationsanlagen und Geld. Es war verblüffend, wie oft perplexe, sich entschuldigende oder geizige Gäste die gleichen Wendungen und Ausdrücke gebraucht hatten. Sie hatten alle unbeabsichtigt zu den geflügelten Worten des Monats August beigetragen.

»Was soll das heißen – Sie nehmen keine Kreditkarten an? Kreditkarten nimmt doch jeder.«

»Sie haben keinen Wodka mehr.«

»Es gibt einen komischen Geruch in Ihrem Badezimmer.«

»Könnten Sie das übernehmen? Ich habe nur einen 500-Francs-Schein.«

»Keine Sorge. Ich schicke Ersatz, sobald ich wieder in London bin.«

»Ich hab gar nicht gewußt, daß man mit einem Sickerschacht so vorsichtig umgehen muß.«

»Und vergessen Sie nicht, mir zu schreiben, was diese Anrufe nach Los Angeles gekostet haben.«

»Ich komme mir ganz schrecklich vor, wenn ich Sie so angestrengt arbeiten sehe.«

»Ihnen ist der Whisky ausgegangen.«

Als wir die Geschichten über verstopfte Abflußrohre und Unmengen an konsumiertem Brandy, über Scherben von Weingläsern im Swimmingpool, über zugehaltene Geldbörsen und unvorstellbaren Appetit hörten, hatten wir das Gefühl, daß wir selbst im August sehr gut weggekommen waren. Unser Haus hatte zwar beträchtlichen Schaden erlitten, doch nach den Erzählungen unserer Freunde hatten auch ihre Häuser gelitten. Wir hatten Menicucci wenigstens nicht verpflegen und beherbergen müssen, während er seine Zerstörungswut an unseren Wänden ausließ.

Der frühe September kam uns in vieler Hinsicht wie ein zweiter Frühling vor. Die Tage waren trocken und heiß, die Nächte kühl, und nach der schwülen Hitze des August schien die Luft wunderbar rein. Die Bewohner unseres Tals hatten ihre Trägheit abgelegt und machten sich an die Hauptarbeit des ganzen Jahres. Morgen für Morgen patrouillierten sie in den Weinbergen, um die Trauben zu prüfen, die Kilometer um Kilometer in saftigen, ordentlichen Reihen hingen.

Faustin war draußen wie alle. Er spannte seine Hand um die Trauben und schaute zum Himmel empor, zog nachdenklich die Lippen zusammen, während er das Wetter vorherzusehen suchte. Ich erkundigte mich, wann er die Trauben zu ernten gedenke.

»Eigentlich müßten sie noch ein bißchen kochen«, sagte er. »Aber im September kann man dem Wetter nicht trauen.«

Den gleichen, düsteren Kommentar über das Wetter hatte er bisher für jeden Monat abgegeben, in dem resignierten, klagenden Ton, den Bauern überall in der Welt gebrauchen, wenn sie einem klarmachen, wie schwer es ist, dem Boden den Lebensunterhalt zu entreißen. Die äußeren Umstände sind nie günstig. Der Regen, der Wind, die Sonne, das Unkraut, die Insekten, die Regierung – irgendein Haar ist immer in ihrer Suppe. Sie genießen ihren Pessimismus.

»Da kann man elf Monate im Jahr alles richtig machen«, erklärte Faustin, »und dann – *pouf!* – kommt ein Sturm, und die Weinlese ist kaum mehr für Traubensaft zu gebrauchen.« *Jus de raising* – das sprach er mit solcher Verachtung aus, daß ich den Eindruck gewann, er würde die Trauben lieber an den Reben verrotten lassen als Zeit damit verschwenden, Trauben zu pflücken, die nicht mal *vin ordinaire* erhoffen ließen.

Als wäre sein Leben nicht schon leiderfüllt genug, stellte die Natur ihm noch zusätzlich eine Schwierigkeit in den Weg: Die Trauben auf unserem Grund und Boden würden zu zwei verschiedenen Zeiten geerntet werden müssen, weil rund fünfhundert unserer Reben Tafeltrauben produzierten, die früher reiften als *raisins de cuve – un emmerdement,* das nur aufgrund des guten Preises erträglich wurde, den die Tafeltrauben erzielten. Das hieß aber auch, daß es zwei Perioden gab, in denen Enttäuschung und Katastrophe eintreten konnten, und sie würden, soweit Faustin sich da auskannte, mit Sicherheit eintreten. Ich ließ ihn kopfschüttelnd und mit seinem Murren gegen Gott allein.

Zum Ausgleich für die traurigen Vorhersagen Faustins erhielten wir eine Tagesration an guten Nachrichten von Menicucci, der sich dem Ende seiner Arbeiten an der Zentralheizung näherte und vor Erwartung beinahe außer sich war, als der Tag näher rückte, da der Boiler angestellt werden konnte. Dreimal erinnerte er mich daran, auch ja das Öl zu bestellen, und dann bestand er darauf, das Einfüllen des Heizöls persönlich zu überwachen, um auch ganz sicherzu-

gehen, daß die Abfüllung ohne Beimischung von Fremdkörpern zustandekam.
»Il faut faire très attention«, erklärte er dem Mann, der das Öl anlieferte. »Das kleinste Teilchen von *cochonnerie* in Ihrem Heizstoff würde meinem Brenner schaden und die Elektroden verstopfen. Ich glaube, es wäre klug, das Öl zu filtern, wenn Sie es in den Tank pumpen.«
Der Mann pflanzte sich vor Empörung auf und konterte Menicuccis drohenden Finger mit eigenem erhobenen Finger, dessen Nagel vom Öl schwarzumrändert war. »Mein Öl *ist* schon dreifach gefiltert. *C'est impeccable.*« Er tat so, als ob er sich die Fingerspitzen küssen wolle, ließ es dann aber doch bleiben.
»Wir werden sehen«, meinte Menicucci. »Wir werden sehen.« Mißtrauisch betrachtete er die Schnauze, bevor sie in den Tank gesetzt wurde, und der Ölmann wischte sie mit einem schmutzigen Lappen demonstrativ ab. Die Füllzeremonie wurde von einem ausführlichen technischen Diskurs über den Funktionsmechanismus von Brenner und Boiler begleitet, dem der Ölmann mit geringem Interesse zuhörte, indem er, wann immer ein Zeichen aktiver Teilnahme vonnöten war, lediglich grunzte oder bemerkte: *»Ah bon.«* Als die letzten Liter eingepumpt wurden, wandte Menicucci sich mir zu. »Heute nachmittag werden wir den ersten Test machen.« Doch dann schoß ihm ein schrecklicher Gedanke durch den Kopf, und er wurde unruhig. »Sie wollen doch nicht etwa ausgehen? Sie und Madame werden doch anwesend sein?« Es wäre ein Akt absoluter Unfreundlichkeit gewesen, ihn seines Publikums zu berauben. Wir versprachen, ihn um zwei Uhr zu erwarten.
Wir versammelten uns, wo früher die Esel geschlafen hatten;

Menicucci hatte den Raum zum Nervenzentrum seines Heizsystems gemacht. Boiler, Brenner und Wassertank waren Seite an Seite aufgestellt und mit kupfernen Nabelschnüren verbunden. Ein beeindruckendes Bündel von bemalten Röhren trat aus dem Boiler aus – rot für heißes Wasser, blau für kaltes, *très logique* – und verschwand in der Decke. Ganz und gar unpassend zum rauhen Mauerstein waren die grellen Ventile und Anzeiger und Schalter, die der Berührung durch den Meister harrten. Das alles sah schrecklich kompliziert aus, und ich machte den Fehler, es auszusprechen.

Menicucci faßte das als persönliche Kritik auf und verbrachte zehn Minuten damit zu beweisen, wie verblüffend einfach es in Wirklichkeit war. Er warf Schalter an, öffnete und schloß Ventile, befingerte Anzeiger und Meßinstrumente und brachte mich total in Verwirrung. »*Voilà!*« sagte er nach einem abschließenden Schaltungsspektakel. »Nun kennen Sie sich mit der Apparatur aus, und wir können mit dem Test anfangen. *Jeune!* Aufpassen!«

Die Bestie erwachte mit einer Reihe von knatternden und surrenden Lauten zum Leben. »*Le bruleur*«, sagte Menicucci und tanzte um den Boiler, um die Kontrollinstrumente ein fünftes Mal nachzustellen. Es gab ein Stoßen von Luft, dann ein unterdrücktes Röhren. »Es hat gezündet!« Er tat so dramatisch, als handle es sich um dem Start eines Space Shuttle. »In fünf Minuten ist jeder Heizkörper warm. Kommen Sie!«

Er sauste durchs Haus. Er bestand darauf, daß wir jeden Heizkörper anfaßten. »Sehen Sie? Sie werden den ganzen Winter über *en chemise* bleiben können.« Inzwischen waren wir kräftig ins Schwitzen gekommen. Draußen herrschten dreißig Grad Hitze. Bei eingeschalteter Heizung wurde die

Innentemperatur schier unerträglich. Bevor wir alle miteinander austrockneten, fragte ich, ob wir sie abstellen könnten. »*Ah non.* Sie muß mindestens vierundzwanzig Stunden laufen, damit wir alle Anschlüsse überprüfen können und sicher sind, daß es keine undichten Stellen gibt. Nichts anfassen, bis ich morgen zurückkomme. Es ist absolut wichtig, daß alles auf Höchststufe läuft.« Er ließ uns zum Schmelzen mit dem genüßlichen Geruch von verbranntem Staub und heißem Eisen allein zurück.

Es gibt im September ein Wochenende, an dem es auf dem Lande so klingt, als ob für einen Dritten Weltkrieg geprobt würde. Es ist der offizielle Beginn der Jagdzeit. Jeder vollblütige Franzose geht mit seinem Gewehr, seinem Hund und seinen mörderischen Neigungen auf Beutesuche in die Berge. Das erste Zeichen vom unmittelbaren Bevorstehen dieses Ereignisses kam mit der Post – ein erschreckendes Dokument von einem Büchsenmacher in Vaison-la-Romaine, der ein komplettes Artillerie-Arsenal zu Vorsaisonpreisen anbot. Es gab zwischen sechzig oder siebzig Modelle zur Auswahl. Meine Jagdinstinkte, die seit Geburt geruht hatten, wurden geweckt bei dem Gedanken an den Besitz einer Verneys Carron Grand Bécassier oder einer Ruger .44 Magnum mit elektronischem Viser. Meine Frau, der es mit gutem Grund an Vertrauen in meine Fähigkeiten in der Handhabung jedweder gefährlichen Ausrüstung fehlte, wies darauf hin, daß ich mir auch ohne elektronisches Visier in den Fuß schießen könnte.

Die Begeisterung der Franzosen für Flinten hat uns beide überrascht. Wir waren zweimal ins Heim von Männern eingeladen worden, die äußerlich einen sanften und gänzlich unkriegerischen Eindruck machten, und beide Male war uns das Zeughaus der Familie gezeigt worden; der eine Mann besaß fünf Flinten unterschiedlichen Kalibers, der andere acht, sie waren geölt und poliert und an der Wand im Eßzimmer auf einem Regal ausgestellt wie tödliche Kunstwerke. Wozu konnte ein Mensch bloß acht Gewehre gebrauchen? Wie wußte er, welche er wann mitzunehmen hat? Oder nahm er – wie die Golfschläger im Sack – alle mit, um für Leoparden und Rehe die Magnum .44 und für Kaninchen die kleine Bretton zu benutzen?

Wir begriffen dann allmählich, daß die Manie für Gewehre nur ein Aspekt einer generellen nationalen Faszination für Gerätschaften und Ausrüstungen ist, Zeichen eines leidenschaftlichen Wunsches, als Experte zu gelten. Wenn ein Franzose mit Tennisspielen, Rad- oder Skifahren anfängt, so will er partout nicht als Anfänger betrachtet werden, und deshalb rüstet er sich mit Zubehör aus wie ein Profi. Ein paar tausend Francs, und schon ist es geschafft: Niemand kann ihn mehr unterscheiden von einem As, das auf der Tour de France oder in Wimbledon oder bei den Olympischen Winterspielen mitmischt. Im Fall von *la chasse* sind die Accessoires nahezu unbegrenzt und haben den zusätzlichen Reiz, daß sie zutiefst maskulin und gefährlich wirken.

Eine Vorschau auf die Jagdmoden bekamen wir auf dem Markt von Cavaillon. Die Kioske hatten sich für die Saison eingedeckt und wirkten wie kleine paramilitärische Waffenlager: Da gab es Patronengürtel und lederne Gewehrbänder; Jagdjacken mit Myriaden von Taschen mit Reißverschlüssen und Wildhänger, die abwaschbar waren und daher *très pratique,* weil auf die Weise Blutflecken leicht entfernt werden konnten. Da gab es Wildstiefel von der Art, wie Söldner sie beim Abspringen über dem Kongo trugen, und furchterregende Messer mit Klingen von 22 Zentimeter Länge und einem Kompaß im Handgriff; Wasserflacons aus Leichtaluminium, die wahrscheinlich öfter *Pastis* als Wasser enthalten würden; Gurtbänder mit D-Ringen und einer Sonderschleife zum Halten des Bajonetts wohl für den Fall, daß einem die Munition ausginge und Wild mit der langen Stahlschneide attackiert werden müßte; Sturmkappen und Kommandohosen, Überlebensrationen und winzige Klappfeldöfen. Es gab einfach alles, was ein Mensch brauchen mochte für sein Zusammentreffen mit den ungezähmten, wilden Tieren des Waldes – alles bis auf das eine unentbehrliche vierbeinige Accessoire mit Radarnase: den Jagdhund.

Chiens de chasse sind etwas zu Besonderes, um über einen Tresen gereicht und verkauft zu werden. Uns wurde berichtet, daß ein ernsthafter Jäger nie einen Welpen kaufen würde, ohne vorher beide Eltern kennengelernt zu haben. Den Jagdhunden nach zu urteilen, die wir gesehen hatten, schien es schwierig, die Rasse des Rüdenvaters zu bestimmen, doch ließen sich unter den vielen kuriosen Mischformen drei mehr oder weniger deutliche Typen identifizieren – den Hund in der Farbe der Leber, der einem großen Cockerspaniel ähnlich sah, den länglichen Beagle und den hohen, schienendünnen Bluthund mit dem finsteren Faltengesicht.

Jeder Jäger hält den eigenen Hund für außergewöhnlich begabt und weiß mindestens eine unwahrscheinliche Geschichte von seiner Ausdauer und Tapferkeit zu erzählen. Wenn man den Jägern zuhört, könnte man meinen, daß diese Hunde geradezu übernatürlich intelligent, haarscharf trainiert und getreu bis in den Tod sind. Wir schauten dem

Beginn der Jagdsaison erwartungsvoll entgegen. Vielleicht würden unsere Hunde sich durch ein solches Beispiel dazu anregen lassen, etwas Nützlicheres zu tun, als sich an Echsen heranzupirschen und ein paar alte Tennisbälle anzugreifen.

In unserem Teil des Tals begann die Jagdsaison eines Sonntagmorgens kurz nach sieben mit Salven von beiden Seiten des Hauses und von den Bergen her. Es klang ganz so, als wäre alles, was sich bewegte, in Gefahr, und als ich mit den Hunden über Land ging, nahm ich das größte weiße Taschentuch mit, das ich finden konnte – für den Fall, daß wir uns ergeben mußten. Mit unendlicher Vorsicht hielten wir uns an den Fußweg, in der Annahme, daß jeder Jäger, der seinen Jagdschein wert wäre, abseits der ausgetretenen Pfade jagen würde, im dichten Gestrüpp weiter hügelaufwärts.

Das Fehlen von Vogelgezwitscher war auffällig. Alle vernünftigen oder erfahrenen Vögel waren beim Krachen des ersten Schusses in sichere Gefilde entfleucht – nach Nordafrika oder nach Avignon. In der schlimmen alten Zeit pflegten Jäger Käfige mit Vögeln in die Bäume zu hängen, um für einen Abschuß aus nächster Nähe andere Vögel anzulocken, aber das war verboten worden, und der moderne Jäger war auf seine Fähigkeit angewiesen, sich im Wald unbemerkt anzuschleichen.

Davon merkte ich nicht viel an jenem Tag. Was ich an Jägern und Waffen sah, schien aber ausreichend, sämtliche Drosseln und Kaninchen in ganz Südfrankreich auszurotten. Die Jäger waren nicht in den Wald gegangen; sie hatten kaum den Fußweg verlassen. Grüppchenweise lungerten sie in den Lichtungen – lachten, rauchten, nippten an ihren khakifarbenen Flachmännern und schnitten sich Scheibchen von der Wurst. Vom Jagen selbst war nichts zu sehen. Während der

morgendlichen Fusillade mußten sie ihre Tagesration an Munition bereits verbraucht haben.
Ihre Hunde aber waren auf Arbeit scharf. Nach der monatelangen Haft in den Zwingern machten die Freiheit und die Gerüche des Waldes sie schier verrückt. Sie rannten mit den Nasen dicht über dem Boden aufgeregt hin und her. Jeder Hund trug ein dickes Halsband mit einer kleinen Messingglocke – der *clochette,* die, wie man uns erklärte, einen doppelten Zweck hatte. Sie verriet dem Jäger, wo der Hund sich befand, damit er sich für das Wild in Position bringen konnte, das der Hund ihm zutrieb; sie war aber auch eine Vorsichtsmaßnahme, damit man nicht einfach schoß, wenn sich in den Büschen etwas bewegte, was sich wie ein Kaninchen oder Wildschwein anhörte, und dann hatte man plötzlich den eigenen Hund erschossen. Wie ich erfuhr, würde ein verantwortungsbewußter Jäger, *naturellement,* niemals auf etwas schießen, was er nicht sieht. Ich hatte da allerdings meine Zweifel. Nach einem Morgen mit einigem *Pastis* oder *Marc* wäre einem Rascheln im Gebüsch vielleicht kaum zu widerstehen, und die Ursache des Raschelns könnte auch ein Mensch sein – beispielsweise ich. Ich überlegte mir, ob ich – um ganz sicherzugehen –, nicht auch ein Glöckchen tragen sollte.
Ein weiterer Vorteil der *clochette* wurde gegen Ende des Morgens ersichtlich: Sie ersparte dem Jäger die demütigende Erfahrung, seinen Hund bei Jagdende zu verlieren. Ich hatte mir die Tiere als diszipliniert und folgsam vorgestellt, aber – ganz im Gegenteil – Jagdhunde sind Streuner, die sich von ihren Nasen leiten lassen und nicht merken, wie die Zeit verstreicht. Sie haben überhaupt nicht begriffen, daß zur Mittagszeit die Jagd aufhört – wegen des Essens. Das Glöck-

chen garantiert nicht unbedingt, daß der Hund kommt, wenn man ruft; aber der Jäger weiß immerhin ungefähr, wo sich der Hund aufhält.

Kurz vor zwölf begannen Männer in Tarnanzügen, sich auf den Weg zu den Kleintransportern zu machen, die am Rand der Straße geparkt waren. Ein paar Männer kamen mit ihren Hunden. Die übrigen riefen und pfiffen mit wachsender Gereiztheit und ließen in Richtung des Glockenkonzerts, das aus dem Wald herüberklang, ein übellauniges Zischen hören – »*Vieng ici! Vieng ici!*«

Die Reaktion war unterschiedlich. Das Rufen wurde immer mißgelaunter und artete in Brüllen und Fluchen aus. Nach wenigen Minuten gaben die Jäger auf und gingen meist ohne Hund heim.

Wir wurden ein wenig später bei unserem Mittagessen von drei Jagdhunden gestört, die von ihren Herren aufgegeben worden waren. Sie liefen an den Swimmingpool, um zu trinken. Sie wurden von unseren beiden Hündinnen wegen ihres Wagemuts und ihres exotischen Geruchs stark bewundert. Wir fingen sie im Innenhof ein und überlegten, wie wir sie ihren Besitzern zurückbringen könnten. Wir fragten Faustin um Rat.

»Machen Sie sich keine Sorgen«, sagte er. »Lassen Sie sie laufen. Die Jäger kommen am Abend wieder. Wenn sie ihre Hunde nicht finden, lassen sie ein *coussin* zurück.«

Laut Faustin klappte das immer. Wenn ein Hund bei der Jagd verlorenging, ließ man dort, wo er zuletzt gesehen worden war, einfach irgendeinen Gegenstand mit dem Geruch seines Zwingers liegen – ein Kissen oder eher ein Stück Stoff –, früher oder später kam der Hund dann wieder zu seinem eigenen Geruch zurück und wartete dort, bis er abgeholt wurde.

Wir ließen die Hunde laufen, sie schossen aufgeregt bellend davon. Es war ein ungewöhnlicher, leidender Laut, eigentlich gar kein Bellen oder Jaulen, sondern ein trauriges Winseln wie von einer leidenden Oboe. Faustin schüttelte den Kopf. »Die sind für Tage verschwunden.« Er selbst jagte nicht und betrachtete Jäger und ihre Hunde als Eindringlinge, die kein Recht hatten, inmitten seiner kostbaren Reben herumzuschnüffeln.

Er hatte, wie er uns mitteilte, beschlossen, daß die Zeit gekommen war, die Tafeltrauben zu ernten. Man wolle damit anfangen, sobald Henriette den *camion* in Schuß gebracht hatte. Sie war der Familienmechaniker und hatte im September die Aufgabe, noch ein paar Kilometer aus dem Rebenlaster herauszuholen. Er war mindestens dreißig Jahre alt – vielleicht mehr. Faustin konnte sich nicht genau erinnern. Er war plattnasig und klapprig und hatte offene Planken und abgenutzte Reifen. Er war seit Jahren nicht mehr verkehrstüchtig, aber es kam nicht in Frage, einen neuen Laster zu kaufen. Und warum sollte man Geld verschwenden und ihn in einer Garage instand setzen lassen, wenn man eine Mechanikerin zur Frau hatte? Der Laster wurde jährlich nur ein paar Wochen gebraucht, und Faustin achtete darauf, ihn nur über abgelegene Straßen zu fahren, um nicht irgendeinem beflissenen kleinen *flic* von der Polizeiwache in Les Baumettes mit ihren absurden Regeln über Bremsen und gültige Versicherungen zu begegnen.

Henriettes Bemühungen hatten Erfolg, und eines Morgens keuchte der alte Laster die Einfahrt hoch. Er war mit flachen Holzkisten beladen, die gerade tief genug waren für eine Schicht Trauben. Die Kisten wurden in Haufen neben jeder Rebenreihe gestapelt, und die drei – Faustin, Henriette und

Tochter – nahmen ihre Scheren und machten sich an die Arbeit.

Es war eine langsame und unangenehme körperliche Arbeit. Weil bei Tafeltrauben das Aussehen fast so wichtig ist wie der Geschmack, muß jede Traube genau geprüft werden, muß jede gequetschte oder verschrumpelte Traube abgeschnitten werden. Die Zweige wuchsen tief. Manchmal berührten sie den Boden, manchmal waren die Trauben vom Blattwerk versteckt. Die Winzer kamen stündlich nur meterweise voran – sie hockten, sie schnitten, sie standen auf, musterten, schnitten, packten. Die Hitze war extrem. Sie stieg aus dem Boden auf und knallte gleichzeitig von oben auf Schultern und Nacken. Kein Schatten, kein Lüftchen, keinerlei Erholung während des zehnstündigen Arbeitstags, abgesehen von der Mittagspause zum Essen. Ich würde nie wieder auf eine Weintraube in einer Schüssel blicken können, ohne an Rückenschmerzen und Sonnenstich denken zu müssen. Es war nach sieben, als sie auf ein Glas zu uns kamen, erschöpft und Hitze ausstrahlend, doch zufrieden. Die Trauben waren gut, und innerhalb von drei bis vier Tagen wäre alles abgeerntet. Ich bemerkte zu Faustin, daß er sich doch über das Wetter freuen müsse. Er schob seinen Hut in den Nacken, und ich konnte den scharfen Streifen über seiner Stirn sehen, wo die verbrannte, braune Haut weiß wurde.

»Es ist zu gut«, sagte er. »Das ist nicht von Dauer.« Er nahm einen langen Schluck von seinem *Pastis,* während er über das Spektrum der Katastrophen nachdachte, die sich einstellen konnten. Wenn nicht Stürme, dann überraschender Frost, eine Heuschreckenplage, ein Waldbrand, ein nukleares Desaster. Irgend etwas mußte vor dem zweiten Gang der Traubenernte schiefgehen. Und falls nicht, so konnte er sich mit der Tatsache trösten, daß sein Arzt ihm Diät verordnet hatte, damit sein Cholesterolspiegel sank. Doch, der sei ein großes Problem, meinte er. Und in der beruhigenden Gewißheit, daß ihm das Schicksal erst kürzlich einen schweren Schlag versetzt hatte, genehmigte er sich noch ein Glas.

Ich hatte einige Zeit gebraucht, mich daran zu gewöhnen, einen richtigen Weinkeller zu haben – nicht eine bessere Art von Schrank oder eine enge Nische unter der Treppe, sondern einen echten *cave*. Er war im hinteren Haus eingerichtet, mit stets kalten Steinmauern und einem Kiesboden, und dort gab es Platz für drei- bis vierhundert Flaschen Wein. Ich war stolz auf meinen Weinkeller und fest entschlossen, ihn bis oben zu füllen. So hatte ich aus sozialer Barmherzigkeit einen Grund für Ausflüge, einen Vorwand zum regelmäßigen Besuch von Winzern – damit unsere Gäste nie Durst leiden mußten.
Im Interesse von Forschung und Gastfreundschaft fuhr ich nach Gigondas, Beaumes-de-Venise und Châteauneuf-du-Pape, die alle nicht viel größer sind als ein Dorf, und wo die Menschen einmütig im Dienst an der Rebe leben. Wohin ich auch blickte, tauchten Schilder auf. Sie schienen in Abständen von fünfzig Metern zu stehen und kündigten *caves* an. *Dégustez nos vins!* Nie war eine Einladung mit größerer Freude angenommen worden. Ich nahm in einer Garage in Gigondas an einer *dégustation* teil und ebenso auf einem *Château* oberhalb von Beaumes-de-Venise. Ich fand einen starken und samtenen Châteauneuf-du-Pape für dreißig Francs pro Liter, der mit einem wunderbaren Mangel an Förmlichkeit von einer scheinbaren Garagenpumpe in Plastikbehälter ausgespuckt wurde. In einer erheblich teureren und prätentiöseren Anlage bat ich, den *marc* kosten zu

dürfen. Man zauberte eine kleine Flasche aus geschliffenem Glas hervor und träufelte mir einen Tropfen auf den Handrücken; mir war nicht recht klar, ob ich daran riechen oder ihn probieren sollte.

Nach einer Weile ließ ich die Dörfer links liegen und begann Schildern zu folgen, die oft halb von der Vegetation verborgen waren und tief ins Land hinein deuteten, wo in der Sonne der Wein gebacken wurde und ich direkt von Männern kaufen konnte, die ihn erzeugten. Sie waren ausnahmslos gastfreundlich und auf ihre Arbeit stolz, und ihrem Verkaufstalent konnte ich für meinen Teil nicht widerstehen.

Es war früh am Nachmittag, als ich von der Hauptstraße abbog, die nach Vacqueyras führte, und dem schmalen, steinigen Pfad durch die Reben folgte. Man hatte mir gesagt, er würde mich zu dem Winzer des Weines bringen, der mir beim Mittagessen so gemundet hatte; es handelte sich um einen weißen Côtes-du-Rhone. Ein Kasten oder auch zwei würden das Loch in meinem *cave* füllen, das beim letzten Raubzug entstanden war, und anschließend wollte ich nach Hause fahren.

Der Pfad führte zu einer Gruppe von Gebäuden, die in einem offenen Rechteck um einen Innenhof aus festgetretener Erde im Schatten eines riesigen Baumes unter dem Schutz eines schläfrigen Schäferhundes standen, der mich mit einem halbherzigen Bellen begrüßte – womit seiner Pflicht als Klingelersatz Genüge getan war. Ein Mann in einem Overall, der eine schmierige Sammlung Zündkerzen in Händen hielt, kam von seinem Traktor herüber. Er reichte mir seinen Vorderarm.

Ich wolle von dem Weißwein? Selbstverständlich. Er selbst sei mit der Wartung des Traktors beschäftigt, aber sein Onkel würde sich um mich kümmern. »*Edouard! Tu peux servir ce monsieur?*«

Der Vorhang aus Holzperlen, der über der Eingangstür hing, teilte sich, und Onkel Edouard trat blinzelnd ins Sonnenlicht. Er trug ein ärmelloses Unterhemd, blaue Arbeitshosen aus Baumwolle und Hauspantoffeln. Sein Umfang war beeindruckend, wie der Stamm einer Platane, aber seine Nase stellte alles in den Schatten. So eine Nase hatte ich noch nie gesehen – breit, fleischig, verwittert zu einer undefinierbaren Farbe zwischen Rosé und Burgunderrot, mit dünnen Linien, die scharlachrot auf den Backen weiterliefen. Da stand ein Mann vor mir, der die Frucht seiner Arbeit mit vollen Zügen zu genießen wußte.

Er strahlte. Die Linien auf seinen Backen wirkten wie Purpurbarthaare. »*Bon. Une petite dégustation.*« Er geleitete mich über den Hof und schob die Doppeltür eines langen, fensterlosen Gebäudes zurück und sagte mir, ich solle in Türnähe bleiben, während er das Licht anschalten ginge. Nach dem grellen Licht draußen konnte ich überhaupt nichts sehen, doch der Geruch wirkte beruhigend und vertraut. Hier roch sogar die Luft nach gärenden Trauben.

Onkel Edouard machte Licht und schloß die Tür – gegen die Hitze. Unter der hohen Birne mit dem flachen Blechschirm standen ein länglicher Tresentisch und ein halbes Dutzend Stühle. In einer dunklen Ecke konnte ich eine Treppe erkennen und eine Betonrampe, die zum Keller hinabführte. An den Wänden lagerten Weinfässer auf Holzpaletten. Neben einem gesprungenen Abflußrohr summte leise ein alter Kühlschrank.

Onkel Edouard reinigte die Gläser und hielt jedes gegen das Licht, bevor er es auf den Tisch stellte. Er baute eine saubere

Reihe von sieben Gläsern auf und hinter den Gläsern eine Reihe von Flaschen unterschiedlichster Form. Jeder Flasche zollte er ein besonderes Lob. »Den weißen kennt Monsieur, ja? Ein sehr angenehmer junger Wein. Der Rosé – nicht zu vergleichen mit diesen dünnen Rosés, die sie einem an der Côte d'Azur anbieten. Dreizehn Grad Alkohol – ein richtiger Wein. Das hier ist ein leichter Roter – von dem könnte man vor dem Tennisspiel getrost ein Fläschchen trinken. Der da, *par contre,* ist was für den Winter, der wird sich zehn Jahre und länger halten. Und dann ...«

Ich versuchte ihn zu bremsen. Ich sagte ihm, ich wolle nur zwei Kästen von diesem Weißwein, aber er ließ sich nicht abbringen. Monsieur hatte sich die Mühe gemacht, persönlich herzukommen, und es wäre undenkbar, ihn nicht eine Auswahl kosten zu lassen. Bitte, sagte Onkel Edouard, er würde mich auf diesem geschmacklichen Rundgang durch die Weinberge natürlich begleiten. Er ließ eine schwere Hand auf meine Schulter sinken und drückte mich auf einen Stuhl. Es war faszinierend. Er nannte mir den genauen Teil des Weinbergs, aus dem ein jeder Wein stammte, und erklärte, warum bestimmte Hänge leichtere oder schwerere Weine hervorbrachten. Zu jedem Wein, den wir degustierten, gab es ein imaginäres Menü, das mit reichlichem Schmatzen der Lippen und zum gastronomischen Himmel erhobenen Blikken rezitiert wurde. Wir konsumierten im Geiste *écrevisses,* Lachs mit Sauerampfer gekocht, mit Rosmarin zubereitetes Bresse-Huhn, gebratenes Milchlamm mit einer cremigen Knoblauchsauce, eine *estouffade* mit Rindfleisch und Oliven, eine *daube,* Schweinelendchen mit Trüffelscheiben gespickt. Ein Wein mundete besser als der andere. Er wurde von Flasche zu Flasche teurer; da wurde ich von einem Kenner fachgerecht auf das hochpreisige Marktsortiment vorbereitet, und mir blieb gar nichts anderes übrig, als mich zurückzulehnen und es zu genießen.

»Einen müssen Sie unbedingt noch probieren«, sagte Onkel Edouard. »Er ist allerdings nicht jedermanns Geschmack.« Er griff nach einer Flasche und schenkte sorgsam ein halbes Glas ein. Der Wein war tiefrot, fast schwarz. »Ein Wein von großem Charakter«, sagte er. »Warten Sie. Er braucht *une bonne bouche.*« Er ließ mich mit den Gläsern und Flaschen allein; ich spürte das erste Zwicken eines nachmittäglichen Katers.

»*Voilà.*« Er setzte mir einen Teller vor – zwei kleine runde Ziegenkäse mit Kräutern, die vom Öl glänzten – und reichte mir ein Messer mit abgenutztem Holzgriff. Er beobachtete mich, als ich mir ein Stück Käse abschnitt und aß. Der Käse war brutal scharf. Mein Gaumen – oder was von ihm übrigblieb – war auf vollkommene Weise präpariert. Der Wein schmeckte wie Nektar.

Onkel Edouard half mir beim Einladen der Weinkisten ins Auto. Hatte ich das alles tatsächlich bestellt? Es sah ganz danach aus. Wir hatten fast zwei Stunden lang im geselligen Dunkel beisammengesessen, und in zwei Stunden lassen sich viele Dinge entscheiden. Ich fuhr mit einem pochenden Kopf los – und mit der Einladung, im nächsten Monat zur *vendange* wiederzukommen.

Unsere eigene Weinlese, der landwirtschaftliche Höhepunkt des Jahres, fand in der letzten Septemberwoche statt. Faustin hätte sie lieber ein paar Tage später angesetzt, aufgrund einiger persönlicher Wetterinformationen rechnete er aber mit einem nassen Oktober.

Das Dreierteam, das schon die Tafeltrauben gelesen hatte,

wurde verstärkt durch Vetter Raoul und durch Faustins Vater, dessen Beitrag darin bestand, langsam hinter den Pflückern herzugehen, mit dem Stock zwischen den Reben zu stochern, bis er eine Traube gefunden hatte, die übersehen worden war, und dann – für einen 84jährigen hatte er eine volle, tragende Stimme – jemanden zurückzurufen, der anständige Arbeit leistete. Im Unterschied zu den anderen in kurzen Hosen und Unterhemden war er wie für einen kühlen Novembertag gekleidet, im Sweater und schwerem Baumwollanzug und mit Mütze. Als meine Frau mit einer Kamera auftauchte, nahm er die Mütze ab, strich sich das Haar glatt, setzte die Mütze wieder auf und stellte sich, bis an die Taille in Reben, in Pose. Er ließ sich, wie alle unsere Nachbarn, gern porträtieren.

Langsam und geräuschvoll wurden die Reihen saubergepflückt, die Trauben in Plastikkiepen gehäuft und hinten auf den Laster getragen. Abends herrschte auf den Straßen ein lebhafter Verkehr mit Lastwagen und Traktoren, die ihre violetten Traubenberge zur Winzer-Kooperative nach Maubec fuhren, wo sie gewogen und auf ihren Alkoholgehalt geprüft wurden.

Zu Faustins großer Überraschung ging die Weinlese ohne Zwischenfälle zu Ende, und zur Feier des Tages lud er uns ein, ihn auf dem letzten Transport zur Kooperative zu begleiten. »Heute abend werden wir die verbindlichen Zahlen erfahren«, sagte er. »Dann wissen Sie auch, wieviel Sie nächstes Jahr trinken können.«

Wir fuhren hinter dem Laster her, der mit gut dreißig Stundenkilometern dem Sonnenuntergang entgegenschaukelte. Er hielt sich an schmale Straßen, die mit herabgefallenen, zerquetschten Trauben übersät waren. Eine Schlange wartete schon auf das Entladen. Vierschrötige Männer mit verbrannten Gesichtern saßen auf ihren Traktoren, bis sie an die Reihe kamen, rückwärts an die Rampe zu setzen und ihre Fracht in die Schüttelrinne zu kippen – der erste Schritt auf dem Weg der Trauben in die Flasche.

Faustin beendete das Abladen, und wir begleiteten ihn ins Gebäude, um unsere Trauben in die riesigen Kufen aus rostfreiem Stahl rutschen zu sehen. »Sehen Sie die Meßuhr!« sagte Faustin. »Sie zeigt den Alkoholgrad an.« Die Nadel sprang hoch, zitterte und kam bei 12.32 Prozent zum Stehen. Faustin grunzte. 12.5 Prozent wären ihm lieber gewesen, und ein paar zusätzliche Sonnentage hätten es möglich gemacht, doch ab 12 Prozent war alles in Ordnung. Er nahm uns mit hinüber zu dem Mann, der die Messungen für jede Fuhre registrierte, und musterte eine Zahlenreihe auf einem Brett und verglich sie mit einer Handvoll Papierfetzen, die er aus der Tasche zog. Er nickte. Alles korrekt.

»Sie werden nicht unter Durst leiden.« Er machte die provenzalische Trinkgeste: die geballte Faust und der zum Mund gereckte Daumen. »Etwas mehr als zwölfhundert Liter.«

Uns kam das wie ein guter Jahrgang vor, und wir sagten Faustin, daß wir recht zufrieden seien. »Na ja«, sagte er, »es hat wenigstens nicht geregnet.«

Oktober

Der Mann stand bei der Wurzel einer alten Krüppeleiche und starrte aufs Moos und ins lichte Unterholz. Sein rechtes Bein steckte bis an den Schenkel in einem grünen Gummistiefel; der linke Fuß saß in einem gewöhnlichen Schuh. Er hielt einen langen Stock vor sich; in der anderen Hand trug er eine blaue Plastiktasche.

Er drehte sich seitlich zum Baum, schob das Bein im Gummistiefel vor und senkte seinen Stock nervös in die Vegetation, ganz nach Art eines Fechters, der einen plötzlichen und heftigen Gegenstoß erwartet. Und noch einmal, mit vorgestrecktem Gummibein: absichernd, stoßend, Rückzug, Vorstoß. Er war so auf sein Duell konzentriert, daß er gar nicht merkte, daß ich ihm vom Weg her ganz fasziniert zusah.

Einer meiner beiden Hunde lief von hinten an ihn heran und schnüffelte an seinem rückwärtigen Bein.
Er sprang auf. *Merde!* Dann sah er den Hund, daraufhin mich und war plötzlich ganz verlegen. Ich entschuldigte mich, ihn erschreckt zu haben.
»Im ersten Moment«, sagte er, »glaubte ich, angegriffen zu werden.«
Ich konnte mir nicht vorstellen, wer vor einem Angriff erst sein Bein beschnüffelt haben würde, und erkundigte mich, wonach er denn suche. Zur Antwort hielt er seine Einkaufstasche hoch. *»Les champignons.«*
Das war ein neuer, ein beunruhigender Aspekt des Lubéron. Der Lubéron war, wie ich längst wußte, voller merkwürdiger Dinge und noch merkwürdigerer Menschen. Doch ein Mensch mußte sich doch nicht fürchten, von Pilzen attackiert zu werden – nicht einmal von wild wachsenden Pilzen. Ich wollte wissen, ob die Pilze gefährlich seien.
»Manche sind tödlich«, sagte er.
Das glaubte ich ihm gern, aber das erklärte noch nicht die Gummistiefel oder die seltsamen Fechtmanöver mit seinem Stock. Auch auf das Risiko hin, als saublöder Großstadtdepp dazustehen, zeigte ich auf sein rechtes Bein.
»Der Stiefel ist zum Schutz?«
»Mais oui.«
»Aber wogegen?«
Er schlug sich mit seinem Holzschwert auf das Stiefelgummi und stakste auf mich zu, als wäre er ein moderner Musketier mit Einkaufstasche. Er führte einen Rückhandschlag gegen einen Klumpen Thymian und kam näher.
»Les serpents.« Er sagte es mit der Andeutung eines Zischens. »Sie bereiten sich auf den Winter vor. Wenn man

sie stört – *ssst!* –, greifen sie an. Das kann sehr gefährlich sein.
Er zeigte mir den Inhalt der Einkaufstasche, den er dem Wald unter Lebensgefahr entrissen hatte. Mir kamen die Pilze äußerst giftig vor, farblich reichten sie von schwärzlichem Blau bis zu grellem Orange; den kultivierten Pilzen, die auf den Märkten verkauft werden, ähnelten sie in keiner Weise. Er hielt mir den Korb unter die Nase, und ich atmete das ein, was er die »Essenz der Berge« nannte. Zu meinem Erstaunen war es ein angenehmer Geruch – erdig, voll, leicht nussig –, und ich sah mir die Pilze daraufhin näher an. Ich hatte sie auf unseren Waldwanderungen unter Bäumen gesehen, in bösartig wirkenden Gruppen, und angenommen, ihr Genuß brächte auf der Stelle den Tod. Mein gestiefelter Freund versicherte mir, sie seien nicht nur völlig ungefährlich, sondern ein Hochgenuß.
»Aber«, so erklärte er, »man muß sie von den giftigen unterscheiden können. Es gibt zwei oder drei ungenießbare Pilzarten. Wenn Sie sich nicht sicher sind, bringen Sie sie zur Apotheke.«
Es war mir nie in den Sinn gekommen, daß ein Pilz klinisch getestet werden könnte, bevor ihm der Weg ins Omelett freistünde. In Frankreich ist der Magen jedoch das bei weitem wichtigste Körperorgan; insofern machte es Sinn. Als ich mich das nächste Mal in Cavaillon aufhielt, suchte ich die Apotheken auf. Und tatsächlich, sie waren zu Pilzführerzentren geworden. Schaufenster, die normalerweise Bruchbändern sowie Abbildungen junger Frauen vorbehalten waren, die schlanke, gebräunte Schenkel von Zellulitis befreiten, enthielten große Pilzbestimmungstafeln. Einige Apotheken gingen noch einen Schritt weiter und füllten ihre Fenster mit

Stapeln von Pilzhandbüchern, die genießbare Pilze aller bekannten Arten beschrieben und illustrierten.

Ich sah Menschen in die Apotheken eilen mit schweren Taschen, die sie an der Theke einigermaßen ängstlich vorzeigten, als müßten sie selbst sich einer Untersuchung auf eine seltene Krankheit unterziehen. Die kleinen, verdreckten Gebilde wurden vom amtierenden Experten im weißen Kittel inspiziert und fachmännisch beurteilt. Es war vermutlich eine angenehme Abwechslung von der üblichen Tagesroutine des Verkaufs von Zäpfchen und Stärkungsmitteln für die Leber. Ich fand das alles so ablenkend, daß ich fast vergessen hätte, weshalb ich nach Cavaillon gekommen war – nicht, um in Apotheken herumzuhängen, sondern um im lokalen Backtempel Brot einzukaufen.

Das Wohnen in Frankreich hatte uns bäckereisüchtig gemacht; Auswahl und Kauf des täglichen Brots machte stets Freude. Die Dorfbäckerei in Ménerbes mit ihren irregulären Öffnungszeiten – »Madame wird nach Beendigung ihrer *toilette* wieder öffnen«, hieß es einmal – hatte uns zunächst angeregt, andere Dorfbäckereien aufzusuchen. Es war eine Offenbarung gewesen. Jahrelang hatten wir das Brot genommen, wie es gerade war. Als Grundnahrungsmittel. Es war wie die Entdeckung einer neuen Speise.

Wir probierten die kompakten, knusprigen Laibe, die dicker und flacher sind als die gewöhnlichen *baguettes,* und die *boules* aus Carbrières mit der dunklen Kruste und der Größe eines zerdrückten Fußballs. Wir lernten, welche Brote sich einen Tag lang hielten und welche innerhalb von drei Stunden schal werden; welches Brot sich am besten eignet für *croutons* oder zum Aufstrich von *rouille* fürs Eintunken in die Fischsuppe. Wir gewöhnten uns an den anfangs überraschenden köstlichen Anblick des Champagners, der neben den Torten und winzigen Küchlein zum Verkauf angeboten wurde, welche jeden Morgen frisch gebacken wurden und bis mittags verschwunden waren.

Die meisten Bäckereien hatten Besonderheiten, die ihre Brote von dem fabrikmäßig produzierten Brot der Supermärkte unterschieden und leichte Veränderungen der konventionellen Backformen – einen Extrakräusel im Krustendekor, ein Ziergebilde, die Signatur des Backkünstlers. Es kam uns ganz so vor, als wäre das vorgeschnittene, abgepackte maschinell gebackene Brot nie erfunden worden.

Die Gelben Seiten im Telefonbuch von Cavaillon führen siebzehn Bäckereien an. Nach unseren Informationen lief aber in Auswahl und Qualität eine Bäckerei allen übrigen den Rang ab; sie war angeblich ein wahrer *palais de pain.* Bei Chez Auzet, so hieß es, sei das Backen und Essen von Broten und Kuchen auf das Niveau einer Volksreligion erhoben worden.

Bei warmem Wetter werden Tische und Stühle auf den Gehsteig vor der Bäckerei gestellt, damit die Hausfrauen von Cavaillon sich setzen können bei heißer Schokolade und Mandelkeksen oder Erdbeertörtchen, während sie dem Brot, das sie zum Mittag- und Abendessen kaufen wollen, die angemessene, ausgedehnte Aufmerksamkeit widmen. Zur hilfreichen Orientierung hat Auzet eine umfassende Brotliste zusammengestellt, die *carte des pains.* Ich holte mir ein Exemplar von der Theke, bestellte einen Kaffee, setzte mich in die Sonne und begann zu lesen.

Es war ein weiterer Schritt in französischer Bildung. Es machte mich nicht nur mit Broten bekannt, von denen ich noch nie gehört hatte; die Karte informierte mich auch äußerst bestimmt und präzis darüber, bei welcher Gelegenheit und auf welche Weise es jeweils zu genießen wäre. Zu meinem Aperitif konnte ich wählen zwischen den kleinen quadratischen *Toasts,* einem *pain surprise,* das mit kleingehacktem Speck aromatisiert sein konnte, oder mit den gut gewürzten *feuillets salés.* Das war leicht zu begreifen. Für die Mahlzeiten war die Wahl komplizierter. Angenommen, ich wollte als ersten Gang *crudités.* Dazu konnte man vier Brotsorten essen: Zwiebelbrot, Knoblauchbrot, Olivenbrot oder *Roquefort*-Brot. Zu kompliziert? In dem Fall konnte ich die Mahlzeit mit Meeresfrüchten beginnen – dazu autorisierte das Evangelium nach Auzet nur eine Brotsorte, nämlich dünn geschnittenes Roggenbrot.

Und so ging es weiter; mit kompromißloser Knappheit wurde angeführt, was ich mit *charcuterie,* mit *foie gras,* zu weißem und dunklem Fleisch, zu Wildgeflügel und Fleisch von Wild mit Fell, zu Geräuchertem, zu gemischten Salaten – nicht zu verwechseln mit separat aufgelisteten grünen Salaten – und drei unterschiedlichen Käsearten zu essen hatte. Ich zählte achtzehn verschiedene Sorten Brot, mit Zutaten von Thymian bis Pfeffer, von Nüssen bis Kleie. In meiner Verwirrung und Unentschlossenheit begab ich mich ins Ladeninnere und bat Madame um Rat. Ich fragte, was sie zu Kalbsleber empfehlen könnte?

Sie machte eine kurze Inspektionsreise zu den Regalen und wählte einen kurzen braunen Laib aus – *banette.* Während sie das Wechselgeld zählte, berichtete sie von einem Restaurant, wo der *Chef* zu jedem der fünf Gänge seines Menüs ein anderes Brot serviert. Das ist ein Mann, der etwas von Brot versteht, sagte sie. Wenn ich dagegen an andere denke ...

Ich begann zu begreifen, so wie ich auch etwas von Pilzen zu verstehen begann. Es war ein lehrreicher Morgen gewesen.

Massot war in lyrischer Stimmung. Er hatte sein Haus eben verlassen, um in den Wald zu gehen und irgend etwas zu töten, als ich ihm auf einem Hügel begegnete, der einen weiten Blick über Weingärten freigab. Mit dem Gewehr unter dem Arm und einer seiner gelben Zigaretten im Mund sinnierte er auf das Tal hinab.

»Sehen Sie sich die Reben an«, meinte er. »Die Natur trägt ihr schönstes Kleid.«

Die unerwartet poetische Bemerkung verlor an Wirkung, als Massot sich räusperte und ausspuckte; aber er hatte recht; die Reben waren spektakulär schön, da lag Feld um Feld von rostroten und gelben und violetten Blättern reglos im Sonnenlicht. Jetzt, da die Trauben gepflückt waren, wurde unsere Freude an solcher Aussicht weder durch Traktoren noch durch menschliche Gestalten mehr gestört. Die Arbeit in den Weinbergen würde ruhen, bis das Laub abgefallen war und die Reben zurückgeschnitten wurden. Wir erlebten einen Freiraum zwischen den Jahreszeiten; es war immer noch heiß, aber eigentlich nicht mehr Sommer und auch noch nicht Herbst.

Ich fragte Massot, ob der Verkauf seines Anwesens Fortschritte mache. Ob sich vielleicht irgendein deutsches Ehepaar beim Campen in sein Haus verliebt habe?

Bei der Erwähnung von Campern sträubten sich ihm die Haare. »Die könnten sich ein Haus wie meins gar nicht leisten. Außerdem habe ich es bis 1992 vom Markt genommen. Sie werden sehen. Wenn die Grenzen fallen, werden sie kommen und nach einem solchen Haus suchen – Engländer, Belgier ...« Er machte eine vage Handbewegung, um die übrigen Nationalitäten der Europäischen Gemeinschaft einzubeziehen. »Die Preise werden steigen. Häuser im Lubéron werden *très recherchés*. Selbst Ihr kleines Häuschen könnte ein bis zwei Millionen bringen.«

Es war nicht das erste Mal, daß 1992 als das Jahr erwähnt wurde, in dem die ganze Provence mit ausländischem Geld überflutet würde, weil dann der Gemeinsame Markt voll in Kraft treten sollte. Wenn wir alle miteinander zu einer einzigen glücklichen Familie von Europäern zusammenkämen, würden die Nationalitäten vergessen sein. Es gäbe zwischen ihnen keine finanziellen Beschränkungen mehr – und was würden die Spanier und die Italiener und all die anderen tun? Was sonst als die Provence zu teilen und ihre Scheckbücher zu zücken und nach Häusern Ausschau zu halten.

Es war ein eingängiger Gedanke; ich konnte jedoch nicht einsehen, warum es so kommen sollte. In der Provence hatten sich bereits erstaunlich viele Ausländer angesiedelt; sie hatten keine Mühe gehabt, Häuser zu finden. Und trotz allem Gerede über eine europäische Integration würde mit einem Datum auf einem Stück Papier das Gezetere, die Bürokratie und das zähe Ringen um Sonderbehandlung nicht aufhören, derer sich alle Mitgliedsstaaten – und insbesondere die Franzosen – befleißigten, wenn es ihnen in den Kram paßte. Ein Zeitraum von fünfzig Jahren könnte da vielleicht eine Änderung herbeiführen. Das Jahr 1992 mit Sicherheit nicht.

Doch Massot war überzeugt. 1992 würde er alles verkaufen und sich zurückziehen oder möglicherweise eine kleine *Bar-Tabac* in Cavaillon erwerben. Ich fragte ihn, was er dann mit seinen drei gefährlichen Hunden machen wolle, und einen

Moment lang kam es mir so vor, als ob er in Tränen ausbrechen würde.
»Sie würden nicht glücklich sein in der Stadt«, meinte er. »Ich würde sie erschießen müssen.«
Er begleitete mich ein paar Minuten und brachte sich in bessere Stimmung, indem er etwas von dem Profit murmelte, der ihm sicherlich zufallen würde, und das wäre auch höchste Zeit. Ein Leben harter Arbeit müsse belohnt werden. Ein Mensch sollte seine alten Tage in Ruhe und Bequemlichkeit verbringen und nicht mit Arbeit auf dem Lande, die viel zuviel Mühe machte. Aber gerade sein Land war in diesem Tal besonders ungepflegt, auch wenn er immer so tat, als ob es sich bei seinem Grund und Boden um eine Art Kreuzung zwischen den Parks von Villandry und den manikürten Weinbergen von Château Lafite handele. Er bog ab in den Wald, um ein paar Vögel zu terrorisieren – ein brutaler, habgieriger und verlogener alter Gauner. Ich begann ihn allmählich gern zu haben.
Auf dem Rückweg fand ich Unmengen von verschossenen Schrothülsen aus Büchsen von Männern, die Massot *chasseurs du sentier* nannte, Fußwegjäger – erbärmliche Weichlinge, die sich die Füße nicht im Wald schmutzig machen wollten und warteten, daß ihnen ein paar Vögel ins Schußfeld flögen. Unter den verstreuten Hülsen lagen Zigarettenenden und leere Sardinendosen und Flaschen, Souvenirs, die von eben den Naturliebhabern zurückgelassen worden waren, die darüber klagten, daß die Schönheit des Lubéron von den Touristen zerstört würde. Ihr Interesse am Umweltschutz ging nicht so weit, daß sie den eigenen Müll wegschafften. Ein unordentlicher Menschenschlag, diese provenzalischen Jäger.

Als ich nach Hause kam, tagte vor dem Stromzähler, der hinter einigen Bäumen im rückwärtigen Garten versteckt lag, eine Konferenz. Der Mann von der Electricité de France hatte das Gehäuse geöffnet, um den Zähler abzulesen, und dabei entdeckt, daß sich dort eine Ameisenkolonie eingenistet hatte. Die Ziffern waren verdunkelt. Es war unmöglich, unseren Stromverbrauch abzulesen. Die Ameisen mußten entfernt werden. Zu meiner Frau und dem Mann der EDF war Menicucci gestoßen, der, wie wir argwöhnten, bei uns im Boilerraum seßhaft geworden war und nichts so sehr schätzte, wie uns bei etwaigen häuslichen Problemen zu beraten.
»*O là là.*« Pause. Menicucci beugte sich vor, um einen genaueren Blick auf den Zähler zu werfen. »*Ils sont nombreux, les fourmis.*« Es war meines Wissens das erste Mal, daß Menicucci untertrieb. Die Ameisen waren so zahlreich, daß sie wie ein kompakter schwarzer Block wirkten und das Metallgehäuse, in dem sich der Zähler befand, vollständig füllten.
»Ich faß die nicht an«, sagte der Mann von der EDF. »Die kriechen einem in die Kleider und beißen. Als ich das letzte Mal ein Ameisennest wegräumen wollte, bin ich sie den ganzen Nachmittag nicht mehr losgeworden.«
Er stand da, beobachtete den quirligen Haufen und klopfte sich mit dem Schraubenzieher an die Zähne. Er wandte sich Menicucci zu. »Haben Sie eine Lötlampe?«
»Ich bin Klempner. Natürlich habe ich eine Lötlampe.«
»*Bon.* Dann werden wir sie wegbrennen.«
Menicucci war entsetzt. Er trat einen Schritt zurück und bekreuzigte sich. Er schlug sich an die Stirn. Er hob den Zeigefinger in jene Stellung, die äußerstes Mißfallen bekundete oder den Beginn einer Lektion – oder beides zusammen.

»Ich kann es nicht fassen. Habe ich richtig gehört? Eine Lötlampe? Ist Ihnen klar, wieviel Strom durch den Zähler läuft?«

Der Mann von der EDF schaute beleidigt drein. »Klar weiß ich das. Ich bin Elektriker.«

Menicucci tat überrascht. »*Ah bon?* Dann müßten Sie doch wohl wissen, was passiert, wenn man ein Stromkabel durchbrennt.«

»Ich würde mit der Lötlampe schon vernünftig umgehen.«

»Vernünftig! Vernünftig! *Mon dieu,* wir würden mit den Ameisen ums Leben kommen.«

Der Mann von der EDF steckte seinen Schraubenzieher fort und überkreuzte die Arme. »Sehr gut! Ich werde mich nicht mit den Ameisen abgeben. Bitte, ich überlasse sie Ihnen.«

Menicucci dachte einen Augenblick lang nach, dann wandte er sich – wie ein Zauberer, der einen besonders verblüffenden Trick vorbereitet – an meine Frau. »Wenn Madame mir eventuell frische Zitronen bringen könnte – zwei oder drei wären genug – und ein Messer?«

Madame kehrte in ihrer Rolle als Zauberlehrling mit Messer und Zitronen zurück, und Menicucci schnitt sie in vier Teile. »Dies ist ein *astuce,* den mir ein uralter Mann beigebracht hat«, sagte er und murmelte irgendeine Unhöflichkeit über die Dummheit, in einer solchen Situation eine Lötlampe verwenden zu wollen – *»putain de chalumeau«* –, während der Mann von der EDF unter einem Baum schmollte.

Als die Zitronen geviertelt waren, trat Menicucci zum Nest und begann, Zitronensaft über die Ameisen auszupressen, vor und zurück, vor und zurück, und zwischen jedem Auspressen legte er eine Pause ein, um die Wirkung der Zitronensäure auf die Ameisen zu beobachten.

Die Ameisen kapitulierten und verließen den Zählerkasten panikartig *en masse;* im Eifer der Flucht kletterten sie übereinander. Menicucci gefiel sich in diesem Moment des Triumphs. »*Voilà, jeune homme*«, sagte er zum Mann von der EDF, »den Saft von frischen Zitronen können Ameisen nicht leiden. Das haben Sie heute immerhin gelernt. Wenn Sie Zitronenscheiben in Ihre Zähler legen, werden Sie in Zukunft verschont bleiben.«

Der Mann von der EDF nahm es mit einem erstaunlichen Mangel an Lebensart. Er beschwerte sich. Er sei schließlich kein Zitronenhändler, und außerdem habe der Zitronensaft seinen Zähler klebrig gemacht. »Besser klebrig als verbrannt«, sagte Menicucci zum Abschied, als er zu seinem Boiler zurückkehrte. »*Beh oui.* Besser klebrig als verbrannt.«

Die Tage waren zum Schwimmen warm genug, die Nächte kalt genug, um Feuer zu machen – Altweibersommer. Er ging schließlich auf die extreme Art zu Ende, die für das Wetter in der Provence kennzeichnend ist. Wir gingen in einer Jahreszeit zu Bett und standen in einer anderen Jahreszeit wieder auf.

Während der Nacht hatte der Regen eingesetzt; er hielt fast den ganzen Tag über an. Das waren nicht die satten, warmen Tropfen des Sommers; da gingen graue Kaskaden im vertikalen Sturzflug nieder, rauschten durch die Weinberge, plätteten Büsche, verwandelten Blumenbeete in Schlamm und Schlamm in braune Flüsse. Er hörte erst am Spätnachmittag auf, und wir gingen nach draußen, um uns die Einfahrt anzusehen – oder, genaugenommen, die Stelle, wo sich am Vortag die Einfahrt befunden hatte.

Sie hatte bereits unter dem großen Sturm im August gelitten, aber die Furchen, die damals entstanden waren, schienen im Vergleich zu dem, was wir jetzt sahen, bloße Kratzer: Eine Serie von Kraterlöchern reichte bis an die Straße, wo ein Großteil der Einfahrt als Schlammhaufen abgelagert war. Der Rest lag im Melonenfeld gegenüber dem Haus. Der Kies und die Steine waren einige hundert Meter weit weggeschwemmt worden. Ein kürzlich detoniertes Minenfeld hätte kaum schlimmer aussehen können; da würde kein normaler Autofahrer auf die Idee kommen, von der Straße her bis ans Haus heranzufahren. Wir brauchten einen Bulldozer, nur um den Schutt beiseite zu räumen, und mehrere Tonnen Kies, um zu ersetzen, was der Regen fortgeschwemmt hatte.

Ich rief Monsieur Menicucci an. Er hatte sich über die Monate als menschliches Pendant zum Branchentelefonbuch entwickelt, und da er für unser Haus eine Wertschätzung zeigte, die beinahe schon besitzerhaft war, hatte er immer Ratschläge gegeben, wie er uns erklärte, als ob es um sein eigenes Geld ginge. Er hörte zu, als ich ihm die Geschichte von der abgetragenen Auffahrt berichtete, unterbrach – sein *quelle catastrophe* war mehr als einmal deutlich zu vernehmen –, um zu signalisieren, daß er das Ausmaß des Problems erkannt hatte.

Ich kam zum Schluß und hörte, wie Menicucci eine Liste unserer Erfordernisse aufzählte: »*Un bulldozer, bien sur, un camion, une montagne de gravier, un compacteur* ...« Ein paar Augenblicke lang war ein Summen zu hören, wahrscheinlich eine Melodie von Mozart, mit der er seinen Geist beflügelte, dann faßte er sich ein Herz. »*Bon.* Es gibt da einen jungen Mann, den Sohn eines Nachbarn, der mit einem Bulldozer Wunder vollbringt, und seine Preise sind in Ord-

nung. Er heißt Sanchez. Ich werde ihn bitten, daß er morgen zu Ihnen kommt.«
Ich erinnerte Menicucci, daß die Auffahrt für einen gewöhnlichen Wagen nicht passierbar sei.
»Daran ist er gewöhnt«, sagte Menicucci. »Er wird auf seinem *Moto* mit Spezialreifen kommen. Damit kommt er überallhin.«
Ich beobachtete am nächsten Morgen, wie Sanchez die Straßenverhältnisse meisterte: im Slalom, um den Löchern auszuweichen, und auf den Fußstützen stehend, wenn er über Erdhügel hinwegfuhr. Er stellte den Motor ab und schaute auf die Einfahrt zurück. Dabei repräsentierte er farblich genau abgestimmten *moto chic.* Er hatte schwarzes Haar und trug eine schwarze Lederjacke und selbstverständlich war auch das Motorrad schwarz. Er trug eine Pilotensonnenbrille mit undurchsichtigem Spiegelglas. Ich fragte mich, ob er wohl unseren Versicherungsagenten kannte, den formidablen modischen Monsieur Fructus. Die beiden paßten zusammen.
Innerhalb einer halben Stunde hatte er das Minenfeld abgeschritten, ein Kostenangebot kalkuliert und uns einen festen Termin genannt, in zwei Tagen, wenn er mit seinem Bulldozer wiederkommen würde. Wir hatten unsere Zweifel, ob es ernstgemeint sei, und als abends Menicucci in seiner Funktion als Katastrophenoberaufseher bei uns anrief, ließ ich ihn wissen, daß Monsieur Sanchez uns mit seiner Effizienz beeindruckt habe.
»Das liegt in der Familie«, sagte Menicucci. »Sein Vater ist Melonenmillionär. Der Sohn wird Bulldozermillionär. Sie sind sehr tüchtig, auch wenn sie Spanier sind.« Er führte aus, das Sanchez *père* als junger Mann nach Frankreich gekommen sei und eine Methode entwickelt habe, Melonen zu

produzieren, die früher reiften und saftiger waren als irgendwo sonst in der Provence. Er sei jetzt, erklärte Menicucci, so reich, daß er pro Jahr nur zwei Monate arbeite und während des Winters in Alicante wohne.

Sanchez *fils* kam wie versprochen und brachte den Tag damit zu, die Landschaft mit seinem Bulldozer neu zu formen. Es war faszinierend, ihm zuzuschauen, wie er mit einer Akkuratesse, als ob er einen Spachtel verwendete, ganze Tonnen von Erde umlagerte. Als die Einfahrt wieder ebenerdig war, strich er die Oberfläche mit einem Riesenkamm glatt und lud uns ein, sein Werk in Augenschein zu nehmen. Die Einfahrt schien so makellos, daß wir sie nicht zu betreten wagten, und er hatte ihr eine leichte Neigung gegeben, so daß künftige Regengüsse in die Reben abfließen würden.

»*C'est bon?*«

So gut wie die Autobahn nach Paris, erwiderten wir.

»*Bieng. Je revieng demaing.*« Er stieg in den Kontrollturm seines Bulldozers und fuhr mit behäbigen 25 Kilometern pro Stunde davon. Der Kies sollte am nächsten Tag aufgeschüttet werden.

Das erste Vehikel, das diese mustergültige Oberfläche stören sollte, kroch am nächsten Morgen aufs Haus zu und blieb im Parkbereich erschauernd stehen. Es war ein Laster, der noch altehrwürdiger ausschaute als Faustins Trauben-Express; er hing in der Federung so tief durch, daß das rostige Auspuffrohr fast den Boden berührte. Ein Mann und eine Frau – beide rundlich und wettergehärtet – standen neben dem Vehikel und blickten mit Interesse auf unser Haus. Es handelte sich offenbar um Wanderarbeiter, die auf einen letzten Auftrag hofften, bevor sie für den Winter weiter südwärts zogen.

Sie schienen ein nettes altes Paar zu sein und taten mir leid.
»Bedaure, aber die Weinlese ist vorbei«, sagte ich.
Der Mann grinste und nickte. »Das ist gut so. Sie haben Glück gehabt, sie vor dem Regen zu ernten.« Er deutete auf den Wald hinter dem Haus. »Eine Menge Pilze, würde ich meinen.«
Doch, sagte ich, eine ganze Menge.
Sie machten keine Anstalten zu gehen. Ich sagte, ich hätte nichts dagegen, wenn sie ihren Wagen draußen vor dem Haus stehen ließen, um Pilze zu suchen.
»Nein, nein«, sagte der Mann. »Wir arbeiten heute. Mein Sohn ist mit dem Kies hierher unterwegs.«
Der Melonenmillionär öffnete die rückseitigen Türen des Lasters und holte eine Maurerschaufel mit langem Stiel herunter und einen weitgezahnten Holzrechen. »Das übrige soll er selbst abladen«, sagte er. »Ich will mir nicht die Füße zerquetschen.«
Ich schaute ins Wageninnere. Dicht gegen die Rücklehnen der Sitze geschoben stand über die ganze Länge des Lasters eine Miniaturdampfwalze, der *compacteur*.
Während er auf seinen Sohn wartete, erzählte Monsieur Sanchez von Leben und Glück. Nach all den Jahren, so erklärte er, mache ihm ein bißchen körperliche Arbeit noch immer gelegentlich Spaß. Mit den Melonen sei er Ende Juli fertig, und Nichtstun finde er langweilig. Es sei recht angenehm, reich zu sein, aber man brauche noch etwas anderes, und warum solle er da nicht seinem Sohn helfen?
Ich hatte noch nie einen Millionär beschäftigt. Ich habe in der Regel nicht gern mit ihnen zu tun. Aber dieser schuftete tatsächlich einen ganzen Tag lang. Da traf eine Kiesladung nach der anderen ein und wurde von seinem Sohn auf den

Weg ausgekippt. Der Vater schaufelte und verteilte, und Madame Sanchez ging mit dem Holzrechen hinterher, schob und glättete. Dann wurde der *compacteur* ausgeladen; er sah aus wie ein massiver Kinderwagen mit Handgriffen und wurde feierlich die Einfahrt auf und ab gefahren; Sanchez junior steuerte, schrie seinen Eltern Anweisungen zu – dort noch eine Schaufel! Dort noch ein bißchen harken! Paßt auf eure Füße auf! Tretet nicht auf die Reben!

Es war eine echte familiäre Leistung, und am Ende des Nachmittags hatten wir einen jungfräulichen Streifen von feinem Kies, der der Teilnahme am *concours d'élegance* unter der Schirmherrschaft des *Bulldozer Magazine* würdig gewesen wäre. Der *compacteur* wurde hinten auf den Laster verfrachtet, die Eltern nach vorn. Sanchez junior bemerkte, es würde weniger kosten als der Voranschlag, er müsse es aber noch genau ausrechnen, und sein Vater würde die Rechnung vorbeibringen.

Als ich am nächsten Morgen aufstand, hatte ein unbekannter Kleintransporter vor dem Haus geparkt. Ich hielt nach einem Fahrer Ausschau, doch im Weinberg oder in den Nebengebäuden war niemand zu sehen. Wahrscheinlich war es ein fauler Jäger, der die Mühe scheute, zu Fuß von der Straße heraufzukommen.

Wir hatten eben unser Frühstück beendet, als es am Fenster klopfte. Wir sahen das runde, braune Gesicht von Monsieur Sanchez. Er wollte nicht hereinkommen, dafür seien seine Stiefel zu dreckig, meinte er. Er war seit sechs Uhr früh im Wald gewesen und hatte uns ein Geschenk mitgebracht. Hinter seinem Rücken zog er seine alte Mütze hervor, die von Pilzen überquoll. Er gab uns sein Lieblingsrezept – Öl, Butter, Knoblauch und kleingehackte Petersilie – und erzählte uns eine schreckliche Geschichte von drei jungen Männern, die noch am gleichen Abend nach dem Genuß schlecht ausgesuchter Pilze gestorben waren. Ein Nachbar hatte sie mit weitgeöffneten, starrenden Augen am Tisch sitzend gefunden – Monsieur machte es vor, indem er seine Augen rollte. Das bösartige Gift des Pilzes hatte sie völlig gelähmt. Aber wir müßten uns keinerlei Sorgen machen, sagte er. Für die Pilze in seiner Mütze sei er bereit, sein Leben zu wetten. *Bon appétit.*

Meine Frau und ich aßen sie abends und musterten uns zwischen den Bissen nach Zeichen von Lähmung und rollenden Augen. Sie schmeckten um so viel besser als gewöhnliche Pilze, daß wir beschlossen, uns ein Pilzbestimmungsbuch zu kaufen und uns ein Paar Stiefel zu teilen – gegen die Schlangen.

Im Laufe der Restaurierung eines Hauses kommt ein Punkt, an dem der Wunsch, sie endlich abgeschlossen zu sehen, die hehre ästhetische Absicht gefährdet, auch alles perfekt zu Ende zu bringen. Anlässe, die Abstriche nahelegen, lassen einem keine Ruhe, und sie häufen sich: Der Schreiner hat eine Fingerspitze verloren, der Laster des Maurers ist gestohlen worden, der Anstreicher hat *la grippe,* Dinge, die im Mai bestellt wurden und für Juni zugesagt waren, kommen nicht vor September, und unterdessen nehmen der Betonmixer und das Gerümpel und die Schaufeln und Pickäxte immer mehr den Charakter einer Dauerstaffage an. Während der Sommermonate war es dank des beruhigenden Einflusses der Sonnenwärme möglich gewesen, die unvollendeten Arbeiten im Hause mit Geduld zur Kenntnis zu nehmen. Jetzt, da wir mehr Zeit im Innern des Hauses verbrachten, empfanden wir statt Geduld nur Irritation.

Mit Christian, dem Architekten, schritten wir durch die Zimmer, um festzustellen, wer was zu tun hatte und wie lang es dauern würde.

»*Normalement*«, sagte Christian, ein Mann von großem Charme und unerschöpflichem Optimismus, »fehlen eigentlich nur noch sechs oder sieben Tage Arbeit. Ein bißchen Maurerarbeit, ein bißchen Gipsen, zwei Tage Anstreichen, *et puis voilà. Terminé.*«

Wir schöpften Mut. Wie wir Christian gegenüber bemerkten, hatte es düstere Momente gegeben, in denen wir uns schon am Weihnachtsmorgen aufwachen und noch immer vom Bauschutt umgeben sahen.

Er warf vor Entsetzen alles gleichzeitig in die Höhe – Hände, Augenbrauen und Schultern. Welch ein Gedanke! Es war unvorstellbar, daß diese letzten Retuschen noch länger aufgeschoben werden sollten. Er würde die verschiedenen Mitglieder der *Équipe* sofort anrufen, um eine Woche intensiver Arbeit zu organisieren. Es würde vorangehen. Nein, mehr als vorangehen: Alles würde fertig werden.

Sie kamen zu ungewöhnlichen Zeiten, einer nach dem andern. Didier mit seinem Hund um sieben Uhr früh. Der Elektriker während des Mittagessens. Ramon der Gipser eines Abends zum Aperitif. Sie kamen, nicht um zu arbeiten, sondern um sich anzusehen, was getan werden mußte. Sie waren ganz erstaunt, daß sich alles so lang hingezogen hatte, als ob nicht sie, sondern ganz andere Leute dafür verantwortlich wären. Jeder von ihnen teilte uns mit, im Vertrauen, das Problem bestehe immer nur darin, daß man auf die anderen zu warten habe, bevor man selbst anfangen könne. Als wir auf Weihnachten hinwiesen, brüllten sie vor Lachen. Weihnachten sei noch *Monate* entfernt; bis Weihnachten könnten sie ja beinahe noch ein komplettes Haus bauen. An einem Punkt aber zögerten alle – dann wenn ein genauer Termin genannt werden sollte.

Wann können Sie kommen? fragten wir.

Bald, bald, antworteten sie.

Wir mußten uns damit zufriedengeben. Wir traten vor das Haus, wo der Betonmixer bei der Treppe Wache stand, und träumten an seiner Stelle von einer Zypresse.

Bald, bald.

November

Der französische Bauer ist ein findiger Mensch und haßt Verschwendung. Er wirft nicht rasch Dinge weg, weil er weiß, daß der abgewetzte Traktorreifen, die beschädigte Sense, das zerbrochene Hufeisen und der Transmissionsriemen des 1949er Renault-Kombis eines Tages noch nützen und ihn vor unnötigen Ausgaben bewahren könnte.

Das Gebilde, das ich am Rande des Weinbergs fand, war ein Beispiel solcher Einstellung. Die verrostete 100-Liter-Öltrommel war längs in zwei Teile geschnitten und auf einen Rahmen aus engen Eisenröhren montiert worden. Ein altes Rad, eher oval als rund, war vorn aufgestülpt worden. Zwei Griffe von ungleicher Länge ragten hinten hervor. Es war, so berichtete mir Faustin, eine *brouette de vigneron* – eine Schubkarre, maßgeschneidert, zu minimalen Kosten, für die Zeit des Beschneidens der Reben.

Inzwischen hatten die Herbstwinde sämtliche Reben ihrer Blätter entkleidet, und die gekrümmten Schößlinge sahen wie Klumpen aus verbogenem Stacheldraht aus. Bevor im kommenden Frühjahr der Saft in die Höhe zu steigen begann, mußten sie bis zum Hauptstamm zurückgeschnitten werden. Die Abfälle oder *sarments* waren für die Landwirtschaft nutzlos, zu fasernreich, um während des Winters im Boden zu faulen, und zu zahlreich, als daß sie aufgehäuft zwischen den Reihen der Reben liegen bleiben konnten, wo die Traktoren vorbeifuhren. Sie würden gesammelt und verbrannt werden müssen; eben dazu diente die *brouette de vigneron*. Sie war die einfachste Art eines mobilen Verbrennungsapparates. Unten in der Öltrommel wurde ein Feuer entfacht, die *sarments* wurden zerschnitten und ins Feuer geworfen und der Karren zum nächsten Haufen weitergeschoben. War die Trommel voll, so wurde die hellgraue Asche über den Boden ausgestreut, und das Ganze begann von neuem. Auf primitive Art war das Gerät musterhaft effizient.

Als ich kurz vor Einbruch der Dämmerung heimwärts wanderte, sah ich eine dünne, blaue Rauchfahne an der Ecke des Felds aufsteigen, wo Faustin schnitt und brannte. Er reckte sich und rieb sich den Rücken. Seine Hand fühlte sich kalt und steif an, als ich sie schüttelte. Er deutete auf die Reihen der beschnittenen Reben; Krallen, die sich schwarz vom sandigen Boden abhoben.

»Hübsch ordentlich, was? Ich hab es gern hübsch und ordentlich.« Ich bat ihn, einige *sarments* für mich liegenzulassen, damit ich sie im nächsten Sommer zum Grillen im Garten verwenden könnte, und erinnerte mich, sie einmal in einem New Yorker Geschäft gesehen zu haben, das sich »Nahrungsboutique« nannte – dort waren sie als echte Rebenholzzweige angepriesen worden, die »den authentischen Grillgeruch« lieferten. Sie waren auf gleichmäßige Länge gestutzt und mit Stroh gebündelt und kosteten pro Bündel zwei Dollar. Faustin konnte es gar nicht fassen.

»Und die Leute kaufen das?«

Er sah sich die Reben noch einmal an, überschlug, wie viele hundert Dollar er im Laufe des Tages schon verbrannt hatte und schüttelte den Kopf. Noch ein Schicksalsschlag. Er zuckte mit den Schultern.

»*C'est curieux.*«

Unser Freund, der tief in der Region des Côtes-du-Rhone wohnte, nördlich von Vaison-la-Romaine, sollte von den Winzern seines Dorfes geehrt und in die Confrèrie Saint-Vincent aufgenommen werden, dem örtlichen Pendant zu den Chevaliers du Tastevin. Die »Amtseinkleidung« sollte im Gemeindehaus stattfinden, mit anschließendem Abendessen und Tanz. Die Weine würden stark sein und reichlich fließen, die Winzer nebst ihren Frauen in voller Besetzung aufkreuzen. Festkleidung war vorgeschrieben – *diese* Art von Veranstaltung.

Wir hatten vor Jahren in Burgund an einem Essen mit den Chevaliers teilgenommen. Zweihundert Menschen in festlicher Abendkleidung, zu Beginn der Mahlzeit steif vor Anstand und Sitte, hatten sich nach dem Hauptgang in einen freundlichen Mob verwandelt, der burgundische Trinklieder sang. Wir hatten verschwommene, aber glückliche Erinnerungen an beschwipste Chevaliers, die nach dem Essen – mit freundlicher Unterstützung der Polizei von Clos Vougeot – ihre Autos zu finden und dann aufzuschließen versuchten. Es war unser erster Abend gewesen, der formaliter einem Massenbesäufnis gewidmet war, und wir hatten einen Heidenspaß gehabt. Jeder Freund der Rebe war auch unser Freund.

Der Saal des Gemeindehauses wurde offiziell *salle des fêtes* genannt. Erst kürzlich war er unter totaler Mißachtung der mittelalterlichen Umgebung geplant und errichtet worden – von einem überarbeiteten, anonymen französischen Architekten, dessen Lebensaufgabe darin bestand, jedem Dorf sein eigenes Schandmal zu geben. Hier handelte es sich um einen klassischen Fall zeitgenössischer Blockhaus-Architektur – ein Kasten aus nacktem roten Backstein mit Aluminiumfenstern in einem Asphaltgarten ohne Charme, aber mit vielen Neonlichtröhren.

Wir wurden von zwei massigen Männern mit rosigen Gesichtern in weißen Hemden, schwarzen Hosen und breiten violetten Schärpen an der Tür willkommen geheißen. Wir gaben uns als Gäste des neuen Confrère zu erkennen.

»Bieng, bieng. Allez-y!« Fleischige Hände klopften uns auf den Rücken und schoben uns in den großen Raum hinein.

An einem Ende stand eine erhöhte Plattform mit einem langen Tisch und einem Mikrofon. Gedeckte kleinere Tische standen unten zu beiden Seiten und am Ende gegenüber; so gab es viel Platz in der Mitte, wo die Winzer und ihre Freunde sich drängten.

Der Lärm war ohrenbetäubend. Männer und Frauen, die es gewohnt sind, sich über die Länge eines Weinbergs hinweg zu unterhalten, finden es offenbar schwer, ihr Stimmvolumen veränderten Verhältnissen anzupassen. Der Raum hallte und schallte von Stimmen, die geübt waren, mit dem Mistral zu wetteifern. Wenn die Lautstärke der Stimmen von den Feldern herrührte, so stammten die Anzüge und Kleider dagegen mit Sicherheit aus dem *armoire* des Sonntagsstaates: dunkle

Anzüge und Hemden, deren Kragen um wettergegerbte Hälse unangenehm eng wirkten; bunte und hochverzierte Kleider bei den Frauen. Ein Paar, das kleidungsbewußter war als die übrigen, hatte sich mit alarmierendem Glanz herausgeputzt. Die Frau flimmerte in einem Kleid aus grauen Glasperlen, ihren Strümpfen waren hinten passende graue Federn angenäht, so daß ihre Beine zu flattern schienen, wenn sie sich bewegte. Ihr Mann trug ein weißes Jackett mit schwarzen Paspeln, ein Kräuselhemd mit weiteren schwarzen Borten und schwarze Smokinghosen. Dann mußte ihn entweder sein Selbstvertrauen oder aber seine Finanzkraft im Stich gelassen haben, denn sein Schuhwerk war ein ganz normales braunes Paar mit dicken Sohlen. Wir waren jedenfalls überzeugt, diese beiden im Laufe des Abends beobachten zu müssen, wenn das Tanzturnier begann.

Wir entdeckten unseren Freund und seine Familie. Er schaute im Raum umher; er wirkte verwirrt und verkrampft; wir dachten schon, daß ihn die Feierlichkeiten nervös machten. Es handelte sich jedoch um ein viel ernsteres Problem.

»Ich sehe hier nirgends eine Bar«, sagte er. »Könnt ihr eine sehen?«

An einer der beiden Wände lagerten Weinfässer. Auf den Tischen standen Weinflaschen. Wir befanden uns in einem Dorf, das auf einem Meer von Côtes du Rhone schwimmen würde, falls alle *caves* entleert würden – doch eine Bar gab es nicht. Und während wir unsere Mitfeiernden betrachteten, machten wir eine weitere beunruhigende Entdeckung. Niemand hielt hier ein Glas in der Hand.

Fast waren wir in Versuchung, nach einer Flasche auf dem nächstgelegenen Tisch zu grabschen. Glücklicherweise hinderte uns eine Fanfare aus der Lautsprecheranlage. Die Confrères marschierten ein und gingen hinter dem Tisch auf dem Podium in Stellung – ein Dutzend Gestalten in Umhängen und mit breitkrempigen Hüten; einige hielten Pergamentrollen; einer trug ein überwältigend dickes Buch. Nun müßte, so nahmen wir an, der *vin d'honneur* doch jeden Moment serviert werden, um den Beginn der Feierlichkeiten zu signalisieren.

Der Bürgermeister umarmte das Mikrofon und hielt die Eröffnungsansprache. Der führende Confrère hielt eine Rede. Sein Assistent, der Hüter des dicken Buches, hielt eine Rede. Die drei neuen Confrères wurden einer nach dem anderen zum Podium gerufen und lang und breit für ihre Liebe zum Wein und ihr geselliges Wesen gepriesen. Sie antworteten einer nach dem anderen mit Reden, in denen sie die Ehrung, die ihnen zuteil wurde, annahmen. Ich entdeckte in der Stimme unseres Freundes eine gewisse Trockenheit; andere mögen es für Rührung gehalten haben. Ich wußte genau – es war der Durst.

Zum Finale wurden wir aufgefordert, in ein Lied einzustimmen, das Frédéric Mistral in provenzalischer Sprache gedichtet hatte.

»*Campo santo e versanto*«, sangen wir zum Lobe des überfließenden Bechers. »*A-De-Reng beguen en troupo lou vin pur de nostre plant*« – so lasset uns trinken den Wein unserer Ernte –, und dazu war es auch wirklich höchste Zeit. Die Investitur hatte etwas über eine Stunde gedauert, und noch immer hatte kein einziger Tropfen unsere Lippen berührt.

Alle nahmen mit spürbarer Erleichterung Platz, und endlich wurden die heiligen Becher gefüllt, geleert und wieder gefüllt. Wir konnten uns entspannen und das Menü studieren.

Als erstes gab es Wachteln in Aspik; die Köpfe, die, wie

berichtet wurde, zwei Francs kosteten, waren abnehmbar und konnten bei einem künftigen Bankett aufs neue verwendet werden. Dann gab es Seehecht. Das war bloßes Vorgeplänkel, Fingerübungen des *Chefs,* bevor er sich an ein Steak vom *Charolais*-Rind *en croûte* machte. Doch zuvor wurde ein kleiner, tückischer Gang serviert, der als *trou provençal* bezeichnet wurde – ein Sorbet, das mit einem Minimum an Wasser und einem Maximum an *marc* hergestellt war. Sein Zweck bestand angeblich darin, den Gaumen zu klären; in Wirklichkeit war er so stark, daß er nicht nur den Gaumen, sondern auch die Nasengänge und den vorderen Teil des Schädels betäubte. Aber der *Chef* wußte, was er tat. Nachdem der erste Schock des gefrorenen Alkohols sich verflüchtigte, konnte ich in meinem Magen eine Leere spüren – und dem weiteren Mahl mit einer gewissen Zuversicht entgegensehen, bis zum Schluß durchessen zu können.

Das Rindfleisch wurde zu den Tönen einer zweiten Fanfare herein- und von den Kellnerinnen und Kellnern zwischen den Tischen zur Schau getragen, bevor sie es servierten. Der Weißwein wich dem Stolz der hiesigen Winzer, einem formidablen schweren Roten, und die Gänge kamen und kamen, bis – nach dem reichen Angebot an Soufflés und Champagner – die Zeit gekommen war, aufzustehen und zu tanzen.

Die Kapelle gehörte zur alten Schule. Sie war ganz offensichtlich nicht daran interessiert, für Leute zu spielen, denen bloß am Auf-und-ab-Hopsen lag. Sie wollte, daß *getanzt* wurde. Es gab Walzer und schnellen Foxtrott und verschiedene Nummern, bei denen es sich um Gavotten gehandelt haben könnte. Für mich persönlich bildete die Tangoeinlage den Höhepunkt des Abends. Ich glaube nicht, daß es vielen

Menschen vergönnt ist, fünfzig bis sechzig Paare im fortgeschrittenen Stadium des Besäuseltseins bei dem Versuch zu beobachten, die Kurven und Drehungen und hackenstampfenden Schnörkel wahrer Tangokünstler vorzuführen. Es war ein Anblick, den ich nie vergessen werde. Ellbogen wurden gestemmt, Köpfe von einer Seite zur anderen geruckt, trotz gestörtem Gleichgewicht und rutschenden Füßen wurden Attacken von einem Ende des Saales zum anderen gewagt – überall drohten potentielle Kollisionen und Katastrophen. Ein winziger Mann tanzte blind mit dem Kopf in der *décolletage* seiner hochgewachsenen Partnerin versunken. Das Paar in Glasperlen und Kräuselhemd, das bei ineinander verschmolzenen Lenden die Rücken herausgedrückt hatte, stürmte und stürzte mit einer Geschicklichkeit durch die Menge, die es außerhalb der Tangopaläste von Buenos Aires nirgends mehr zu sehen gibt.

Es war ein Wunder, daß niemand zu Schaden kam. Als wir irgendwann nach ein Uhr früh aufbrachen, spielte die Musik noch immer, und die Tänzer, vollgestopft mit Essen und gutem Wein, tanzten immer noch unentwegt. Es war nicht das erste Mal, daß uns die Konstitution der Provenzalen in Staunen versetzte.

Als wir am nächsten Tag heimkamen, entdeckten wir vor unserem Haus eine Veränderung. Vor den Stufen, die zur Eingangstür hinaufführten, war eine ungewohnte Sauberkeit zu bemerken. Der Betonmixer, der seit Monaten ein integraler Bestandteil der Hausfassade war, stand nicht mehr da.

Das war ein ominöses Zeichen. Sosehr uns der vor dem Haus abgestellte Koloß mißfiel – er war wenigstens eine Garantie, daß Didier und seine Mannen zurückkehren würden. Und nun hatten sie sich herangeschlichen und ihn – *unseren*

Betonmixer – fortgeschleppt; wahrscheinlich, um ihn für die nächsten sechs Monate für einen anderen Auftrag auf der anderen Seite von Carpentras zu benutzen. Unsere Hoffnung, das Weihnachtsfest in einem fertigen Haus zu erleben, schien plötzlich ein fehlgeleiteter Optimismus gewesen zu sein.
Christian war mitfühlend und optimistisch wie üblich.
»Sie mußten nach Mazan ... ein Noteinsatz ... das Dach des Hauses einer alten Witwe ...«
Ich hatte Schuldgefühle. Was waren unsere Probleme im Vergleich mit der Not einer alten Witwe, die den Naturelementen ausgesetzt war?
»Keine Sorge«, sagte Christian. »Zwei Tage, vielleicht drei, dann werden sie zurück sein und die Arbeit beenden. Bis Weihnachten ist's noch lang hin. Wir haben noch wochenlang Zeit!«
Nur wenige Wochen, dachten wir. Meine Frau schlug vor, Didiers Cockerspaniel zu entführen, der seinem Herzen noch näher stand als der Betonmixer, und ihn als Geisel zu nehmen. Es war ein schöner, ein kühner Plan – der Hund wich jedoch nie von Didiers Seite. Na schön, wenn nicht seinen Hund, dann vielleicht seine Frau. Wir waren zu allem bereit.
Die noch nicht erledigten Dinge – provisorische Fenster und besonders die Ritzen im Mauerwerk – wurden uns beim ersten anhaltenden Mistral des Winters noch klarer bewußt.
Er wehte drei Tage lang. Er bog die Zypressen im Innenhof zu einem grünen C. Er rüttelte an den Plastikstreifen im Melonenfeld. Er heulte durch die Nacht. Er war bösartig und unentrinnbar, ein Wind, der uns die gute Laune verdarb, als er sich in einem fort gegen das Haus warf und einzudringen versuchte.
»Das richtige Wetter für Selbstmord«, bemerkte Massot

eines Morgens zu mir, als der Wind ihm den Schnurrbart gegen die Backen flachdrückte. »*Beh oui.* Wenn der anhält, werden wir noch das eine oder andere Begräbnis erleben.«
Da sei natürlich gar nichts, sagte er, im Vergleich zum Mistral seiner Kindheit. In jenen Tagen wehte der Wind wochenlang, und er tat dem menschlichen Geist Merkwürdiges und Schlimmes an. Massot erzählte mir die Geschichte von Arnaud, einem Freund seines Vaters.

Arnauds Pferd war müde und alt und für die Arbeit auf dem Hof nicht mehr kräftig genug. Deshalb beschloß Arnaud, es zu verkaufen und sich ein junges Pferd anzuschaffen, und ging eines windigen Morgens mit seinem Klepper an der Leine fünfzehn Kilometer zu Fuß zum Markt nach Apt. Er fand einen Käufer, man einigte sich über den Preis, doch die jungen Pferde, die an jenem Tag zum Verkauf standen, waren erbärmliche, magere Tiere. Arnaud kehrte allein nach Hause zurück. Er wollte die Woche darauf wiederkommen, in der Hoffnung, daß bessere Pferde angeboten würden.

Der Mistral hielt sich die ganze Woche über und blies noch immer, als Arnaud erneut zum Markt nach Apt wanderte. Diesmal hatte er Glück, und er kaufte ein großes, dunkles Pferd. Es kostete ihn fast das Doppelte, als was er durch den Verkauf des alten erlöst hatte, doch, wie der Händler bemerkte, zahlte er ja für die Jugend: Das neue Pferd würde jahrelang für ihn arbeiten.

Arnaud war nur ein paar Kilometer von seinem Hof entfernt, als das Pferd sich von der Leine losriß und davonlief. Arnaud rannte hinter ihm her, bis er nicht mehr laufen konnte. Er suchte im Gebüsch und in den Weinbergen, er schrie in den Wind, er verfluchte den Mistral, der das Pferd störrisch gemacht hatte, er fluchte über sein Pech, fluchte über das

verlorene Geld. Als es zum weiteren Suchen zu finster wurde, machte er sich wütend und verzweifelt auf den Heimweg. Ohne Pferd konnte er seinen Acker nicht bestellen. Er war ruiniert.
Seine Frau kam ihm an der Tür entgegen. Da war etwas Unglaubliches geschehen: Ein großes, dunkles Pferd war vom Weg direkt in eins der Nebengebäude gelaufen. Sie hatte ihm zu trinken gegeben und einen Karren vor den Eingang geschoben, damit es nicht weglaufen konnte.
Arnaud holte eine Lampe und ging in den Stall. Um den Hals des Pferdes hing eine abgerissene Leine. Er tätschelte ihm den Hals und hatte völlig verschmierte Finger. Im Schein der Lampe konnte er den Schweiß von den Flanken rinnen sehen – und helle Stellen, wo die Farbe sich gelöst hatte. Arnaud hatte sein altes Pferd zurückgekauft. Vor Wut und Scham lief er in den Wald hinter seinem Hof und hängte sich auf.
Massot steckte sich eine Zigarette an. Er zog die Schultern herunter und formte die Hände zu einem Windschutz.
»Bei der Gerichtsuntersuchung«, sagte er, »hatte jemand Humor. Als Todesursache wurde angegeben – Selbstmord in einer durch ein Pferd ausgelösten geistigen Verwirrung.«
Massot grinste und nickte. Seine Geschichten hatten anscheinend immer ein brutales Ende.
»Aber er war ein Narr«, sagte Massot. »Er hätte zurückgehen sollen, um den Händler zu erschießen, – *paf!* Er hätte es auf den Mistral schieben können. So hätte ich es jedenfalls gemacht.« Seine Reflexionen über das Wesen der Gerechtigkeit wurden vom Heulen eines Motors im unteren Gang unterbrochen. Ein Toyota-Truck mit Vierrad-Antrieb – und so breit wie der Weg – verlangsamte kurz die Fahrt, um uns Zeit zu geben, zur Seite zu springen. Es war Monsieur

Dufour, der Gemüsehändler des Dorfes, die Geißel der *sangliers* im Lubéron.

Wir hatten die Köpfe von *sangliers* an den Mauern von Fleischerläden aufgespießt gesehen und hatten ihnen nicht mehr Aufmerksamkeit geschenkt als irgendwelchen anderen merkwürdigen ländlichen Schmuckstücken, die uns von Zeit zu Zeit zu Gesicht kamen. Doch während des Sommers waren die Wildschweine ein- oder zweimal von den trockenen oberen Hängen des Gebirges heruntergekommen, um im Swimmingpool zu trinken und Melonen zu stehlen, und nachdem wir die lebenden Tiere gesehen hatten, konnten wir nie mehr ungerührt einen ausgestopften Kopf anschauen. Sie waren schwarz und stämmig und hatten längere Beine als ein gewöhnliches Schwein und besorgte Gesichter mit Backenhaaren. Wir liebten ihren seltenen Anblick und wünschten, die Jäger würden sie in Frieden lassen. Leider schmeckt das Fleisch der *sangliers* aber wie Reh, und deshalb werden sie vom einen Ende des Lubéron bis zum anderen gejagt.

Monsieur Dufour war der unbestrittene Spitzenjäger, ein moderner, mechanisierter Nimrod. In seiner Kampfkleidung und mit seinem Truck, der von hochkarätiger Rüstung strotzte, konnte er die felsigen Pfade hochfahren und die von *sangliers* bevölkerten oberen Hänge erreichen, während weniger gut ausgerüstete Jäger ihren Weg noch zu Fuß aufwärts keuchten. Auf der Ladefläche seines Trucks befand sich ein großer Holzkasten mit sechs Jagdhunden, die für eine pausenlose, tagelange Verfolgung abgerichtet waren. Die armen Schweine hatten keine große Chance.

Ich sagte zu Massot, ich empfände es als eine Schande, daß die *sangliers* von so vielen Jägern so erbarmungslos gejagt würden.

»Aber sie schmecken vorzüglich«, sagte Massot. »Vor allem die jungen, die *marcassins*. Und außerdem ist es ganz natürlich. Die Engländer sind in bezug auf Tiere viel zu sentimental. Mit Ausnahme der Engländer, die Füchse jagen, und die sind verrückt.«

Der Wind wurde steifer und kälter, und ich fragte Massot, wie lang er wohl dauern würde.

»Einen Tag. Eine Woche. Wer weiß?« Er starrte mich an. »Ist Ihnen nach Selbstmord zumute?«

Ich entgegnete, es täte mir leid, ihn da enttäuschen zu müssen, doch es gehe mir gut und ich sei bester Laune und freue mich schon auf den Winter und auf Weihnachten.

»Nach Weihnachten gibt's meist eine Menge Morde.« Er sagte das so, als ob er einem Lieblingsprogramm im Fernsehen entgegenfiebere, einer blutrünstigen Folge auf die Selbstmordserie während des Mistrals.

Ich hörte Gewehrfeuer auf dem Heimweg und hoffte, daß Dufour sein Ziel verfehlt hatte. Wie lang ich auch hier wohnen würde, ein richtiger Landmann würde ich nie. Und beim Anblick eines lebenden wilden Ebers würde ich nie wie ein echter Franzose empfinden. Sollte der Franzose seinen Bauch vergöttern – ich wollte auf zivilisierte Distanz zur Blutgier in meiner Umgebung gehen.

Die edle Selbstzufriedenheit währte bis zum Abendessen. Henriette hatte uns ein Wildkaninchen geschenkt, das meine Frau mit Kräutern und Senf gebraten hatte. Ich aß zwei Portionen. Der Bratensaft, der mit Blut angedickt war, schmeckte wundervoll.

Madame Soliva, die achtzigjährige Köchin, deren *nom de cuisine* Tante Yvonne lautete, hatte uns als erste von einem

Olivenöl berichtet, das sie als das beste in der Provence bezeichnete. Niemand war für uns glaubwürdiger als sie. Abgesehen davon, daß sie ausgezeichnet kochte, hatte sie sämtliche Öle ausprobiert, von Alziari in Nizza bis zu den Vereinten Erzeugern in Nyons, und nach ihrem Expertenurteil war das in Les Baux hergestellte Öl das beste. Man konnte es, wie sie uns mitteilte, in der kleinen Mühle in Maussane-les-Alpilles kaufen.

Als wir noch in England lebten, war Olivenöl ein Luxus gewesen, den man für eine frische Mayonnaise und für Salate aufsparte. In der Provence war es ein reichlich vorhandenes Produkt für den Tagesgebrauch, das man in 5-Liter-*bidons* kaufte und zum Kochen, zum Marinieren von Ziegenkäse und rotem Paprika und zum Konservieren der Trüffel verwendete. Wir tunkten unser Brot hinein, wir badeten unseren grünen Salat in Olivenöl und nahmen es sogar als Mittel gegen Kater. (Ein Eßlöffel Öl pur vor Alkoholgenuß isoliert angeblich die Magenwände und schützt sie vor den Nebenwirkungen von zuviel jungem Rosé.) Wir saugten Olivenöl auf wie Schwämme und lernten allmählich zwischen Arten und Geschmacksrichtungen zu unterscheiden. Wir wurden wählerisch und zweifelsohne pedantisch, wenn es um unser Öl ging. Wir kauften es nie in Supermärkten und Geschäften, sondern immer nur in einer Ölmühle oder bei einem Erzeuger, und auf meine Ölkauftourneen freute ich mich fast so sehr wie auf die Besuche bei Winzern.

Ein wesentlicher Teil eines Tags außer Haus ist das Mittagessen, und bevor wir in eine neue Gegend fuhren, studierten wir den Gault-Millau genauso gründlich wie die Landkarte. Wir entdeckten, daß Maussane in verführerischer Nähe zum Restaurant Beaumanière in Les Baux lag, wo die Rechnungen nicht minder denkwürdig sind als die Speisen, doch vor dieser Versuchung bewahrte uns Madame Soliva.

»Fahren Sie zu Le Paradou«, sagte sie, »und essen Sie dort im Café. Aber seien Sie mittags pünktlich da.«

Es war ein kalter, strahlender Tag, ein richtig gutes Wetter zum Essen, und wir kamen ein paar Minuten vor zwölf im Bistro du Paradou an, mit einem Appetit, der durch den Geruch von Knoblauch und Holzfeuer geschärft wurde. Ein riesiges Feuer, ein länglicher Raum mit Marmortischen, eine geflieste einfache Bar, ein geschäftiges Klappern aus der Küche – das Bistro hatte einfach alles. Außer, wie uns der *Patron* erklärte, einen Sitzplatz für uns.

Der Saal war noch leer, doch würde er, wie der *patron* uns zu verstehen gab, binnen einer Viertelstunde gedrängt voll sein. Er zuckte zur Entschuldigung die Achseln. Er sah meine Frau an, die einem guten Mittagessen so nahe und doch so fern war; ihr Gesicht war von Entbehrung gezeichnet. Beim Anblick einer Frau, die so offenkundig litt, wurde sein Herz weich, und er setzte uns an einen Tisch nahe dem Feuer und stellte uns eine dicke Glaskaraffe mit Rotwein hin.

Die Stammgäste traten in lärmenden Gruppen durch die Tür und schritten schnurstracks auf die Plätze zu, die sie Tag für Tag einnahmen. Bis 12.30 Uhr war jeder Platz besetzt, und der *patron,* der auch der einzige Kellner war, verschwomm beim Hin- und Herlaufen mit den Tellern vor unseren Augen. Das Restaurant folgte dem einfachen Rezept, den Kunden die Last der Entscheidung abzunehmen. Hier aß und trank man, wie im Bahnhofsrestaurant von Bonnieux, was einem vorgesetzt wurde. Wir bekamen einen knackigen, öligen Salat und Scheiben von rosiger Landwurst, eine *aioli* von Schnecken, Barsch und hartgekochten Eiern mit Knoblauchmayonnaise, cremigen Käse aus Fontvieille und eine hausgemachte Obsttorte. Es war die Art von Mahlzeit, die Franzosen für etwas Selbstverständliches halten, an die Touristen sich aber noch Jahre später erinnern. Für uns, die wir uns irgendwo in der Mitte befanden, war es eine weitere glückliche Entdeckung, um die wir unsere Liste ergänzen konnten, ein Ort, wo wir an einem kalten Tag mit einem leeren Magen und der Gewißheit einkehren konnten, daß wir ihn warm und satt wieder verlassen würden.

Die Ölmühle von Maussane besuchten wir zwei Monate zu früh. Die neue Olivenernte würde nicht vor Januar gepflückt werden – das sei die Zeit, da man das Öl ganz frisch kaufen müßte. Zum Glück, so meinte der Mühlendirektor, sei die letzte Ernte jedoch reichlich ausgefallen und noch Öl übriggeblieben. Wenn wir uns umschauen wollten, würde er uns zwölf Liter abfüllen.

Der offizielle Name des Etablissements – Coopérative Oléicole de la Vallée des Baux – war beinahe zu lang, um an der Fassade des bescheidenen Gebäudes Platz zu finden, das neben einer schmalen Gasse versteckt lag. Im Inneren schien jede Oberfläche wie mit einer feinen Ölschicht poliert; Böden und Wände waren glatt, die Treppen, die zur Sortierbühne führten, waren rutschig. An einem Tisch saß eine Gruppe von Männern, die die dekorativen Goldetiketten der Coopérative auf Flaschen und Krüge drückten, die mit dem grüngelben Öl abgefüllt waren – reines, natürliches Öl, wie die Nachricht an der Wand meldete –, das Ergebnis einer einzigen Kaltpressung.

Wir gingen ins Büro, um die dicklichen Zweiliterkrüge abzuholen, die der Direktor für uns in einen Karton gepackt hatte, und er schenkte jedem von uns ein Stück Olivenseife.

»Es gibt für die Haut nichts Besseres«, sagte er und klopfte sich mit zarten Fingerspitzen die Backen. »Und was das Öl betrifft, das ist meisterlich. Sie werden sehen.«
Wir kosteten es abends vor dem Essen, träufelten es auf Brot, das wir mit dem Fleisch von Tomaten eingerieben hatten. Es war, als ob wir Sonnenschein äßen.

Es kamen uns immer noch Gäste besuchen. Sie waren hochsommerlich gekleidet und hofften auf Wetter zum Schwimmen. Sie waren überzeugt, daß die Provence ein Mittelmeerklima besäße, und entsetzt, als sie uns in Pullovern vorfanden, als wir abends Feuer im Kamin machten, als wir Winterweine tranken und winterlich aßen.
Ist es im November immer so kalt? Ist es denn nicht das ganze Jahr über heiß? Sie wirkten niedergeschlagen, wenn wir ihnen von Sandstürmen erzählten, von Nächten mit Temperaturen unter Null und von schneidenden Winden – als ob wir sie mit falschen Versprechungen aus den Tropen an den Nordpol gelockt hätten.
Die Provence ist korrekt beschrieben worden als ein kaltes Land mit viel Sonnenschein, und die letzten Novembertage waren so strahlend und blau wie im Mai, klar und erfrischend und, was Faustin anging, zutiefst ominös. Er sagte einen harten Winter voraus, mit so niedrigen Temperaturen, daß die Olivenbäume an der Kälte eingehen würden wie schon 1976. Er spekulierte mit grimmiger Freude über steifgefrorene Hühner und alte Menschen, die in ihren Betten blau anliefen. Er meinte, es würde bestimmt längere Stromausfälle geben, und riet mir, den Kamin sauberzuhalten.
»Sie werden Tag und Nacht mit Holz heizen«, sagte er, »und dann fangen Kamine Feuer. Und wenn die *pompiers* kom-

men, um das Feuer zu löschen, werden sie Ihnen Wahnsinnsrechnungen stellen, falls Sie kein Kaminkehrer-Zertifikat vorweisen können.«

Und es könnte noch viel schlimmer kommen. Falls das Haus infolge eines Kaminbrandes niederbrannte, würde die Versicherungsgesellschaft nichts zahlen, es sei denn, man könnte ein solches Zertifikat vorweisen. Faustin sah mich an und nickte bedeutungsschwer, während die Vorstellung, ohne ein Zuhause und bankrott zu sein, von mir Besitz ergriff – und alles nur, weil der Kamin nicht gekehrt worden war.

Aber was würde passieren, fragte ich ihn, wenn das Zertifikat mit dem Haus zusammen verbrannt wäre? Daran hatte er nicht gedacht, und ich glaube, er war mir dankbar, daß ich ihn auf eine weitere Katastrophen-Möglichkeit aufmerksam gemacht hatte. Wer mit den Schrecken vertraut ist, braucht von Zeit zu Zeit frische Sorgen, oder er wird selbstzufrieden. Ich sorgte dafür, daß der beste Schornsteinfeger aus Cavaillon, Monsieur Beltramo, mit seinen Besen und Saugapparaten herüberkam. Der hochgewachsene Mann mit den höflichen Manieren und einem rußigen Pferdeprofil war seit zwanzig Jahren im Geschäft. Kein Kamin, den er gekehrt hatte, hatte je Feuer gefangen. Nach getaner Arbeit händigte er mir ein *certificat de ramonage* aus, das durch schmutzige Fingerabdrücke beglaubigt war, und wünschte mir einen angenehmen Winter. »Er wird dies Jahr nicht besonders kalt«, sagte er. »Wir hatten drei kalte Winter nacheinander. Der vierte Winter wird dann immer mild.«

Ich erkundigte mich, ob er auch Faustins Kamin kehren ginge und die Wetteraussichten mit ihm vergleiche.

»Nein. Zu dem geh ich nie. Bei dem kehrt die Frau den Kamin.«

Dezember

Der Briefträger fuhr mit hoher Geschwindigkeit zum Parkplatz hinter dem Haus hoch und setzte mit großem Elan rückwärts gegen die Garagenmauer, die seine Rückleuchten zermalmte. Er schien den Schaden nicht bemerkt zu haben, denn er trat lächelnd in den Hof und schwenkte einen großen Umschlag. Er ging gleich zur Bar, stützte den Ellbogen auf und schaute erwartungsvoll drein.

»*Bonjour, jeune homme.*«

Ich war seit Jahren nicht mehr als junger Mann tituliert worden, und es entsprach auch hier nicht der Gepflogenheit eines Briefträgers, die Post ins Haus zu bringen. Leicht verwirrt bot ich ihm den Drink an, den er erwartete.

Er zwinkerte. »Ein kleiner *Pastis*«, sagte er. »Warum nicht?«

Hatte er etwa Geburtstag? Ging er in Pension? Hatte er in

der Staatslotterie das große Los gezogen? Ich wartete, daß er den Grund für seine gute Laune bekanntgab. Er war jedoch zu sehr damit beschäftigt, mir von dem *sanglier* zu berichten, das sein Freund am Wochenende zuvor erlegt hatte. Ob ich wüßte, wie diese Geschöpfe für ein Festmahl zubereitet würden? Er führte mich durch den ganzen schauerlichen Prozeß, vom Ausnehmen der Eingeweide bis zum Abhängen, Vierteln und Kochen. Der *Pastis* verschwand – es war, wie mir auffiel, an diesem Morgen nicht sein erster –, und ein Nachschenken wurde akzeptiert. Dann kam er zum Geschäftlichen.

»Ich habe Ihnen den offiziellen Postkalender gebracht«, sagte der Briefträger. »Es zeigt alle Heiligentage und enthält einige attraktive Bilder von jungen Damen.«

Er zog den Kalender aus dem Umschlag und blätterte durch die Seiten, bis er das Foto eines Mädchens fand, das nur zwei Kokosnußschalen anhatte.

»*Voilà!*«

Ich bedankte mich. Das sei wirklich nett von ihm.

»Er ist umsonst«, sagte er. »Wenn Sie wollen, können Sie ihn aber auch kaufen.«

Er zwinkerte erneut, und ich begriff endlich den Zweck seines Besuchs. Er sammelte seine Weihnachtsgelder ein. Da es jedoch würdelos gewesen wäre, einfach mit ausgestreckter Hand vor dem Hauseingang zu erscheinen, mußten wir auf das Ritual mit dem Kalender eingehen.

Er nahm das Geld entgegen, leerte sein Glas und röhrte zu seinem nächsten Besuch davon. Die letzten Überreste seines Schlußlichts ließ er in der Einfahrt zurück.

Meine Frau sah sich den Kalender an, als ich wieder ins Haus kam.

»Ist dir eigentlich klar«, wollte sie wissen, »daß in drei

Wochen Weihnachten ist und wir immer noch nichts von den Bauleuten gesehen haben?«
Und dann hatte sie eine Idee, wie sie nur Frauen haben können. Offensichtlich, dachte sie, war Christi Geburtstag keine hinreichend wichtige Zäsur, um die Arbeiten an einem Haus abzuschließen. Irgendwie würde das Weihnachtsfest kommen und gehen, und bis alle sich vom Silvesterkater und von den Feiertagen erholt hätten, würde es Februar werden. Wir müßten die Bauleute zu einem Fest einladen, um den Abschluß ihrer Arbeiten zu feiern. Aber nicht die Männer allein; sie müßten mit ihren Frauen kommen.
Die intuitive Gerissenheit dieses Vorschlags basierte auf zwei Annahmen. Zum einen: Die Ehefrauen, die die Arbeit, welche ihre Männer in den Häusern anderer Menschen verrichteten, nie zu sehen bekamen, würden eine derartige Einladung unwiderstehlich finden. Und zweitens: Keine Frau würde es dulden wollen, daß ausgerechnet ihr Mann seinen Teil der Arbeit nicht zu Ende gebracht hätte – dadurch würde sie nämlich gegenüber den anderen Ehefrauen und in der Öffentlichkeit ihr Gesicht verlieren, und der gute Ehemann müßte auf der Heimfahrt mit häßlichen Vorwürfen rechnen.
Es war eine Inspiration. Wir setzten den Termin für den letzten Sonntag vor Weihnachten fest und schickten die Einladungen aus: Champagner ab 11 Uhr morgens.
Innerhalb von zwei Tagen stand der Betonmixer wieder vor unserem Haus. Didier und seine Helfer nahmen fröhlich und laut die Arbeit dort wieder auf, wo sie vor der dreimonatigen Unterbrechung steckengeblieben war. Entschuldigungen wurden nicht vorgebracht; eine Erklärung für die plötzliche Wiederaufnahme der Tätigkeit wurde auch nicht gegeben. Didier kam einer Entschuldigung noch am nächsten mit der

wie nebenbei hingeworfenen Bemerkung, er wolle vor seinem Skiurlaub alles abgeschlossen haben. Er und seine Frau, sagte er, nähmen die Einladung mit Vergnügen an.

Wir hatten uns ausgerechnet, daß wir zweiundzwanzig Menschen sein würden, falls alle die Einladung annähmen – zweiundzwanzig Menschen mit einem herzhaften provenzalischen Appetit. Und weil Weihnachten bevorstand, würden sie auch etwas Festlicheres erwarten als eine Schüssel mit Oliven und ein paar Scheibchen *saucisson*. Meine Frau begann Einkaufslisten zusammenzustellen. Im ganzen Haus lagen Merkzettel verstreut: Kaninchenterrine! *Gambas* und Mayonnaise! Pizzas für jeden! Pilzkuchen! Olivenbrot! Wie viele *quiches*? – überall lagen Zettel herum. Im Vergleich dazu war meine Liste mit nur einem Wort – Champagner! – knapp und bescheiden.

Die gastronomische Spitzenleistung wurde an einem kalten Morgen von einem Freund geliefert, der Verwandte im Périgord hatte – eine ganze *foie gras*, roh, und daher kostete sie nur den Bruchteil vom Preis des Endprodukts. Blieb nur, sie zu kochen und einige Scheiben von schwarzem Trüffel dazuzugeben.

Wir packten sie aus. Die Leber mußte von einem Vogel von der Größe eines kleinen Flugzeugs stammen. Sie war riesig – eine fette, dunkelgelbe Masse, die mir beide Hände füllte, als ich sie auf das Hackbrett hob. In Befolgung der Anweisungen unseres Freundes schnitt ich sie auf und drückte sie in Gläser, wobei mich das Hinzutun der Trüffelstückchen ganz nervös machte. Es war, als ob man Geld kochte.

Die Gläser wurde abgedichtet und für genau neunzig Minuten in einen Riesentopf mit kochendem Wasser gestellt. Nach dem Abkühlen kamen sie in einen Kühlschrank und dann in den *cave*. Meine Frau strich die *foie gras* auf ihrer Liste durch.

Es war ein merkwürdiges Gefühl, das Jahresende unter blauem Himmel zu erleben – und ohne die Hektik, die die Vorweihnachtszeit in England kennzeichnet. Das einzige Zeichen der Festvorbereitung in unserem Tal war das seltsame Geräusch, das aus dem Haus von Monsieur Poncet drang, der knapp zwei Kilometer von uns entfernt wohnte. An zwei Morgen hörte ich beim Vorbeigehen schreckliches Quieken – es waren keine Schreckens- oder Schmerzens-, sondern Wutschreie. Ich hielt sie nicht für menschlich, war mir jedoch nicht sicher. Ich fragte Faustin, ob sie auch ihm aufgefallen wären.

»Ach das«, sagte er, »Poncet macht seinen Esel zurecht.«

Am Weihnachtstag sollte es in der Kirche in Ménerbes eine lebendige Krippe geben, und der Esel von Monsieur Poncet spielte eine wichtige Nebenrolle. Er mußte selbstverständlich optimal aussehen, aber er war nicht der Typ von Esel, der sich die entsprechende Pflege still gefallen ließ. Er würde in der fraglichen Nacht gewiß vorzeigbar sein, meinte Faustin, man täte aber gut daran, sich nicht in Nähe seiner Hinterbeine aufzuhalten, da sein Tritt nach hinten angeblich beeindruckend war.

Oben im Dorfe war die Besetzung der Rolle des Jesuskindleins in vollem Gange. Babies entsprechenden Alters und Aussehens mußten vorgeführt werden. Die Frage des Temperaments – die Fähigkeit, sich besonderen Situationen gewachsen zu zeigen – war entscheidend, da die Demonstration nicht vor Mitternacht begänne.

Sonst – und abgesehen von den Weihnachtskarten, die der Briefträger uns in den Briefkasten stopfte – hätte Weihnachten noch Monate entfernt sein können. Wir hatten keinen Fernseher, und so blieb uns der Anblick der verdummend frohmachenden Werbeeinschaltungen erspart. Es gab keine Kinder, die in den Straßen Weihnachtslieder sangen; es gab keine Weihnachtsparties in Büros, kein Abzählen der letzten verbleibenden Einkaufstage. Mir war das recht so. Meine Frau war sich nicht so sicher; irgend etwas fehlte ihr. Wo war meine Weihnachtsstimmung? Wo war der Mistelzweig? Wo war der Weihnachtsbaum? Wir beschlossen, nach Cavaillon zu fahren und all das zu besorgen.

Wir wurden sofort mit dem Anblick des Weihnachtsmanns belohnt. Er trug ausgebeulte rote *bouclé*-Hosen, ein Rolling-Stones-T-Shirt, einen pelzbesetzten roten Hut und einen falschen Bart und schlingerte uns entgegen, als wir den Cours Gambetta hinuntergingen. Von ferne sah es so aus, als ob sein Bart brannte; als wir näher kamen, sahen wir den Stummel der Gauloise zwischen seinen Barthaaren. Er torkelte in einem Nebel von Calvadosduft vorüber und erregte bei einer Gruppe von Kindern großes Aufsehen. Die Mütter würden ihnen einiges zu erklären haben.

Die Straßen waren mit Lichtern behängt. Durch die offenen Türen von Bars und Geschäften drang Musik. Weihnachtsbäume standen in Ballen auf dem Gehsteig zusammengepfercht. Ein Mann mit einem Kehlkopfmikrofon verkaufte an einem Kiosk in der Allee Bettwäsche. »Sehen Sie sich das an, Madame. Reines Dralon! Ich gebe Ihnen fünftausend Francs, wenn Sie einen Makel dran finden.« Eine alte Bauernfrau begann millimeterweise mit der Musterung, und der Mann riß ihr das Tuch aus den Händen.

Wir bogen um die Ecke und kollidierten fast mit dem Kadaver eines Rehs, das an der Tür eines Fleischerladens hing und blind auf den Kadaver eines *sangliers* neben ihm starrte. Das Schaufenster offerierte als vorweihnachtliches Sonderangebot eine Reihe winziger nackter Vögel mit gebrochenen Hälsen und säuberlich an die Brust gehefteten Köpfen – sieben zum Preis von sechs. Der Fleischer hatte ihre Schnäbel geschlossen und sie mit Immergrün und roten Bändern garniert. Wir gingen mit einem Schaudern weiter.

Es gab keinen Zweifel, was der wichtigste Bestandteil eines provenzalischen Weihnachtsfests ist. Nach den Fensterauslagen zu urteilen, nach den Schlangen und dem Geld, das den Besitzer wechselte, waren Kleidung, Spielzeug, Stereoanlagen und Tand von nebensächlicher Bedeutung; Hauptsache an Weihnachten war das Essen. Austern und Krebse, Fasanen und Hasen, Patés und Käse, Schinken und Kapaun, *gateaux* und Rosé-Champagner – nachdem wir das einen ganzen Morgen lang gesehen hatten, begannen wir unter visueller Verstopfung zu leiden. Wir kehrten mit unserem Baum und unserem Mistelzweig und unserer Dosis Weihnachtsstimmung heim.

Zwei Uniformierte warteten in einem nicht gekennzeichneten Wagen vor dem Haus. Ihr Anblick gab mir ein Schuldgefühl, ich wußte nicht wofür, aber Uniformierte üben solche Wirkung auf mich aus. Ich überlegte, welche Verbrechen ich in jüngster Zeit gegen die Fünfte Republik begangen hätte. Da stiegen die beiden Männer aus ihrem Wagen und salutierten. Ich entspannte mich. Selbst in Frankreich, wo bürokratische Förmlichkeit fast einer Kunst gleichkommt, wird man nicht gegrüßt, bevor man verhaftet wird.

Es waren gar keine Polizisten, sondern *pompiers* aus Cavaillon. Die Feuerwehrmänner fragten, ob sie ins Haus kommen dürften, und ich überlegte, wo wir die Kamin-Zertifikate

hingelegt hatten. Offensichtlich handelte es sich um eine sporadische Überprüfung, um Hausbesitzer mit nicht ordnungsgemäß gereinigten Kaminen zu überführen.
Wir saßen um den Eßtisch. Einer der beiden Männer öffnete einen Attachékoffer. »Wir bringen Ihnen den offiziellen Kalender der *pompiers de Vaucluse.*« Er legte ihn auf den Tisch. »Wie Sie sehen werden, verzeichnet er alle Heiligentage.«
In der Tat – genau wie unser Postkalender. Doch anstelle von Fotos mit Mädchen in Kokosnußbüstenhaltern war dieser Kalender mit Bildern von Feuerwehrleuten illustriert, die an hohen Fassaden hochkletterten, Unfallopfer mit Erster Hilfe versorgten, Bergsteiger in Not retteten und Feuerwehrschläuche hielten. Die *pompiers* im ländlichen Frankreich leisten einen umfassenden Notdienst. Sie retten Hunde aus Felsenlöchern in den Bergen oder liefern Verletzte in ein Krankenhaus ein – und natürlich löschen sie Brände. Sie sind in jeder Hinsicht eine bewundernswerte und verdienstvolle Truppe.
Ich fragte, ob ein Beitrag willkommen sei.
»*Bien-sûr.*«
Sie überreichten uns eine Quittung, die uns auch berechtigte, uns Freunde des Feuerwehrdienstes von Cavaillon zu nennen. Nach weiteren Saluten verließen uns die beiden *pompiers,* um ihr Glück im oberen Tal zu versuchen, und wir hofften nur, daß zu ihrer Ausbildung auch das Umgehen mit bösartigen Hunden gehört hatte. Bei Massot einen Beitrag herauszuholen war kaum weniger gefährlich, als ein Feuer zu löschen. Ich konnte ihn mir vorstellen, wie er hinter seinen Vorhängen hervorlugte, die Schrotflinte im Anschlag, und zusah, wie seine Schäferhunde den Ankömmlingen entgegenstürzten. Ich hatte einmal beobachtet, wie die Hunde sich in

Ermangelung menschlicher Wesen in das Vorderrad eines Autos verbissen und den Reifen zerfledderten, als wäre er ein Stück rohes Rindfleisch, während der entsetzte Fahrer im Rückwärtsgang außer Reichweite zu kommen versuchte, und Massot schaute zu, rauchte und lächelte.

Wir waren nun also ein Hausstand mit zwei Kalendern, und während die vorweihnachtlichen Tage verstrichen, rechneten wir mit der Zustellung eines dritten, der tatsächlich einen beachtlichen Beitrag wert wäre. Während der letzten zwölf Monate hatten die Helden der Müllabfuhr an jedem Dienstag, Donnerstag und Samstag am Ende unserer Auffahrt gehalten, um schandbar große Mengen leerer Flaschen aufzusammeln, die übelriechenden Reste von abendlichen Mahlzeiten mit *Bouillabaisse,* Dosen von Hundefutter, zersprungene Gläser, Säcke mit Schutt, Hühnerknochen und häuslichen Unrat jeder Größe und Beschreibung. Sie schafften alles fort. Kein Haufen, so riesig und gärend er auch sein mochte, war dem Mann zuviel, der sich an die Rückseite des Müllasters hängte und bei jedem Halt Müll in eine offene, schmierige Öffnung kippte. Während des Sommers mußte er dem Ersticken, im Winter vor Kälte den Tränen nahe gewesen sein.

Er und sein Partner tauchten schließlich in einem Peugeot auf, der so aussah, als wäre das sein letzter Ausflug, bevor er auf dem Autofriedhof landete – zwei fröhliche, derbe Männer mit festem Händedruck und einem Atem, der nach *Pastis* roch. Auf dem Rücksitz konnte ich zwei Kaninchen und einige Champagnerflaschen erkennen, und ich sagte, es sei schön, sie zur Abwechslung einmal ein paar volle Flaschen mitnehmen zu sehen.

»Die leeren Flaschen machen uns keinen Kummer«, sagte

einer der beiden. »Sie sollten mal sehen, was wir für manche Leute sonst noch alles abtransportieren müssen.« Er runzelte das Gesicht und hielt sich die Nase zu, wobei er den kleinen Finger elegant in die Luft spreizte. »*Dégueulasse.*«
Sie freuten sich über ihr Trinkgeld. Wir hofften, sie würden ausgehen, sich ein herrliches, quietschfideles Mahl gönnen und das Aufräumen anderen überlassen.

Didier hockte mit Kehrblech und Feger auf den Knien und fegte die Betonkrümel aus einer Ecke. Es war wohltuend, diese menschliche Zerstörungsmaschine einmal mit so delikaten Aufgaben beschäftigt zu sehen; es bedeutete, daß seine Arbeit beendet war.
Er stand auf und leerte das Kehrblech in eine Papiertüte und steckte sich eine Zigarette an. »Das wär's«, sagte er. »*Normalement* würde morgen der Anstreicher kommen.« Wir gingen nach draußen, wo Eric die Schaufeln und Eimer und Werkzeugkästen hinten auf den Laster packte. Didier grinste. »Sie haben doch nichts dagegen, wenn wir den Betonmixer mitnehmen?«
Ich sagte, wir kämen wahrscheinlich ohne ihn aus, und die beiden schoben ihn eine Holzplanke hoch und vertauten ihn am Fahrersitz. Didiers Spaniel beobachtete das Verladen des Betonmixers mit aufgestellten Ohren und sprang dann auf den Laster und legte sich neben das Armaturenbrett.
»*Allez!*« Didier streckte die Hand aus. Sie fühlte sich an wie gesprungenes Leder. »Bis Sonntag.«
Der Malermeister kam am Tag darauf, malte und ging. Jean-Pierre, der Teppichleger, kam. Die Frauen hatten sich offenbar durchgesetzt: Anläßlich ihres Staatsbesuches mußte alles fertig sein.

Am Freitag abend waren nur noch ein paar Meter Teppich zu verlegen.
»Ich komme morgen früh«, sagte Jean-Pierre. »Am Nachmittag werden Sie die Möbel stellen können.«
Zur Mittagszeit ging es bloß noch darum, den Teppich unter einer Holzleiste an der Türschwelle des Zimmers zu befestigen. Beim Bohren der Löcher für das Einschrauben der Holzleiste durchstieß Jean-Pierre das Rohr der Heißwasserleitung, die unter dem Fußboden verlief, und im Türrahmen sprudelte ein Wasserstrahl wie ein malerischer kleiner Brunnen.
Wir stellten die Wasserzufuhr ab, rollten den durchnäßten Teppich zurück und riefen Monsieur Menicucci an. Nach einem ganzen Jahr voller Warnzeichen und Notfälle kannte ich seine Nummer auswendig.
»*O là là!*« Er meditierte einen Augenblick schweigend. »Der Fußboden wird aufgebrochen werden müssen, damit ich die Leitung flicken kann. Sie sollten Madame besser darauf vorbereiten. Es wird ein bißchen Staub geben.«
Madame war einkaufen gegangen. Sie erwartete bei ihrer Rückkehr ein trockenes, sauberes und mit Teppich ausgelegtes Schlaf-, Bade- und Ankleidezimmer vorzufinden. Sie würde eine Überraschung erleben. Ich riet Jean-Pierre, im eigenen Interesse nach Hause zu gehen. Sie würde ihn wahrscheinlich umbringen wollen.
»Was ist das für ein Lärm?« fragte sie, als ich zu ihr nach draußen ging, während sie noch den Wagen parkte.
»Der Schlagbohrer von Menicucci.«
»Ach ja. Natürlich.« Sie war auf gefährliche Weise ruhig. Ich war heilfroh, daß Jean-Pierre heimgegangen war.
Auf der Suche nach der lecken Stelle hatte Menicucci einen

Graben im Fußboden ausgehoben. Wir konnten die Heißwasserleitung mit ihrem sauberen Loch erkennen.
»*Bon*«, sagte er. »Jetzt müssen wir sichergehen, daß es in der Leitung keine Blockade gibt, bevor ich löte. Bleiben Sie da, um zu beobachten. Ich werde durch den Hahn im Badezimmer blasen.«
Ich beobachtete. Menicucci blies. Ich bekam einen Stoß staubigen Wassers ins Gesicht.
»Was sehen Sie?« rief er vom Badezimmer.
»Wasser!« rief ich zurück.
»*Formidable.* Dann muß die Leitung frei sein.«
Er führte die Reparatur durch und ging heim, um sich das Rugbyspiel im Fernsehen anzusehen.
Wir machten sauber und versicherten uns gegenseitig, daß alles gar nicht so schlimm sei. Der Teppich würde trocknen. Der Schutt füllte kaum einen Eimer. Die Spuren vom Lötkolben konnte man übermalen. Sofern man den zackigen, gähnenden Graben außer acht ließ, konnte man die Zimmer als fertig und vollendet betrachten. Außerdem hatten wir gar keine Wahl. In wenigen Stunden würde Sonntag sein.
Vor 11.30 Uhr erwarteten wir niemanden, hatten jedoch die magnetische Anziehungskraft des Champagners auf Franzosen unterschätzt. Als es erstmals an der Tür klopfte, war es nicht einmal halb elf. Innerhalb einer Stunde waren bis auf Didier und seine Frau alle eingetroffen. Sie stellten sich an der Wand des Eßzimmers auf. Alle waren im Sonntagsstaat und stürzten von Zeit zu Zeit von der schützenden Wand nach vorn, um sich Essen zu schnappen.
Als Kellner, der verantwortlich war, daß die Gläser gefüllt blieben, wurde ich mir eines weiteren fundamentalen Unterschieds zwischen Engländern und Franzosen bewußt. Wenn

die Engländer auf einen Drink hereinkommen, bleibt während der Unterhaltung, beim Rauchen und Essen das Glas wie festgeschraubt in der Hand. Es wird beiseite gestellt, ungern, wenn die Natur ruft – wenn man sich die Nase putzen oder aufs WC muß –, und beide Hände vonnöten sind, doch ist es immer irgendwie in der Nähe und nie außerhalb des Gesichtsfelds.

Bei den Franzosen ist das anders. Kaum hat man ihnen ein Glas in die Hand gedrückt, so haben sie es auch schon irgendwo hingestellt, vermutlich weil sie es schwierig finden, sich zu unterhalten, wenn sie nur eine Hand frei haben. So bilden sich Grüppchen von Gläsern, und nach ein paar Minuten wird es völlig unmöglich, die einzelnen Gläser zuzuordnen. Die Gäste, die nicht bereit sind, das Glas eines andern zu nehmen, doch unfähig sind, ihr eigenes zu entdekken, starren sehnsüchtig auf die Champagnerflasche. Es werden frische Gläser verteilt, und die gleiche Geschichte beginnt von neuem.

Ich überlegte, wie lang es wohl dauern würde, bis unser Vorrat an Gläsern erschöpft wäre und wir uns der Teetassen bedienen müßten, als das vertraute Geräusch eines jaulenden Dieselmotors vernehmbar wurde und Didiers Laster hinters Haus fuhr und er mit seiner Frau durch die Hintertür vom Hof hereinkam. Es war seltsam. Ich wußte, daß Didier ein Auto besaß, und seine Frau war von Kopf bis Fuß in feinstes Wildleder gekleidet, mit dem sich's auf dem sandigen Sitz im Laster bestimmt nicht angenehm saß.

Christian kam durchs Zimmer auf mich zu und nahm mich beiseite.

»Ich glaube, wir könnten da ein kleines Problem haben«, meinte er. »Sie sollten besser mit nach draußen kommen.«

Ich folgte ihm. Didier nahm den Arm meiner Frau und kam hinter mir her. Als wir durch das Haus gingen, schaute ich mich um und bemerkte, daß alle folgten.

»*Voilà!*« sagte Christian und deutete auf Didiers Lastwagen. Hinten, dort, wo normalerweise der Betonmixer stand, befand sich ein birnenförmiges Gebilde von einem Meter Höhe und etwas größerer Breite. Es war in ein grelles grünes Crèpepapier eingewickelt und mit weißen, roten und blauen Pfeilen übersät.

»Das ist für Sie. Von uns allen«, sagte Christian. »*Allez.* Packen Sie es aus.«

Didier formte mit den Händen einen Steigbügel, und mit müheloser Galanterie, die Zigarette zwischen den Lippen, hob er meine Frau vom Boden und auf Schulterhöhe, so daß sie auf den Laster steigen konnte. Ich kletterte nach, und wir lösten das grüne Geschenkpapier.

Die letzten Streifen Papier fielen unter Beifall der umstehenden Gäste und einigen schrillen Pfiffen von Ramon dem Gipser, und wir standen im Sonnenschein hinten auf dem Laster und blickten in die hochgereckten Gesichter und auf unser Geschenk.

Es war eine *jardinière,* eine Antiquität, ein massives kreisrundes Becken, das per Hand aus einem einzigen Steinblock geschnitten worden war, lange bevor Steinfräsmaschinen erfunden wurden. Sie hatte dicke Seitenwände, die ein ganz klein bißchen unregelmäßig waren, aus blassem, verwittertem Grau. Sie war mit Erde gefüllt und mit Primeln bepflanzt. Wir wußten nicht, was wir sagen sollten oder wie wir es sagen sollten. Wir waren überrascht, gerührt und kamen mit unserem unzureichenden Französisch ins Straucheln. Gott sei Dank unterbrach uns Ramon der Gipser.

»*Merde!* Ich hab Durst. Es hat genug Reden gegeben. Laßt uns was trinken.«

Die Formalität der ersten Stunde verschwand. Jacketts wurden ausgezogen. Man sprach dem Champagner zu. Die Männer zeigten ihren Frauen das Haus, gaben mit ihrer Arbeit an, deuteten im Badezimmer auf die englischen Wasserhähne, die mit »Hot« und »Cold« beschriftet waren, öffneten die Schubladen, um nachzusehen, ob der Schreiner auch die Innenseite glatt gekriegt hatte, berührten alles wie neugierige Kinder.

Christian organisierte ein Team, das den schweren Steinblock vom Lastwagen lud, und acht beschwipste Männer in ihren besten Anzügen schafften es irgendwie, ohne verletzt zu werden, die gefährliche Masse über zwei durchhängende Holzplanken nach unten auf den Boden zu manövrieren. Madame Ramon hatte die Oberaufsicht. »*Ah, les braves hommes!*« sagte sie. »Paßt auf, daß ihr euch nicht die Fingernägel schmutzig macht.«

Die Menicuccis gingen als erste. Nachdem sie sich inmitten von *patés*, Käse, Kuchen und Champagner alle Ehre gemacht hatten, waren sie auf und davon zu einem späten Mittagessen, allerdings nicht, ohne den Feinheiten geselliger Pflicht genügt zu haben. Sie absolvierten eine zeremonielle Tour an allen übrigen Gästen vorbei, schüttelten Hände, küßten Wangen, tauschten *bons appetits* aus. Ihr Abschied nahm eine Viertelstunde in Anspruch.

Die anderen machten den Eindruck, als hätten sie sich für den Rest des Tages bei uns häuslich eingerichtet. Sie aßen und tranken sich unbeirrbar durch alles, was sich in Reichweite befand. Ramon ernannte sich selbst zum Hofkomiker und erzählte eine Reihe von Witzen, die jedesmal gröber und

komischer wurden. Nachdem er uns erläutert hatte, daß man das Geschlecht von Tauben bestimmen könnte, indem man sie in den Kühlschrank legt, legte er eine Trinkpause ein.
»Wie hat ein nettes Mädchen wie deine Frau nur einen so alten *mec* wie dich heiraten können?« wollte Didier wissen. Mit großer Anstrengung setzte Ramon sein Champagnerglas ab und hielt sich beide Hände vor den Körper wie ein Fischer, der veranschaulicht, wie ihm ein Fisch entkommen ist. Von weiteren Offenbarungen wurde er glücklicherweise durch ein großes Stück Pizza abgehalten, das ihm seine Frau in den Mund schob. Sie wußte genau, was sonst kommen würde.
Als die Sonne quer über den Hof glitt und er bereits im Schatten des Nachmittags lag, begannen die Gäste ihre Abschiedstouren zu drehen – weiteres Händeschütteln und Küssen und Innehalten zu einem letzten Glas.
»Kommen Sie mit. Zum Mittagessen«, sagte Ramon. »Oder zum Abendessen. Wie spät ist es?«
Es war drei Uhr. Nach vier Stunden Essen und trinken befanden wir uns nicht im geeigneten Zustand für das *Cous-Cous,* das Ramon vorschlug.
»Schön«, sagte er. »Wenn Sie unbedingt Diät halten wollen, *tant pis.*«
Er gab seiner Frau die Autoschlüssel und lehnte sich im Beifahrersitz zurück, beide Hände über dem Bauch gefaltet und mit strahlendem Gesicht beim Gedanken an eine solide Mahlzeit. Er hatte die anderen Paare überredet, mit ihm zu kommen. Wir winkten ihnen zum Abschied und kehrten ins leere Haus zurück, zu den leeren Tellern und den leeren Gläsern. Es war ein schönes Fest gewesen.
Wir schauten durchs Fenster zur alten Steinurne mit den leuchtenden Blumen. Es würde wenigstens vier Männer

brauchen, um sie von der Garage in den Garten zu bugsieren, und vier Männer zu organisieren – das ließ sich in der Provence nicht über Nacht in die Wege leiten. Dazu waren Inspektionsbesuche, gemeinsames Trinken, hitzige Debatten nötig. Termine würden vereinbart und vergessen werden. Man würde mit den Schultern zucken. Die Zeit würde vergehen. Möglicherweise würden wir das Becken im nächsten Frühjahr an der richtigen Stelle sehen. Wir lernten, in Jahreszeiten zu denken statt in Tagen oder Wochen. Die Provence würde unseretwegen ihr Tempo nicht ändern.

Es war genügend *foie gras* übriggeblieben, um einen Salat mit dünnen Scheiben zu garnieren, und am flachen Ende des Swimmingpools kühlte eine letzte Flasche Champagner. Wir legten noch ein paar Scheite aufs Kaminfeuer und dachten an unsere erste provenzalische Weihnacht.

Es war nicht ohne Ironie: Während des ganzen Jahres hatten wir Gäste gehabt, die wegen der Arbeiten am Haus oft große Unannehmlichkeiten und primitive Lebensumstände ertragen mußten. Jetzt hatten wir das saubere und fertige Haus ganz für uns allein. Die letzten Gäste hatten uns in der vergangenen Woche verlassen, und die nächsten würden erst im neuen Jahr kommen. Weihnachten würden wir alleine verbringen.

Als wir aufwachten, schien die Sonne. Das Tal war still und leer – und die Küche ohne Elektrizität. Die Lammkeule, die nur in den Herd geschoben werden mußte, erhielt eine Gnadenfrist, und wir sahen uns der entsetzlichen Wahrscheinlichkeit gegenüber, mit einem Festmahl von Brot und Käse auskommen zu müssen. Sämtliche Restaurants der Umgebung würden seit Wochen ausgebucht sein.

In Zeiten, wenn eine Krise das Wohlbefinden des Magens

gefährdet, zeigen die Franzosen sich von ihrer angenehmsten Seite. Erzählen Sie ihnen Geschichten von Körperverletzungen oder finanziellem Ruin – sie werden lachen oder höfliches Mitgefühl bekunden. Erzählen Sie ihnen aber, Ihnen stünden gastronomische Härtesituationen bevor, und sie werden Himmel und Erde und sogar Restauranttische in Bewegung setzen, um Ihnen zu helfen.

Wir riefen bei Maurice an, dem *Chef* der Auberge de la Loube in Buoux, und fragten an, ob es bei den Reservierungen eventuell Annullierungen gegeben habe. Nein. Jeder Tisch war besetzt. Wir erläuterten unser Problem. Darauf folgte ein entsetztes Schweigen, dann: »Sie werden vielleicht in der Küche essen müssen, aber kommen Sie auf jeden Fall. Irgendwie kriegen wir das schon hin.«

Wir aßen an einem winzigen Tisch zwischen Kücheneingang und offenem Kaminfeuer gleich neben einer großen Familie in Feststimmung.

»Ich habe Lammkeule, wenn Sie mögen«, sagte Maurice. Wir erzählten ihm, daß wir schon daran gedacht hätten, unsere Lammkeule mitzubringen und ihn zu bitten, sie für uns zuzubereiten. Er lächelte. »Das ist nicht der Tag, um ohne Herd zu sein.«

Wir aßen geruhsam und gut und sprachen von den Monaten, die vorübergegangen waren wie Wochen. Da gab es so viel, was wir noch nicht getan oder gesehen hatten. Unser Französisch war noch immer ein unschönes Gemisch aus schlechter Grammatik und dem Jargon von Bauleuten. Wir hatten es irgendwie fertiggebracht, die Festspiele von Avignon komplett zu versäumen, die Eselsrennen in Goult, den Ziehharmonikawettbewerb, Faustins Familienausflug in die Basses-Alpes im August, das Weinfest in Gigondas, die Hundeschau in Ménerbes und eine Menge von Dingen, die sich draußen abgespielt hatten. Es war ein Jahr gewesen, in dem wir sehr mit uns selbst beschäftigt und meist ans Haus und an dieses Tal gebunden gewesen waren. Ein faszinierendes, in manchem frustrierendes, oft unbequemes Jahr, das aber nie langweilig oder enttäuschend gewesen war. Vor allem fühlten wir uns hier zu Hause.

Maurice brachte Gläser mit *Marc* und zog einen Stuhl heran. »*Happy Christmas*«, sagte er. Dann war es aus mit seinem Englisch. »*Bonne Année.*«

Peter Mayle

Encore Provence

Mit *Encore Provence* setzt Peter Mayle seine Trilogie über das Leben und die seltsamen Vorkommnisse in der Provence fort: bei einem Fest in einer umgebauten Tankstelle z. B., oder bei einem Rendezvous im Chez Fonfon in Marseille, wo er die echte Bouillabaisse kennen lernt.

Aber: Es gibt ein Leben nach dem Mittagessen! Neben Kuriositäten wie einer *Schule für Nasen* in der Haute Provence und einem Gärtner, der schwarze Tomaten anbaut, serviert Mayle dem geneigten Leser ein Verbrechen aus Leidenschaft, das an einem sexbesessenen Metzger verübt wurde, einen wahren Begräbnis-Fachmann und ein ganzes Sortiment an oft exzentrischen Charakteren, die in Bars und auf Bouleplätzen der Provence lauern.

Knaur

Peter Mayle
Hotel Pastis

Wer hätte nicht schon einmal daran gedacht, dem strapaziösen Alltag den Rücken zu kehren, ein ganz neuer Mensch zu werden, kurz: auszusteigen?

Simon Shaw, erfolgreicher und gestresster Werbemanager und frisch geschieden, hat Job und Privatleben gründlich satt.

Ein Kurzurlaub in der Provence und die Bekanntschaft mit der reizvollen und lebensklugen Nicole bringen plötzlich die große Veränderung, auf die er unbewusst gehofft hatte, denn Nicole macht ihm ein unwiderstehliches Angebot: Aus einer alten Gendarmerie in dem verschlafenen Ort Brassière-les-Eglises im Lubéron könnte man ein hinreißendes, romantisches Hotel zaubern!

»Provence-Fans kennen Peter Mayle.
Mit scharfem Witz zeichnet er seine Figuren.
Ein Buch, so süffig wie ein Pastis.«
Cosmopolitan

Knaur